AUFBAU VERLAGSGRUPPE

Leonhard Frank

Fremde Mädchen

Geschichten der Leidenschaft

Herausgegeben
von Dieter Sudhoff

Aufbau-Verlag

ISBN 978-3-351-03084-1

Aufbau ist eine Marke der Aufbau Verlagsgruppe GmbH

1. Auflage 2007
© Aufbau Verlagsgruppe GmbH, Berlin 2007
Einbandgestaltung Andreas Heilmann
Druck und Binden Clausen & Bosse, Leck
Printed in Germany

www.aufbau-verlag.de

Inhalt

Der Hut

Lächelnd trat am Mittwoch der Dichter Melchior Schulter in zinnoberrotem Sweater, eine weiße Wollmütze auf dem Kopfe und einen zweisitzigen Rodelschlitten auf dem Rücken, zum Architekten Lorenz Hall ins Zimmer. Zog, als Aufforderung mitzukommen, wortlos einen weichen, grünen Hut aus seiner Brusttasche. Für Lorenz Hall, denn der trug nur steife, zum Rodeln untaugliche Hüte.

Eine Stunde später, die Bahn war schlecht gewesen, ging Lorenz Hall mit des Dichters Hut wieder nach Hause.

Am Freitag früh brach der Dichter Melchior Schulter beim Schlittschuhlaufen in den See ein und ertrank.

Als Lorenz Hall am Abend ins Restaurant kam, wartete der Kellner mit den braunen Hundeaugen schon auf ihn, bei der Türe.

»Nein, so ein Unglück! Ein so junger Mensch.«

Mit dem pomadisierten Scheitel kroch er Lorenz Hall ins Gesicht, der sich, ärgerlich über die Vertraulichkeit des Kellners, brüsk losmachte, aber doch, um ihn nicht zu beleidigen, fragte: »Was denn?«

»Tot ist er!« rief der Kellner wissensfreudig. »Ihr Freund ist tot.«

»Wer ist tot!« fuhr Lorenz Hall den Kellner wütend an, und er konnte sich trotz angestrengtem Nachdenken an keinen seiner Bekannten erinnern, außer an einen Schulkameraden,

den er seit zehn Jahren nicht mehr gesehen hatte, der Buchbinder geworden war, Oskar Benommen hieß und jetzt eine Weinkneipe betrieb.

Der Kellner klatschte mit dem Handrücken auf die Zeitung und rief beleidigt: »Er ist doch im See ertrunken. In allen Blättern stehts ja. Ihr Freund – na, wie heißt er doch?«

Die Augen Lorenz Halls funkelten vor Wut, als er die Hand nach der Zeitung ausstreckte.

– im See ertrunken – Er suchte nach dem Namen – Schulter, der hoffnungsvolle Dichter. Da sah er eine riesenhohe graue Mauer vor sich, trat einen Schritt zurück, empfand nichts und konstatierte sofort, daß er nichts empfand, weder Schmerz noch Trauer, nur, vorher war er sehr hungrig gewesen, und jetzt schien es ihm unmöglich, jemals wieder etwas zu essen, denn er hatte das Gefühl, als blähe sich ein nebelgrauer Kinderluftballon in seinem Magen. Voll und leer zugleich war sein Magen.

Der Kellner reichte die beiden Handflächen dar, »in allen Zeitungen stehts«. Die Hände klatschten auf die Schenkel nieder.

Ein Literat, dessen Kopf mit doppelscharfer Brille über den weit aus den Höhlen stehenden Augen und weichem, breitem Mund einem Riesenfrosch glich, sagte breiig:

»Und schon sind die Nachrufe da. In allen Blättern ist er jetzt die größte Hoffnung Deutschlands gewesen. Und vorher haben ihm alle Redaktionen seine Arbeiten zurückgeschickt. Pä. Saubande. Er war ein starkes Talent. Das habe ich immer gesagt. Aber so, wie's jetzt heißt – das ist natürlich übertrieben.«

Warum bin ich nicht erschüttert, fragte sich Lorenz Hall, während er durch das Lokal schritt, wo hinten am Kleiderständer sich ein anderer Kellner wand.

»A so ein junger Mensch. A, der wär achtzig Jahr alt word'n«, er stieß die Fäuste in die Luft: »so g'sund, wie der war. Es is aber aa a Leichtsinn«, flüsterte er Lorenz Hall ins Ohr, »von dem Menschen. Das Eis war eben noch nicht fest genug, und da is er eibrochen. G'funden hams ihn no nit. Die Eisdecke, wissens, sie können ja nit zu.«

Wenn er aber jetzt ins Lokal tritt und lacht. Lorenz Hall sah zur Türe. Dann müßte ich ihn schimpfen, dachte er und stöhnte innerlich vor Sehnsucht nach Schmerzempfindung, nach Begreifen, weil der Dichter nicht eintrat.

Vor dem Kaffee sah er gedankenlos interessiert einem Chauffeur zu, dem es nicht gelang, seinen Motor anzuwerfen. Plötzlich raste der Motor, daß der bebende Wagen auf dem Asphalt hin und her glitt, der Chauffeur sprang auf, verderblich krachend hakte die Übersetzung ein, und der Wagen schoß mit bockigen Sprüngen und allmählich gleichmäßiger laufend die dunkle Straße hinunter.

Lorenz Hall ging weiter. Die Straße war fast menschenleer. Eine Trambahn kam in voller Fahrt die Straße herauf. Ein Mann sprang knapp vor dem Wagen über den Fahrdamm. Lorenz Hall suchte verwundert nach dem Mann, als die Trambahn vorbeigesaust war. Der Mann war verschwunden. »Ah, der ist aufgesprungen. Wie lautlos das geht. Sind die Augen offen von Melchior Schulter unter der Eisdecke? Oder ist ein Eishäutchen darüber gefroren? Sind sie vereist – die blauen Augen? Eisklötzchen darauf? Und

der Mund? Ist sein ganzer Körper vereist? In Eis eingepackt
– – – wie argentinisches Fleisch. – Ein Gedanke, der so nahe
liegt, roh muß der nicht sein.«

Ein kleiner Straßenverkäufer lief hartnäckig neben Lorenz Hall her, eine große Strecke. Lorenz Hall blieb stehen und sah gedankenlos auf den Kleinen, kaufte ein paar Schnürsenkel und steckte sie in die Tasche. »Auf Wasser kann man nicht gehen. Eine Eisdecke bildet sich. Darauf kann man gehen. Sonderbare Plastik. Er sauste über die Eisdecke hin, mit allen Segeln der Lust sauste er in den Tod, hinein in das Eisloch.« Lorenz Hall schloß die Augen.

Da hörte er aus der Ferne die fremdartigen Töne einer Negertrommel und sah eine Palmenlandschaft und nackte schwarze Weiber mit farbigen Fetzen um die Lenden. Als er die Augen öffnete, sah er einen weißen Kalkwagen aus Eisen, dessen Deckel gleichmäßig dumpf auf- und zuklappte, die dunkle Straße entlangfahren; der Kutscher pfiff monoton dazu. Da schloß er noch einmal die Augen und war sofort wieder im Negerdorf.

Lorenz Hall hatte sich ein Zimmer provisorisch möbliert in einem Neubau, um dessen Fertigstellung bequemer überwachen zu können. Außer ihm wohnte niemand im Hause. Die noch nicht vom Gebrauch gefügten Treppenstufen knarrten, als er in den vierten Stock hinaufstieg, und die feuchtkalte Dunkelheit roch nach Kalk und Tünche.

Im Zimmer zündete er eine Kerze an. Da hing des Dichters Hut rund und dunkel am Nagel.

Er legte sich ins Bett. Nachtgeräusche knackten in die Stille. – Junge Mauern leben, dachte er, die müssen sich erst zurechtrücken, alte Mauern leben auch, die bröckeln ab. Dazwischen ist Bestand. – Er schlief ein und träumte die ganze Nacht von seinem Schulkameraden Oskar Benommen, der jetzt eine Weinkneipe in der Heimatstadt betrieb.

Am Morgen war es kalt und hell im Zimmer – grün und neu hing des Dichters Hut am Nagel.

Lorenz Hall schrieb sofort an seine Mutter und fragte, wie es dem Oskar Benommen ginge. Sie schrieb zurück, dem gehe es gut, er sei, obwohl erst vierundzwanzig Jahre alt, schon verheiratet, habe sogar schon ein Kind, und habe sich jetzt ein neues Klavier angeschafft für seine Wirtschaft, die ausgezeichnet gehe. Daß Oskar Benommen Meisterschaftsathlet von Bayern geworden sei, werde er, Lorenz Hall, ja wissen.

Der Oskar Benommen soll nur vorsichtig sein mit Neuerungen, dachte Lorenz Hall, in einer kleinen Stadt kann so etwas für das Geschäft leicht gefährlich werden. Und dann paßt ja auch in so eine kleine Weinkneipe eine Gitarre viel besser.

Der Polier trat ins Zimmer mit seinem dicken, grauwollenen Tuch um den Hals und in der Hand seinen zerknüllten steifen Hut mit dem weißen Kalkpatzen darauf.

Immer noch derselbe Kalkpatzen auf dem Hute wie vor dreiviertel Jahren, als wir den Grund für das Haus ausgehoben haben, dachte Lorenz Hall.

In der anderen Hand trug der Polier einen runden Kübel voll grüner Farbe.

Ob die Farbe so recht wäre.

»Wir streichen die Wände nicht grün«, sagte Lorenz Hall,

ohne zu wissen warum, und sofort setzte er wütend hinzu: »Sonst breitet sich der grüne Hut über das ganze Haus aus. – Was wollen Sie denn noch?«

Der Polier stotterte etwas und ging.

Lorenz Hall wickelte den Hut in Papier ein und trug ihn den ganzen Tag mit sich herum, solange er am Bau beschäftigt war.

Abends nahm er ihn mit in das Restaurant und erzählte seinem Freund, einem Schriftsteller, und einer bekannten Dame, die mit dabeisaß, wie er zu dem Hut gekommen war, und schloß erregt:

»Was soll ich denn mit dem Hut anfangen? Ich kann ihn doch nicht seiner Mutter zuschicken.«

»Korrekt wäre, wenn Sie der Mutter den Hut schickten«, sagte die Dame, sie hatte ein volles, weiches Gesicht, gepflegt und weiß wie Mehl und fast kein Kinn.

»Etwa so – die Mutter sitzt zu Hause, der Hut kommt an mit einem Brief. Sehr geehrte Frau – hier ist der Hut von Ihrem Sohn, der ertrunken ist. Nein, nein! – Selbst tragen kann ich ihn auch nicht. Oder wegschenken, einem armen Menschen. Sonntags setzt er ihn auf, geht in die Kneipe, spielt Karten. Was soll denn des Dichters Hut dabei?«

»Aber ich verstehe nicht«, die Dame sah beifallheischend den Schriftsteller an, »hier diese Pietät.«

»Pietät! Das ist keine Pietät! Ich weiß nicht, was es ist. Der Hut ist einfach da. Ungeheuer da. Vielleicht weil er so neu ist?«

»Ich würde Literatur daraus machen«, sagte lächelnd der Schriftsteller. »Nein, nein! entschuldige!«

»Und wenn ich den Hut zum alten Gerümpel stecke in die Dachkammer, sehe ich auch nur immer die Dachkammer und den Hut darin. Es handelt sich überhaupt nicht um den Hut. Der ist ja nur so sehr da, weil etwas anderes nicht da ist«, sagte Lorenz Hall gequält und ging weg in eine Weinstube und trank drei Glas Wein hintereinander aus.

Er war sofort betrunken.

»Hören Sie!« er faßte den Kellner beim Ärmel. »So wird die Sache sein! Vor einigen Wochen war Schulter in meiner Heimatstadt, und es ist sehr möglich, bei einer so kleinen Stadt sehr leicht möglich, daß er in die Weinkneipe von Oskar Benommen geraten ist, dem Meisterschaftsathleten.«

»Soll ich Ihnen ein Selterwasser bringen? Das dämpft.«

»Ja, Wasser. Und der Athlet hat ihm gefallen. Ausgezeichnet. So sehr, daß er etwas von ihm angenommen hat, eine Bewegung, oder so. Und wie Schulter dann zurückgekommen ist – bleiben Sie da! habe ich vielleicht, ohne es zu wissen, diese neue Bewegung an ihm bemerkt, die ich als Kind an Oskar Benommen gekannt habe. Und deshalb fiel mir Oskar Benommen ein, als ich erfuhr, daß Schulter ertrunken ist.«

»Ich bringe Ihnen ein Wasser, das ist das beste.«

»Ja, so wird's sein.«

Lorenz Hall ging. Es war Mitternacht und still und kalt.

In der Nähe seiner Wohnung sah er bei einem Haus dicke Rauchschwaden unterm Dach hervorquellen und roch Brandgeruch.

Er lief zum Feuermelder, läutete, rannte zurück zur Brandstelle, brüllte zu den Fenstern hinauf, hämmerte mit Fäusten und Füßen gegen das Haustor, brüllte immerzu »Feuer! Feuer!«, und dabei rollten ihm die schweren Tränen des endlich befreiten Schmerzes von den Wangen herunter.

Ein Fenster tat sich auf.

Flackernde Flammen näherten sich erst lautlos die Straße herauf, dann erscholl stürmender Hufschlag und stürmendes Läuten. Die Feuerwehr kam angetobt.

Befehle ertönten. Das Haustor wurde aufgebrochen, Menschen in weißen Nachtgewändern erschienen an den Fenstern des brennenden Hauses, sahen empört hinunter auf die Straße, begriffen nicht gleich – und verschwanden dann schnell von den Fenstern. In den Nachbarhäusern rasselten Rolladen. Mechanische Leitern schossen lautlos in die Höhe bis über das Dach hinaus in den klargrünen kalten Mondhimmel. Die Dampfspritze summte dunkel, und ihre blankgeputzten Kupferteile blitzten im Fackelschein. Ein Mann stand auf der Dachrinne und hieb mit der Hacke auf das Dach ein. Eine Feuersäule schoß in den Himmel hinauf. Dünne, weiße Wasserstrahlen kreuzten sich über dem Feuer.

Etwas Rundes, Dunkles flog von unten in die Höhe und fiel in die Flammen. Lorenz Hall sah den Hut in die Flammen fallen, wandte sich stracks um und ging, heulend von seinem Schmerz durchblutet, die Hände in den Taschen, die Arme fest an die Seiten gepreßt, mit emporgezogenen Schultern schnell weg.

Jahrmarkt

Es war Mittag drei Uhr. Die Lokalbahn hatte neue Scharen Bauern ins Städtchen geschleppt und auf den Markt geworfen. Immer noch polterten dichtbesetzte Leiterwagen durch die beiden Turmtore. Der Nachmittagsgottesdienst war zu Ende. Die Bauern, die auf der breiten Treppe vor der gedrängt vollen Kirche knieten, erhoben sich und schlugen das Kreuz. Voller Orgelklang begleitete Bürger, Kleinleute und Bauern, die langsam aus dem Portal quollen, sich auf der Treppe ausbreiteten und die Augen schließen mußten, plötzlich aus der Kirchendämmerung vor das sonnenlichtüberflutete Gewühl auf dem Markt gestellt.

Die Schiffsschaukeln und das Karussell sausten.

»Schi – fferin du Klei – – ne, fah – – re nicht allei – – ne«, »An der Saa – – le hel – – – – lem Stra – – – han – – – de«, spielten die Orgeln, die während des Gottesdienstes geschwiegen hatten, durcheinander und trugen die Töne weit durch die Luft, daß die Marktbesucher sie schon hörten, wenn Hügel und Bäume die Turmspitze des Städtchens noch verdeckten.

Das Markttreiben hatte seinen Höhepunkt erreicht. Die Honoratioren, die am Marktplatz wohnten, saßen an den Fenstern. An fast allen Fensterrahmen, rund um den Platz, waren Kinderluftballons angebunden, die in der Luft schaukelten.

Die Händler strahlten und stopften sich, während sie

Stoff abmaßen, Waren einwickelten, Geld einkassierten, rasch ein paar Brocken in den Mund, schwitzten und waren zufrieden.

Staub, der Geruch der Waren, der Schweine und des Bauernschweißes erfüllte die Luft. Am hohen Himmel die weiße Sonne glühte herab auf die wimmelnde Menschenmasse. Musik, Grunzen, das Quieken der Ferkel, das Feilschen der Bauern, Schreien, Lachen, Jauchzen schmolz zusammen zu einem tosenden Brausen, daraus manchmal der Ton einer Kindertrompete, das Kreischen einer Dirne stach.

Um den mit Stricken abgegrenzten Vorstellungsraum der Seiltänzergruppe stand eine vier- bis fünffache Menschenmauer und wartete.

Neben dem grünen Wagen, hinter einem Stück Vorhang, richtete eine alte Frau ein fünfjähriges Mädchen für die Vorstellung her. Grüne Strümpfe und das rosa Ballettröckchen hatte es schon an. Die Alte steckte ihm noch ein Kränzchen von weißen Papierrosen in das Haar. Das Kind ließ alles mit sich machen, ließ sich herumdrehen, am Röckchen zupfen, ohne sich zu beteiligen. Es lutschte an einer Zuckerstange. Die Alte färbte dem Kinde noch mit Zichorienpapier die Lippen rot und schob es wortlos weg in den Vorstellungsraum.

Das Kind kletterte auf das Podium, das sich in der Mitte befand.

Auf dem Podium stand regungslos, in grellgrünem Trikot, ein großer, starker Mann mit schwarzem Schnurrbart, die Hände im Rücken, den einen Fuß vorgestellt, und sah auf die Menge herab. Neben ihm stand mit fest durchge-

drückten Waden, eine Hand in der Hüfte, ein sechzehn-
jähriges Mädchen in weinrotem Trikot, mit fuchsrotem
Haar, das offen im Rücken hing. Sie hatte fast noch keine
Brüste, lange, dünne Arme und ein braunes, mageres Gesicht.

Der Clown vor den dreien hob den großen zerknüllten
Schalltrichter aus Messingblech an den Mund und brüllte,
jedes Wort langsam und deutlich aussprechend, daß es
dumpf über den ganzen Markt hindröhnte:

»Galavorstellung! Die große Galavorstellung der weltberühmten Künstlertruppe Harreman nimmt ihren Anfang!
Die weltberühmte Künstlertruppe Harreman beginnt mit
der großen Galavorstellung! Anfang! Anfang! Die Vorstellung beginnt! Anfang!«

Der Mann und das Mädchen reckten sich und sprangen
vom Podium.

Der Mann blies die Trompete, das Mädchen schlug die
große Pauke, der Clown die Trommel. Das Kind im Ballettröckchen stand auf dem Podium und lutschte an seiner
Zuckerstange.

Was der Schalltrichter nicht ganz vermocht hatte, vollendete der Höllenlärm dieser Kapelle, der alle Orgeln übertönte. Von allen Seiten des Marktplatzes strömten die
Bauern herbei. Die Produktion begann.

Mann und Mädchen standen eng Leib an Leib. Die Arm-
muskeln des Mannes schwollen. Der dunkle, weinrote Körper des Mädchens glitt langsam senkrecht am Männerkör-
per in die Höhe, über den Kopf des Mannes und, mit dem
Kopf nach unten, am Rücken hinunter; wieder langsam in

die Höhe, immer höher, bis das Mädchen Hand stand auf den emporgereckten Händen des Mannes. »Hoppla!« Der Mann schnellte das Mädchen in die Luft, der Körper überschlug sich, sie stand auf den Beinen.

Mann und Mädchen sprangen einige Schritte vor und forderten den Applaus heraus, wobei das Mädchen den Fuß rückwärts stellte, so daß nur die Fußspitze den Boden berührte; mit geschlossenen Augen, den Kopf tief im Nacken, rollte sie, vom Kinn weg, weich den Arm auf.

Ein Bürger sagte sonor: »Bravo.« Der Bauer neben ihm sah ihn erst an und fing dann an zu klatschen. Das Klatschen setzte sich fort und wurde unter Bravorufen allgemein.

Von jetzt ab achtete der Bauer scharf darauf, daß ihm niemand zuvorkam, den Applaus einzuleiten.

Beim Postgebäude hatten die Seiltänzer einen Mast in die Erde gerammt, der hoch über die Häuser hinaus in den Himmel ragte. Gegenüber, bei der Kirche, ragte ein ebensolcher Mast in die Luft. Ein stark hängendes Seil, quer über den ganzen Marktplatz, verband die beiden Maste. Von dem Seile hing in der Mitte senkrecht ein Strick herunter bis auf das Pflaster des schmalen Ganges, den die dicht beieinanderstehenden Buden frei ließen.

Während noch der starke Mann das Kind im Ballettröckchen im Kreis um seinen Kopf wirbelte, daß man befürchtete, er werde plötzlich nur noch das dünne Ärmchen in der Faust halten, sah man einen schmierigen, zerlumpten, dicken Mann mit einem zerlöcherten Schlapphut auf dem Kopf an dem Strick hinaufklettern, der von dem Querseil herunterhing.

Der starke Mann im grünen Trikot schimpfte: der Stromer solle herunterkommen, er ließe sofort die Polizei holen, was der Lump da oben zu suchen habe.

Der Mann mit dem Schlapphut saß in der Mitte des Seiles, so daß das gestraffte Seil zu beiden Seiten von ihm weg schief zu den Masten emporstieg. Er wippte sich im Schwung, und bald flog er dahin und zurück, in Haushöhe über der staunenden Menge.

Da fing er an, sich auszuziehen, und schleuderte Hose und Rock weit hinaus in die Luft. Wo sie niederfielen, wich man zur Seite. Der starke Mann machte Gesten des Entsetzens. Der Stromer saß aber immer noch vollkommen angezogen auf dem schwingenden Seil.

Wieder zog er einen Rock aus und noch zwei Röcke und noch drei Hosen. Man lachte, denn immer saß er angekleidet auf dem Seil. Röcke, Röcke, Hosen, drei Westen, acht, fünfzehn Westen, unglaubliche Lumpen flogen durch die Luft.

Die Menge war an die Häuser, rund um den Marktplatz, zurückgewichen. Der Mann war jetzt weniger dick. Das Seil schwang.

Der Clown beim grünen Wagen stieß plötzlich einen fürchterlichen Schrei aus. Alles erschrak und sah auf ihn. Er lachte und deutete in die Luft.

Da saß das weinrote, schlanke Mädchen auf dem schwingenden Seil.

Die Bauern sahen sich an, schlugen sich auf die Schenkel, ein Gemurmel wuchs aus der Menge, hier und da ein lautes Lachen, alle Köpfe lagen im Nacken, weiße Bärte stachen in die Luft.

Das Mädchen schnallte sich einen Riemen an die Fuß-
fessel des einen Beins, und das andre Ende des Riemens
schnallte sie an das Seil fest. Hin und her schwang das Seil.
Immer höher. Sich mit beiden Händen festhaltend schwang
sie die Beine nach vorne, wenn das Seil vorflog, so daß sie
waagrecht, mit hohlem Rücken auf dem schwingenden Seil
lag.

Die Musik setzte schmetternd ein und brach ab. Der
starke Mann breitete weit die Arme aus gegen die Menge
und brüllte:

»Der Riesenluftsprung! Der Riesenluftsprung! Fräulein
La Lola wird sich erlauben, ihren weltberühmten, lebens-
gefährlichen Riesenluftsprung auszuführen!«

Da, das Seil war vorgeschwungen, daß es fast in gleicher
Höhe mit den Mastspitzen war – da stieg der Mädchenkörper weich vom Seil in den Himmel hinauf und sauste, mit
dem Kopf voran, weit hinaus in die Luft. Man packte sich an
den Armen. Ein paar Weiber schrien auf. Die Orgeln schwiegen.

Das eine Bein an das Seil gefesselt, den Kopf und die aus-
gestreckten Arme nach unten, sauste der dünne, weinrote
Körper mit nachflatternden, fuchsroten Haaren in mäch-
tigem Bogen durch die blaue Luft, über den ganzen Markt,
hin und her, hin und her.

Es war still. Das Schreien der in der Luft herumzucken-
den Schwalben tönte in die Stille. Dann brach der Beifalls-
sturm los.

Als das Mädchen, einen alten Männerrock um den Schultern, mit dem Blechteller sammeln ging, waren es nur we-

nige, die sich vom Zahlen auf die Seite drückten. Die meisten Bauern suchten ihre Kupferstücke zusammen. Mit dünner Stimme, die sich manchmal überschlug: »Trinkgeld! Trinkgeld! Den Künstlern ein Trinkgeld! Gebt ein Trinkgeld!« rufend, wandte sich das Mädchen durch die Menge. Alte Weiblein hoben die Röcke und holten aus dem dritten Unterrock ihre Lederbeutel und gaben. Die Bauernkinder waren stolz, ihren Pfennig in den Blechteller legen zu dürfen.

Es war ein großer Erfolg.

Fünf Pfennige

Nachdem Anton Seilgeher dem Mädchen aber die Druck-knopfbluse geöffnet hatte, mit einem wohlberechneten Riß, und sie seine Lippen auf dem Nacken fühlte, wehrte sie sich immer weniger.

Da sah er sich als Jungen, wie er seiner Schwester die Bluse schloß. Die Druckknöpfe schnappten ein, aber die meisten gingen immer wieder von selbst auf.

Er war, die Lippen auf des Mädchens Nacken, noch nicht fertig mit dieser Erinnerung und dem Gedanken, daß seine Schwester jetzt gar nicht hierhergehöre, wollte, halb ab-wesend, dem Mädchen die Bluse von den festen Schultern ziehen, da riß sie sich los, und schlug ihm ins Gesicht! »So weit geht's nicht!« – Sie muß gefühlt haben, daß ich an et-was anderes dachte. Wie fein selbst ein so robustes Mädchen in dieser Sache empfindet. »So weit geht's nicht? So weit geht's also nicht. Wie kann ich herausbekommen, wie weit es bei Ihnen geht? Ich müßte eben wissen, warum es bei Ihnen nicht so weit geht. Aber dafür kann's zehntausend verschiedene Gründe geben. Vielleicht, weil Sie einmal im Hotelnebenzimmer das Bett haben knacken hören.« – Ich hätte nicht auslassen dürfen; vielleicht war, ohne daß sie es klar weiß, verletzte Eitelkeit der Grund.

»Ich war nie in einem Hotel. Das tue ich nicht.«

»Ja, sehen Sie, das ist es also nicht. Und was es ist, kann

ich nicht wissen. Ich bekam eine Ohrfeige, weil ich etwas nicht weiß. Das ist wie in der Schule.« Er griff sich an die geschlagene Wange und sah auf das Mädchen herunter, verlegen. Die andere Wange rötete sich auch, wie in der Schule. Nur hatte er da zum Lehrer aufgesehen, und jetzt sah er aufs Mädchen hinunter. Sie mühte sich vergebens, mit verrenkten Armen, die Bluse wieder zu schließen. Da sah sie ihn ganz freundlich an. Er zog die Brauen nicht hoch. – Nein. Ich hätte vielleicht, trotz aller Hochachtung und Ritterlichkeit für die Frauen, trotz dieser meiner schönen Weltanschauung, sogar zurückschlagen können. Ich knöpfe die Bluse nicht zu. »Nein, drücke sie nicht zu, müßte man sagen.«

»Wie?«

Dagegen half er ihr höflich in die Jacke. Und sie lächelte ihn von unten herauf an, und blieb. Aber er zog den Vorhang zurück und öffnete das Fenster.

Auf der Straße blieb er vor einem Droschkengaul stehen. Das Mädchen hatte mit aller Kraft der Frage im Blick ihm nachgesehen.

Es war schon dunkel; nur das Pferdeauge glänzte ein wenig, mild und ungeheuer müde. Als laste der ganze Erdball auf ihm, stand das Pferd. – Es gibt nichts auf dieser Welt, was trauriger und so tief resigniert ist wie das Auge eines Droschkengauls. –

Dem Gaul zitterten die Vorderbeine. Er schloß das Auge, hob das eine Bein und schaukelte es ein wenig, und das Hufgelenk zuckte vor Übermüdung. Dann stand das Auge wieder offen.

Anton Seilgeher dachte daran, daß sein Freund zu ihm gesagt hatte: »Die materialistische Weltanschauung ist flach, ich glaube an die unsterbliche Seele!«

»Ja aber die Tiere?«

»Die Tiere haben keine Seele. Kann die Laus eine Seele haben?«

»Die Laus? Eine Seele?«

Er sah in das milde Auge des Droschkengauls. Es war von tiefster Traurigkeit. – Wie das Auge der Muttergottes. Haben Tiere keine Seele –? Da hob der Gaul das andere Bein, auf daß es etwas ausruhe. Ein Fahrgast im Pelz stürzte zum Wagenschlag. Der Kutscher fuhr aus dem Schlafe, »ha?«, riß die Decke vom Pferd, die Peitsche aus dem Halter, das Pferd zog an. Genau hatte Seilgeher gesehen, daß sich der Blick des Droschkengauls um nichts verändert hatte. Das Auge wurde mit seiner ganzen Schwermut vom Gaul mitgetragen, die dunkle Straße hinunter.

Seilgeher blieb stehen, dachte daran, daß die Druckknöpfe an seiner Schwester Bluse sehr klein waren – eben weil die Bluse so dünn war, eine dünne, moosgrüne Florüberbluse –, und sah zu den aufgepluderten Spatzen hinunter, die in den zurückgelassenen Mist des Droschkengauls einpickten. – Welch ein grandioser Kreis. Während das traurige Auge jetzt durch andere Straßen getragen wird, nähren sich die Spatzen von dem Mist, der in irgendeinem Zusammenhang mit dem milden Blick des Auges stehen muß. Und anschließend an diesen Gedankengang sagte Seilgeher: »Das Blut ist der Sitz der Seele. Und es ist nur ein Blut. Vielleicht gibt es nur eine Seele, und alles hat Teil daran.«

Messing blitzte auf, Seilgeher schrak zusammen vor einem fürchterlichen Ton. Ein Maskentrupp, weiß und vielfarbig, war um die Ecke gestürzt, trompetete, kirrte, lachte, brüllte, und war im Dunkel verschwunden. Eine Teufelsmaske in weinrotem Trikot, mit Hörnern, war in der Straßenmitte stehengeblieben, die Trompete stöhnend zum Himmel gerichtet. Stieß einen klagend beginnenden, stöhnend anschwellenden und wie in Not und Qual jäh abbrechenden Ton aus, und war weg. – »Maske« ist etwas furchtbar Tiefes, Schauriges, dachte Seilgeher; er glich einem Christus mit viel, aber vergeblicher Kraft.

Er ging auf das weiße Licht einer Bogenlampe zu. Darunter, an der Hausmauer, lehnte ein spazierstockgroßer Junge. Er hatte einen rosa Clownanzug an, fror, und äugte schief in den Himmel hinauf. Die Straße war leer. Seilgeher betrachtete unauffällig den Reiterschnurrbart, den sich der Junge in das verfrorene Gesicht gemalt hatte, und ging vorüber, fühlte den Blick des Jungen und wandte sich um. – Warum lächelt der Junge nicht? Er ist doch jetzt maskiert. Seine große Sehnsucht ist ja erfüllt. Er hat sich's eben viele Wochen lang ganz anders vorgestellt. Und jetzt wartet er auf das Herrliche. Wie er friert. Und doch geht er nicht heim. – Es war sehr häßlich, wie man mich lachend und beschämend, ganz und gar nichts begreifend zu Hause empfangen hat, da ich als verfrorener, maskierter Junge mich spät abends heim in die Küche und um den warmen Herd herumgedrückt habe. Deshalb geht vielleicht auch dieser nicht nach Hause. Es kann auch einen anderen Grund haben. Man kennt ja die wirklichen Ursachen nie, warum ein Mensch etwas tut oder nicht tut. Bei den Tieren kann man die Ursachen ihres Tuns viel leichter erkennen ... Sollte das der Unterschied zwischen den Seelen sein? dachte Seilgeher langsam, und sah abwesend den Jungen an, der groß zurückblickte. Er lehnte immer noch reglos schief an der Hausmauer und fror, auf einem Bein stehend, seinen beturnschuhten Fuß auf den anderen geschmiegt.

Seilgeher winkte dem Jungen. Er winkte ihm noch einmal, aufmunternd. »Na komm mal her.« Der Junge löste sich los von der Mauer, und kam, gleich einem Hund, der sich nicht klar ist, ob er Prügel oder etwas zu fressen bekommen wird, zögernd auf Seilgeher zu, blickte in unerhörtem Staunen von Seilgeher auf die fünf Pfennige in dessen Hand, und Seilgeher wieder ins Gesicht, und machte eine schüchterne Kopfbewegung, um der erwarteten Ohrfeige auszuweichen, als er die fünf Pfennige entgegennahm. Rückwärtsgehend entfernte er sich langsam, den Blick unverwandt auf Seilgehers Augen gerichtet.

Zwei Studenten kamen vorbei, schlugen mit ihren Stökken Funken aus dem Asphalt, und schrien durcheinander einschüchternde, beschämende Worte dem Jungen zu, der, zum ersten Male in seinem Leben, zwei große Gegensätze hart nebeneinander empfindend, halb Abwehr, halb Schutz suchend, zwischen Seilgeher und den Studenten hin- und herblickte.

Da empfand Seilgeher Triumph; die Studenten hatten bemerkt, daß Seilgeher dem Jungen etwas geschenkt hatte, sie erröteten beide, blickten lächelnd Seilgeher an, den Jungen, sagten noch ein paar Worte, die verlegen gütig klangen, und gingen still weiter. Funken schlugen sie jetzt nicht aus dem Asphalt.

Sie haben gefühlt, daß man auch so zu einem Jungen sein kann, triumphierte Seilgeher. –

An der Ecke begannen die Studenten den Radetzky-marsch zu pfeifen, und marschierten stramm im Takt dazu.

Mit aller Kraft der Frage im Blick sah der Junge Seilgeher nach.

Der Droschkengaul stand schon wieder, den ganzen Erd-ball auf dem Rücken, an seinem alten Platz, als Seilgeher dort vorbeiging. Der Kutscher schlief. Seilgeher sah den Gaul nicht an.

Was muß der Junge erlebt haben, da er eine Ohrfeige er-wartete statt ein Geschenk, und auch dann noch nicht die Tatsache begreifen konnte, nachdem er die fünf Pfennige schon hatte, dachte Seilgeher, als er, wieder in seinem Zim-mer, den Handschuh, den das Mädchen vergessen hatte, über seine Hand zog. – Ich darf mich nicht wundern, daß es, selbst bei diesem robusten Mädchen, dessen Handschuh so-gar mir zu groß ist – nicht so weit geht, da der Junge seinen bisherigen Erfahrungen zufolge eine Ohrfeige erwartet statt ein Geschenk. Denn für das alles sind vielleicht schwere, zwingende Ursachen da … Aber warum muß dafür ich die Ohrfeige bekommen von dem Mädchen, wie vom Lehrer in der Schule?

Da trat leise das Mädchen wieder ein.

»Ja, hier ist der Handschuh«, sagte Seilgeher.

Sie blies die Luft nach oben. »Hier ist es heiß.« Und zog die Jacke aus.

»Ich gehe gleich wieder.« Sie setzte sich.

Ein paar Stunden später, als Seilgeher das Mädchen nach Hause begleitete, sagte er: »Trotz seiner großen Freude über die fünf Pfennige hat es der Junge nicht bis zu einem Lächeln gebracht.«

»Wie?«

»Ich meinte, ich könne verstehen, warum manche Menschen in brüllendes Gelächter ausbrechen, wo andere es nur zu einem Lächeln bringen.«

Gotik

Kilian Thomas war in einer katholischen Stadt geboren.

Obwohl er nicht zum Priester bestimmt war, hatte er doch als Kind und Jüngling und bis kurz vor jenem Unglücksfall, der seinen Tod verursachte, seine Tage nur bei den Mönchen und Priestern der Klöster jener Stadt verbracht.

Der einzige Traum, dessen er sich in späteren Jahren aus seiner Kindheit erinnerte, war: er floh, entsetzt, von Angst gejagt, durch den alten Klostergarten, verfolgt von schwarzen Soutanen langer, hagerer Priester, die, Arme und »gräßliche« Hände nach ihm ausgestreckt, hinter ihm herstürzten.

Die Stadt war katholisch. Von jenem schweren Katholizismus, der die Menschen durchdringt, dumpf und unentrinnbar fesselt, der durch die schwere, düstere Frühgotik gefestigt, gestützt ist, bis in Jahrtausende. Jene Gotik kleiner deutscher Städte, die einen eisernen Reif um das Hirn der Menschen legt, die dem Menschen das dumpfe Chaos ins Hirn flößt, aus dem ihm die Angsträume mit schreckhaften Blitzen wachsen.

Die Gotik jener Stadt – in ihr war alles gotisch, die Klöster und Kirchen, die Häuser und hohen Mauern, die engen Kurven der Gassen – hatte stetig und fliegend alles durchdrungen, bis zu den Bäumen, die, uralt und verzerrt, die feuchtkühlen Gassen verdunkelten, bis zu den Haustieren, die scheu und verkniffen durch Häuser und Gassen schlichen.

Und die Menschen liebten die Sonne nicht.

Sie gingen zusammengeduckt, mit immer halb geschlossenen Augen. Ihre Hände waren dick und weißlich, und die Gesichter fett und von einer bösen Lüsternheit.

Andere aber waren lang und hager, hatten große, tiefliegende Augen, matt oder ekstatisch glänzende, dünne, strenge Lippen, die Lippen nur eine hart eingegrabene gerade Linie wie ein Schnitt in Eichenholz, und lange, magere, immer feuchte Hände. Die Menschen waren Lüstlinge oder Asketen.

Kilian Thomas hatte alle alten katholischen Schriften gelesen, auch Schriften, die sonst nirgends mehr existieren, außer bei den Mönchen dieser Stadt. Er war über alles Helle in der Literatur hinweggeglitten, geflüchtet, zu den Mystikern aller Zeiten und Länder. Das hier Erfahrene kam der Wesenheit seiner Stadt entgegen, mischte sich mit ihrem Fluidum, wurde von ihr aufgesogen, und er sank seiner Stadt eng an die Brust. Unentrinnbar. Die Stadt hatte ihn geboren und genährt, er war ihr Werk, ihr Kind, sie hielt ihn fest, ohne ihn halten zu müssen. Er war ihre höchste repräsentative Blüte, ihrem hohnvollen, gehaltenen Stöhnen verfallen. Einen Beruf hatte Kilian Thomas sonst nicht.

Sein Körper war lang, hager und vornübergebeugt. Beim Gehen hielt er die Hände auf dem Rücken verkrampft, als wäre er gefesselt. Nachts war er in seinen Träumen belastet, schlief mit offenen Augen, die angststarrt nach innen glühten. Oder er lag im Traum glückselig und hörte unfaßbar süße Musik; oder er flog im Traum, flog, daß er, schon erwacht, noch das Gefühl hatte, er liege gehalten, hoch, höher – höher, das Gefühl, er sei gewichtlos. Er hatte große, dunkle Augen, von tiefer Bräune umschattet, schwarze, scharfgerissene, in der Mitte nicht unterbrochene Brauen und lange Wimpern, die glänzten wie mit Öl betaut. Seine Nase war sehr schmal und war lang. Auf der Oberlippe hatte er einzelne, verloren stehende, lange schwarze Haare. Sein dünner, großer Mund war schief. Seine Gesichtshaut war braun und unrein.

Im Frühling, als er sechsundzwanzig Jahre alt wurde, stieg er, einem unklaren, suggestiven Drange folgend, in einen Zug, der nach dem Süden ging. Entfloh er seiner Stadt.

Ich lernte ihn in Brissago am Lago Maggiore kennen. Es war Ende März, und noch kühl an manchen Abenden. Er saß immer am rauchschwarzen Kamin der Trattoria, in der wir beide wohnten, in die Ecke gekauert, sah ins offene Feuer, und sprach stundenlang nicht. Die ersten Worte, die er unvermittelt, ohne mich anzusehen, zu mir sagte, lauteten:

»Waren Sie schon in der toten Stadt?«

Ich war erstaunt, daß er überhaupt zu mir sprach, und verneinte, weil ich gar nicht wußte, welchen Ort er mit der toten Stadt meinte, und ich ihn auch nicht fragen wollte, da sein schweres Schweigen ein Fragen oder Erklärungheischen fast ausschloß.

»Fahren Sie mit mir hinüber?«

Er sprach wie unbewußt, und ich konnte seinen Traumaugen anmerken, daß er anderen Gedankenreihen nachhing.

Wir fuhren in einem alten, schweren Fischerboot, mit zwei paar langen Stangen, mit denen man im Boote stehend rudern mußte. Es war still und fast dunkel, und ein grauer, gedämpfter Silberschein lag auf der glatten Wasserfläche.

Er stand vor mir. Beim Rudern mußte man, wenn die Stangen eingetaucht waren, zwei Schritte vorwärts tun, sich dabei gegen die Ruder stemmen und dann wieder rückwärts gehen, eintauchen, und so fort. Er gab das Tempo an, langsam und stetig.

Seine hohe, dunkle Gestalt bewegte sich vor mir, rhythmisch, wie ein langer, schwerer Pendel einer alten düsteren Uhr.

Nach meiner Berechnung mußten wir ungefähr eine Stunde so gerudert haben, als sich allmählich weißgraue Häuserflächen aus dem Dunkel lösten. Gleich darauf lief unser Boot auf dem Strandsand auf.

Der Ort lag hart am Fuße des Gebirges. Der einzige Weg zu anderen Ansiedelungen konnte nur über den See sein, denn die pfadlosen Ausläufer des Gebirges, steil abfallend, schoben sich um den Ort herum und noch einen Steinwurf weit ins Wasser, das sich bis zu den ersten Häusern dehnte.

Während zu dieser Jahreszeit um neun Uhr abends in den italienischen Ortschaften überall noch Licht und Leben atmet, war es hier tot. Kein Licht brannte, und kein Laut war zu hören.

Wir gingen nebeneinander durch die engen, dunklen Gassen, an einem Brunnen vorbei, der in einer epheuüberwucherten Nische in die Mauer eingelassen war. Sein monotones Geräusch, das bei unserem Weitergehen verklang und verstummte, machte mir die Totenstille ringsumher erst bewußt. Die Haustüren standen weit offen, wir gingen in die Höfe, kein Hund bellte, kein Fenster war beleuchtet, kein Fenster tat sich auf. Und doch schienen die Häuser bewohnt zu sein. Kam dies Totenhafte daher, daß der Ort an der Nordseite und am Fuße des überragenden Gebirges, und deshalb ewig im Schatten lag? Hatte das Fehlen der Sonne Menschen und Häuser so traumhaft düster gemacht? Diese ungeheure Stille, das Fehlen jeglichen Lebens fing an, mich zu bedrücken. Ich wollte meinen Begleiter bitten, umzukehren, mit mir zurückzurudern, zu Licht und Leben, wo die Menschen noch vor den Toren sitzen, wo die Mädchen noch singen und die Kinder am Wasser spielen.

Da waren wir unversehens zu den letzten Häusern gekommen. Ein schmaler Weg führte in vielen Windungen, an steilen Abhängen vorbei, den Berg hinauf. Mein Begleiter stieg langsam voran, und ich folgte zaghaft, mit unklarem Widerwillen.

Wir standen auf einem Bergplateau. Das Plateau hatte anfangs eine geringe Neigung, dann fiel der Bergrasen in starker Senkung ab. Weiter abwärts kam wieder eine nur etwas abfallende Ebene, dann aber schien der Berg unvermittelt fast senkrecht in die Tiefe zu gehen, denn nur die obersten Spitzen einiger Zypressen waren sichtbar.

Auf der unteren Ebene des Berges stand ein Bildwerk. Aus dem massigen Steinblock stieg eine schlanke, runde Säule, auf der ein Heiligenbild stand – ein Mönch. Ihm zu Füßen kauerten und ragten unsymmetrisch verzerrte, gotische Tiergestalten in die Luft.

Ich sah auf den See hinunter, der, jetzt heller als bei der Überfahrt, in der Tiefe lag. Hoch am Himmel stand die dünne Mondsichel. Ihr trüber, trauriger Schein lag über der Landschaft.

Mein Begleiter stand mit gesenktem Kopf und sah hinab auf das Bildwerk. Dann wandte er sich ruhig zu mir und sagte:

»Die modernen Flugzeugkonstrukteure fassen das Problem des Fliegens falsch an.«

Ich staunte doch ein wenig über diese Worte an diesem Ort, obwohl ich auf Sonderbarkeiten von seiner Seite gefaßt war.

»Das Problem des Fliegens ist erst dann gelöst, wenn der Mensch nicht mehr nur im Sinne des Schwergewichts an die Luft herantritt, sondern die Luft zum Fliegen nimmt wie zum Atmen, als selbstverständliches, für ihn vorhandenes Material. Das heutige Fliegen ist ein mit List geführter Kampf gegen die Luft, gegen etwas, was dem Menschen angehört, womit er lebt. Die modernen Aeroplane benützen die Luft zum Widerstand, drücken auf sie, anstatt zwischen der Luft zu sein. Die Luft muß unter dem Fliegenden sein, über ihm und muß durch ihn durchgehen – ganz gleich verteilt.«

Das alles sagte er wie etwas Selbstverständliches, nicht Erdachtes. Auf einmal aber sagte er langsam und leise, und mit einer unfaßbar süßen Sehnsucht in der Stimme:

»Ich kann fliegen, ohne Maschine, da – den Abhang hinunter.«

Nun ging von ihm, trotz oder wegen seiner Eigentümlichkeit, etwas aus, was überzeugte, was zum Glauben

zwang. Dazu kam, ich war damals jung, und ganz unmöglich kam mir überhaupt nichts vor. Ich antwortete halb fragend, halb sagend:

»Sie können fliegen!?«

Er blieb stumm, ging einige Schritte zurück und lief, nicht
zu schnell und mit den angespannten Armen die Luft he-
bend, wieder vor, und – sprang ab. Den Oberkörper vorgestreckt, schoß er hinab. Da – seine Beine schwangen nach
vorn, er drückte einige Male mit den Händen weich auf die
Luft und lag fast waagrecht, ein paar Augenblicke, dann hob
sich der Oberkörper wieder, seine Arme rauften die Luft
nach hinten, und durch eine seltsame Eigenbewegung des
Körpers zogen die Beine wieder nach vorn.

Die Arme waagrecht ausgestreckt, schwebte er jetzt mit
durchgedrücktem, hohlem Rücken auf der Luft. Er flog, er
flog.

Plötzlich stiegen die Beine in die Höhe, daß der Körper
senkrecht in der Luft stand, mit dem Kopf nach unten. Da
hörte ich einen furchtbaren Schrei, einen fürchterlichen
Schrei. Der Körper knäulte sich zusammen, und der Kopf
sauste auf den Sockel des gotischen Bildwerks. Ich sah noch,
wie die Gewalt des Aufpralls den Körper hinunterriß, und
sah den Steinmönch schwanken und stürzen, und schloß die
Augen.

Es war still.

Ich sprang den Abhang hinunter. Da lag er. Die Kante des
Sockels hatte ihm die Schädeldecke bis zu den Augen halb-
handbreit zurückgeschoben. Das Hirn lag offen. Er war
tot.

Neben seiner Brieftasche lagen lose zusammengeheftete Blätter mit Bemerkungen, Gedanken, die sich aneinanderreihten, die Klarheit, den Gipfel nicht fanden, unvermittelt abbrachen, um später in anderer Form wiederzukehren. Aufzeichnungen, die sich auf sein Leben bezogen und auf die Stadt, in der er geboren war. Dazwischen waren Zeichnungen eingestreut, linearen Charakters, und mit weichgeschwungenen Linien durchzogen, die Körperformen ahnen ließen. Ein Sinn war schwerlich in den Zeichnungen zu finden, und doch auch wieder konnten sie nicht sinnlos genannt werden.

Der Erotomane und diese Jungfrau

Ein Herabgekommener – noch bevor er heraufgekommen war. Aber der Schreiber des schmierigen Berliner Rechtskonsulenten war einer von denen, die mit grauen Haaren und einem Berg von Enttäuschungen noch glauben: In einem Monat ... Nächstes Jahr.

Oft ging der Schreiber nicht ins Bureau. Mein Winkeladvokat ist ein liederlicher, schweinischer Lump. Ich auch. Wir decken uns. Niemand hatte es nötig, den Schreiber einen Lumpen zu heißen; er tat es selbst, hatte aber den grimmigen Willen, keiner zu sein. Er war überhaupt mutig im Selbstbekennen, und nicht nur Schreiber. Er schrieb auch. Unter einem Pseudonym, seine Beichten. Das beweist nicht, daß ich keine Sau bin. Aber vielleicht, daß ich eine bin. –

Schenkte er es sich, ins Bureau zu gehen, dann ging er durch die Straßen hinter den schönen Frauen her und entkleidete sie, hielt die Kleider weg, und sah die Wäsche, und wie die Schenkel aneinander streifen. Mit einem Blick auf die vor ihm Gehende wußte er, wie sie sich dabei benimmt. Während er sie überholte und zurück ihr ins Gesicht blickte, erlebte er die Erfüllung.

War eine Frau unverhofft in ein Haus getreten, dann stöhnte die Sehnsucht in ihm – ich werde sie nie mehr wiedersehen. – Und schwer empfand er den Verlust, wurde empfindungslos und luftig im Innern, wie ein Mensch, der alles im Spiel verloren hat. Aber da war immer gleich eine andere, der er folgte. Bis auch sie verschwand, einen Wagen nahm.

Sie konnten mager sein, oder kolossal, vierzehn- oder vierzigjährig. Sofort fand er das Reizende und sog es in sich hinein, daß ihn die Brust schmerzte.

Die Neugier zu sehen, ob die Haare einer Frau auch am Leib weiß werden, zwang ihn, eine ganz Alte zu verführen.

Er hatte Nasennerven, fein wie ein Hund, liebte die Gepflegten, erkannte sie am Geruch. Schiefgetretene Absätze ließ er vorbeigehen, immer, und Pleureusen und Brillanten, die manchmal mit den verluderten Schuhen wandelten, konnten ihn nicht umstimmen. »Dreck.«

Kamen ihm zwei schöne Frauen zu gleicher Zeit entgegen, da flog sein Kopf, nach links, nach rechts, er wog in momentaner Unschlüssigkeit fiebrig ab, und nur dann konnte es vorkommen, daß er hundert Meter lang nicht Zeit fand, eine dritte zu entkleiden, die vielleicht eben ungesehen an ihm vorbeiging.

Kam eine, taxierte er schnell, ob sie sein Nichtrasiertsein übersehen würde, das Loch im Schuh – und täuschte sich nie, hatte manchmal Glück, und das Erlebnis war brennend und kurz, wie seine Beichten.

War er gleich darauf wieder erregt, durch eine andere – staunte er und lächelte: ich bin dürr, blutarm, noch sehr jung, aber schon grau, habe seit Jahren nichts zu fressen – und doch.

Sofort wußte er: bei der müßte ich nur etwas mehr Geld in der Tasche haben, und gequält ließ er sie vorbeigehen. Bei dieser genügts. Zu der muß ich sagen: bitte nehmen wir ein

Auto. Zu dieser kann ich sagen: es ist schön, zu Fuß zu gehen, ich muß bescheiden sein; der Offene, Einfache. Bei der zugreifend, grob, bei dieser sentimental. In fünf Minuten wußte er alles von einer Frau, was er wissen mußte, ohne daß sie ihm etwas gesagt hätte.

Warten … konnte er nicht. Seine Gier ließ keine Trennung, auch nicht die einer Stunde zu. Es mußte gleich sein, bei ihr, bei ihm, im Wagen. Gelang ihm das nicht, war sein Interesse weg.

Er war sehr wählerisch, solange die Zeit der vielen war. An schönen Nachmittagen. Erst in der Nacht hatte er auch für Kokotten ungemindertes Interesse; und gegen drei Uhr früh, da nur noch die ganz Verbrauchten an den Ecken stehen, gab er seine letzte Mark hin. Und war voll von Glück.

Las er in einem guten Buch eine Liebesgeschichte, dann vereinte er sich mit dem Mädchen, lange bevor sie der Held der Geschichte gewann. Las dann die Geschichte langsam zu Ende, konnte jetzt alle nicht die Erfüllung bringenden kleinen Zärtlichkeiten zwischen den Liebesleuten miterleben. Und kamen die Liebesleute in der Geschichte endlich zusammen, dann verweilte er in trauriger Sehnsucht bei den kleinen Zärtlichkeiten der beiden. Die Sehnsucht, auch jenseits der absoluten Erfüllung lieben zu können, einer zärtlichen, währenden Liebe fähig zu sein, erfüllte seine Tage und Nächte, zehrte an ihm, und zwang ihn immer wieder zu den Stundenerlebnissen zurück.

Sie lief vor ihm her, sehr schnell. – Ihr gelbseidenes Kleid trägt sie förmlich.

An ihrer Haltung sah er, daß sie Jungfrau war.

Er prüfte ihre Schuhe. – Es sind billige Schuhchen mit Lackkappe, viel getragen, aber gerade erhalten und weich gepflegt. Sie ist arm, sauber, liebt den Luxus, und hat keinen, ist schlank und hoch, hat aber volle Brüste – sie müßte vor meinen Augen nackend eine leitersteile, geländerlose Stiege heruntersteigen. Unten angekommen ... wäre sie verwirrt und aufgelöst vor Scham, und die gröbsten Hindernisse wären beseitigt. Anschließend an diesen Gedankengang fragte er, als er sie eingeholt hatte: »Tragen Sie zu Hause einen plissierten Morgenrock, ganz weiß, mit vielen Spitzen?« Ihr Mund öffnete und schloß sich, sie brachte kein Wort hervor und lächelte verloren. »Und lieben Sie es, im Sommer ohne Hemd zu schlafen?« hieb er, seinen erprügelten Vorteil ausnützend, schnell weiter auf sie ein, und heftete seinen Blick auf ihre Augäpfel, bis sie die zitternden Lippen öffnete.

Seine sinnliche Fähigkeit, durch sensibles Sicheinfühlen in eine Frau erotisch besondre Eigenheiten von ihr zu erraten, war unbegreiflich vollendet.

Als sie vor der Wohnung des Mädchens angelangt waren, wußte er, daß sie allein im Leben stand. Sie war schwarz, die Hitze hinter ihren Augen schien durchgesengt und die Haut unter den Augen gebräunt zu haben. Alles in ihrem Gesicht bebte vor Reifsein und noch immer nicht gelebtem Leben.

»Sie dürfen nicht mit heraufkommen.«

»Ich bin ein anständiger Mensch. Wenn ich auch ein armer Teufel bin und zerrissene Schuhe habe«, war er geschickt sentimental, ließ ihre Augen nicht los mit den seinen, und errötete wirklich.

»Danach … erschieße ich mich«, sagte sie, oben in ihrem Zimmer, leise und schwörend bestimmt, daß er erschauerte, und sah auf die rosa Vorhängchen, die das Messingbett zierten. Gedankenschnell sichtete und wog er seine Gefühlskraft und seine intellektuellen Mittel der Überzeugung für diesen von ihm noch nicht erlebten Fall, und sagte ernst: »Hören Sie mich eine Viertelstunde lang an … danach. Dann erschießen Sie sich nicht.«

Als sie sich wieder aufrichtete, und aufstand vom Bett, schien ihre Stirn höher geworden zu sein, und ihre Augen waren gänzlich entsinnlicht. Sie brachte einen gräßlichen Ton des Ekels vor sich selber hervor, begleitet von einer Bewegung ihrer beiden Hände, als wolle sie aus sich selbst heraussteigen. Wobei ihr Kopf in den Nacken zuckte. Er betrachtete sie lauernd.

»Gehen Sie jetzt. Gehen Sie.«

»Habe ich recht gehabt?« Er wußte, daß er nicht recht behalten hatte, und dachte fühlend, angestrengt nach.

»Gehen Sie jetzt.« Sie lächelte sogar. Da wurde er ernst, zu sichtbar, erschrak darüber, und gewann sofort die hier nötige Maske – Ich muß das Gröbste wegzuräumen versuchen. »Sehen Sie die Sache doch einmal ruhig an … wie eine Maschine, deren Teile ineinandergreifen und damit ihren Zweck erfüllen. Sie sind so organisiert, ich so, und unser Zusammensein erfüllt einen natürlichen Zweck.« Er bemerkte, daß seine Kleider nicht in Ordnung waren, errötete vor ihr, und trat ans Fenster. Die kalte Helle draußen schlug ihm die jetzt nötigen Empfindungen nieder. Er wandte sich

um. Das Mädchen weinte nicht. Sie stand in der Stuben-
dämmerung aufrecht am Tisch. Ich hätte nicht erröten
dürfen. Er erschrak vor der entschlossenen Härte in ihren
Augen, und eine ihm ganz unbekannte Weichheit überkam
ihn. Er vermeinte, mit einem einzigen Wort, mit einer einzigen zärtlichen Bewegung alles Dunkle, Schwere von dem
Mädchen nehmen zu können, und lauerte in sich hinein auf
die helfende Empfindung, die aber nicht so deutlich kam,
daß er sie fassen und an das Mädchen weitergeben konnte.

»Ich will, daß Sie jetzt fortgehen.«

Da redete er los, und ein flehender, mütterlicher Unter-
ton war in seiner Stimme. Und während die Worte, schnell
und mit Spannkraft abgestoßen, das horchende Mädchen
trafen, hatte er unaufhörlich das Gefühl, jeden Augenblick
das Wort zu finden, die Bewegung, die das Mädchen über-
zeugen und ihr die Kraft der Überwindung, Heiterkeit und
Ruhe geben würde.

Er sprach weiter und schloß die erhobene feingliederige
Hand zur Faust. Sie blickte auf die Faust, ihm voll ins Gesicht … und die Sinnlichkeit kehrte in ihre Augen zurück.
Er bemerkte es, und trat auf sie zu. »Sie sind ein gesundes,
schönes Mädchen … und vierundzwanzig Jahre alt. Glauben Sie mir: es muß nicht häßlich sein … es kann schön sein,
wenn zwei junge Menschen zusammen sind.« – Aber sie
fühlte die Nässe, erschauerte vor Ekel und Scham und wich
zurück.

Auf der Treppe blieb er stehen. – Ich habe ihr alles gesagt,
alles, was man einem jungen Mädchen sagen kann, um wegzuräumen, was andere verbrochen haben. Aber möglicher-

weise hätte sie ein anderer, Tüchtigerer in einer Stunde so tot gemacht, daß sie nicht mehr zu sterben brauchte. – Da hörte er den Schuß. »Halt! Ist der Mädchenkörper tot? Bin ich ihr Mörder?« Er rannte hinunter, der Portier an ihm vorbei, hinauf.

Ziellos lief er durch einige Straßen. Und in Gedanken ganz bei dem Mädchen, fand er noch Zeit, sich nebenher darüber zu wundern, daß er, seit Jahren zum ersten Male, die ihm begegnenden Frauen nicht entkleidete. Da erinnerte er sich, daß das Mädchen, während des Beisammenseins mit ihm, nur einen Moment und kaum fühlbar seinen Hinterkopf gestreichelt hatte. So kurz und leise, daß er es eigentlich nur ihren Augen hatte anmerken können. In staunender Verklärung zog er die Mundwinkel in die Wangen zurück und wagte nicht zu atmen, um einen Vorgang in seinem Innern nicht zu stören … Er sah das Mädchen total, und ein ungeheures Ausruhen durchströmte ihn, die Gewißheit, daß er sie zärtlich werde lieben können. Da kehrte er um, rannte los, stoppte, aus Angst, das neue Gefühl aus sich herauszurennen, und seine Augen blickten nach innen zu dem in ihm lebenden Mädchen. Ganz leise sagte er zu ihr: »Ich liebe dich, ich liebe, dich liebe ich, wenn du nicht tot bist!« Und zwang sich, langsam zu gehen, bis in des Mädchens Stube.

Die Gesangvereinsprobe

Der Irre verließ heimlich die Anstalt, um sein ihm abhanden gekommenes Selbst zu suchen.

Der Sonntagmorgen tat sich vor ihm auf. Kirchenglocken läuteten. Rote Sonnenschirme kamen die Straße herauf, kreuzten die Straße. Aus weiter Ferne erklang schwach Militärmusik.

Vor dem Irren spazierten zwei Bürger einer für diesen Morgen angesetzten außerordentlichen Singprobe entgegen; ihre Hände sprachen groß mit, daß die im Ellbogen hängenden Spazierstöcke baumelten. Sie waren vollkommen einig miteinander.

»Da bin ich ganz deiner Meinung, Vorstand«, sagte der zweite Vorstand, und schob den ersten Vorstand voran, in die Wirtschaft hinein.

Sogar an der beiden Tonfall hatte der Irre erkannt, daß auch sie kein Selbst mehr hatten; berührt von dem Interesse des Leidensgenossen am Leidensgenossen, folgte er ihnen und kauerte sich unbemerkt hinter den kalten Ofen des Vereinslokals, wo die Tenor- und Baßtische schon dicht besetzt waren.

Der Dirigent, ein Volksschullehrer mit leerem Gesicht, saß am Klavier, den Rücken den Tasten zugekehrt.

Der Vorstand erhob sich, klopfte ans Bierglas. »Ich muß den Herren die betrübliche Mitteilung machen, daß unser hochverehrliches Gründungsmitglied, Herr Simon Ott, im Sterben liegt ... Er liegt in den letzten Zügen.« Der Vorstand wußte, daß die vierzig versammelten Sänger das schon wußten, denn es war bei der letzten Singprobe von nichts anderem gesprochen worden.

Aber als ein Schneider, mit ganz kurzem Oberkörper, breit lachte: »Jetzt das wissen wir schon lange«, wies ihn der Vorstand zurecht:

»Das ist egal. Alles muß seinen richtigen Gang gehen.«

Auch die andern wiesen den Schneider zurecht, blickten verlangend auf ihren Vorstand zurück, der wieder ans Bierglas schlug.

Alle, mit Ausnahme des Schneiders, nahmen den ernsten Gesichtsausdruck des Vorstandes an.

»Da er also in den letzten Zügen liegt, müssen wir auch das Trauerlied einstudieren, das am Grabe gesungen werden soll ... Nicht daß wir uns wieder blamieren ...«

»Das ist ganz richtig. Sehr richtig.«

Der zweite Vorstand, der auf der Straße gesagt hatte: »Da bin ich ganz deiner Meinung, Vorstand«, erhob sich, klopfte ans Bierglas:

»Ich bin ganz der Meinung unseres hochverehrten Herrn ersten Vorstandes.«

In diesem Moment wurde der Irre von einer Möwe besucht. Lautlos. Sie stand vor ihm, gleich einer schönen nordischen Frau – groß, graublond –, und hatte ein gefühlsentferntes, vollkommen seelenloses Gesicht.

Jenseits aller Verwunderung sagte der Irre zu ihr: »Nur wußte ich bis jetzt nicht, daß Möwen große Frauen sind.«

Die Möwe antwortete nicht, blickte auf das weite, kalte Meer hinaus.

Auch der Irre blickte auf das Meer hinaus.

»Ich bitte den Herrn Dirigenten, das Trauerlied vorzunehmen«, hörte er den Vorstand sagen.

»Er ist doch noch gar nicht tot!« rief der Schneider.

Die Empörung über ihn wurde allgemein.

Ein ganz kleiner, magerer, schon alter, bebrillter Schuster schoß am Tisch der ersten Tenöre in die Höhe und schrie dem Schneider zu: »Um etwas mehr Pietät muß ich denn doch bitten!« Er war der Schriftführer.

»Das Ganze ist eine Viecherei«, sagte der kurze Schneider resigniert.

Und aufgeregt der erste Vorstand: »Das ist keine Viecherei. Aber die Herren Mitglieder müssen fleißig in der Zeitung nachlesen, ob die Todesanzeige drinnen steht. Dann muß vor der Beerdigung schnell noch eine letzte Probe stattfinden ... Wir können uns nicht blamieren.«

Den Irren umflogen die Worte rund und schwarz wie Fledermäuse. Er sah jetzt, daß die Möwenfrau nur Nebel anhatte.

»Ich habe keinen Zylinder. Und werktags habe ich keine Zeit«, sagte der Schneider bockig.

Der noch stehende Vorstand breitete die Arme aus. »Keinen Zylinder. Keine Zeit ... Da könnten wir ja überhaupt keinen mehr beerdigen, meine Herren.«

»Er ist ja noch nicht tot.«

»Es kann aber nur noch ein paar Tage dauern.«

»Hoffentlich fällt die Beerdigung auf einen Feiertag, sonst

ist der Verdienst von einem halben Tag futsch«, sagte ängstlich ein junger Tapezierer mit blonden Lämmerlöckchen.

Und der kurze Schneider hob die Hand, bat ums Wort.
»Mein Meister läßt mich nicht fort. Das sage ich euch jetzt
schon. Wir haben viel Arbeit.«

»Etwas mehr Pietät hätte ich Ihnen denn doch zugetraut!«
schrie der bebrillte Schuster aufgeregt.

Alle stimmten ihm bei. Und der Vorstand sagte: »Wenn
ein altes Mitglied, sozusagen ein Veteran des Männergesan-
ges, stirbt, kann er verlangen, daß an seinem Grabe gesungen wird.«

Der Brillenschuster schoß in die Höhe. »Ich beantrage
sofortige Abstimmung, ob am Grabe gesungen werden soll
oder nicht.«

Alle reckten ernst die Hände zur Decke. Da stieg auch
des Schneiders Hand hoch. »Meinetwegen.«

Plötzlich wußte der Irre, weshalb die Möwenfrau ins Ge-
sangvereinslokal hereingeflogen war. »Ihre Aufgabe ist, die
Seelen von all denen, die vom Leben entselbstet werden,
an sich zu nehmen und sie an den unbekannten Ort zu bringen, wo schon Milliarden verratene Seelen trauernd auf
ihre früheren Eigentümer warten … Alle Menschen bekommen eine Seele mit auf die Welt, aber die allermeisten
verlieren sie wieder. Auch meine Seele hat die Möwenfrau
an sich genommen und an den unbekannten Ort getragen …
Ebenso wie die Seelen dieser vierzig entselbsteten Sänger … Aber da wir alle unser Selbst schon nicht mehr haben, weshalb ist die Möwenfrau hier? … Vielleicht wegen
des Schneiders? Damit sie seine Seele an sich nehmen und

an den unbekannten Ort tragen kann, im Falle auch er entselbstet wird und im Gesangverein untergeht?« flüsterte der Irre.

»Die Bücher!« rief der Dirigent. »Die zweiten Bässe antreten!«

Der Brillenschuster verteilte eifrig die Gesangbücher. Die zehn Bässe gruppierten sich ums Klavier herum.

»Dort unten ist Friede«, intonierte der Dirigent die Melodie. Und die Bässe setzten ein:

»Im kühlen Haus.«

»Küüüüühlen Haus«, verlangte der Dirigent. »Noch einmal.«

»Im kühlen Haus.«

»Nur die zweiten Bässe singen, bitte ich mir aus. Warten Sie, bis Sie drankommen.«

Der Brillenschuster am Tisch der ersten Tenöre hatte mitgesummt.

Gabelförmige Schwingen kamen fühlergleich und steif vorne aus der Körpermitte der Möwenfrau heraus. Sie bewegte sich wie ein Vogel, der zum Fluge ansetzt, sah den Irren mit ihren toten blauen Augen an.

Der dachte: will sie fort? Besteht noch keine Gefahr für den Schneider?

»Es ruhet der Schläfer vom Leben aus.«

»Leben! Leben! Leben! … Nicht Läben. Noch einmal.«

»Vom Läben aus.«

Die Kellnerin stand glühend in der Ecke; Tränen rollten ruckweise an ihren Wangen herunter.

»Weiter!«

> »Und über dem Hügel:
>   Der Schmetterling Flügel,
>   Der Bienen und Hummeln
>   Liebliches Summen.«

Die Strophe wurde wiederholt; ein Teil der Bässe machte dazu: »Sum sum sum sum.«

Auch der Brillenschuster am Tenortisch summte nadelfein mit, bis der Dirigent wütend schrie: »Sie warten, bis Sie drankommen! … Und Sie, meine Herren, mehr piano. Nicht: sum sum sum sum; sondern: sum sum sum sum … Ihr seid doch keine Schmeißfliegen; Käfer summen viel zarter.«

In maßloser Verwunderung erkannte der Irre, daß nicht ein einziger von den Sängern darunter litt, kein Selbst mehr zu haben. Das ist das Grausige, dachte er.

»Das Ganze noch einmal!«

> »Dort unten ist Friede,
>   Im kühlen Haus.
>   Es ruhet der Schläfer
>   Vom Leben aus.«

»Noch mehr piano, wenn ich bitten darf.«

> »Und über dem Hügel: …«

»Pi … a … no.«

> »Der Schmetterling Flügel,
>   Der Bienen und Hummeln
>   Liebliches Summen.«

»Noch einmal!«

Die Kellnerin schluchzte.

»Bring mir noch ein Glas Bier«, flüsterte der Schneider.

Und der Brillenschuster rutschte singbegierig auf seinem Stuhl herum. Plötzlich wurde er zu Stein.

Ein alter, blasser Mann mit langem, beim Kinn gespaltenen Bart war eingetreten, und sang gleich fröhlich mit:

»Es ruhet der Schläfer

Vom Leben aus … sum sum sum sum.«

Der Schneider wurde vor Lachen zu einer Kugel. Die Sänger starrten Herrn Simon Ott, den sie hatten begraben wollen, entgeistert an.

Die Schwingen kamen gabelförmig vorne aus der Leibesmitte der Möwenfrau heraus; der Irre setzte sich darauf und schwebte, den Kopf an die nebelumflorte, schöne Brust der Frau gelehnt, über das kalte, weite Meer, ruhend in der Überzeugung, daß er zum unbekannten Ort gelangen werde, wo seine Seele schmerzlich auf ihn warte.

Die Möwenfrau darf, da sie verlorengegangene, verratene Seelen fortträgt, natürlich keine Seele haben, dachte der Irre während des lautlosen Fluges.

Und sagte zu ihr: »Wenn ich nun morgen meinem Arzt erkläre, daß alle Mitglieder vom Klub junger Kaufleute, von den Korpsstudentenverbindungen, Gesangvereinen, daß alle Beamten, Bürger, Leutnants, Börsianer und Geldgeier entselbstet und gar keine Menschen, sondern Automaten sind, daß ihre verratenen Seelen – von Ihnen und Ihren Schwestern hingebracht – irgendwo im Weltenraum ungeheuer einsam und traurig auf sie warten … glaubt er mir nicht und behauptet, mein Zustand habe sich wieder verschlechtert ... die Psychiater sind doch zu dumm, glauben Sie das nicht auch?«

Die Möwenfrau antwortete nicht, flog weiter, leicht vorgebeugt.

Ihre Augen hatten sich während der ganzen Zeit nie geschlossen; ihr Gesichtsausdruck hatte sich nie verändert.

Weil sie eben keinen Gesichtsausdruck hat, dachte der Irre und drehte das Gesicht nach oben, blickte ihr in die Augen.

Ringsumher war nur noch Wasser und Nebel.

Erst einige Stunden später fand die Kellnerin den tief Schlafenden hinter dem Ofen.

Der Irre

Eingehüllt in seinen dicken, langen Mantel, schwebt er, lautlos wie die ihn umschwebenden Schneeflocken, durch die leere Straße, über den schneebedeckten, menschenleeren Kirchplatz und sammelt Beweise dafür, daß kein Krieg ist.

»Wäre Krieg, dann würden auch die Schneeflocken nicht lautlos fallen, sondern giftig-krachend explodieren. Wäre Krieg, dann würden auch die Schneeflocken nicht weiß, sondern rot sein. Der Himmel rot. Die Luft rot. Alle Straßen rot. Rotgeweint alle Menschenaugen. Denn während des Krieges ist alles rot.«

»Nur die Sozialdemokraten nicht«, flüstert das gesunde, sachliche Ich, das sich im Hinterkopf des Irren verkrochen hatte.

»Oh, du schöne, von Flocken sanft und weiß – und so dicht, so dicht – durchjubelte Stadt! Wie glücklich sind die Menschen, die in deinen Zimmern wohnen und Frieden haben und einander nichts Böses tun und wünschen«, denkt der durch die Menge schwebende Irre. »Nur Gutes!« Und betrachtet verzückt die großen, lichtsprühenden Glasquadrate der Kaufläden. »Und trotzdem behauptet dieser hartnäckige Mensch in meinem Hinterkopf, es sei schon länger als vier Jahre Krieg.«

»Wäre Krieg, dann könnte dieses liebliche Mädchen (das eben aus dem hellen Glasquadrat heraustrat und mit ihren

Paketen in der Dämmerung verschwand) unmöglich solch ein mildes, freudereiches Lächeln in den Zügen tragen. Denn jenes mich tief beglückende Geschöpf weiß natürlich so gut wie ich, daß in diesem Augenblick, da sie mild und festlich lächelt, schon acht, nein zehn, nein zwölf, ach nein: schon fünfzehn Millionen Menschen, die so gerne, ach so gerne weiter hätten leben wollen, tot, schwarz und tot, in den Herzen ihrer Angehörigen verwesend liegen würden; daß an den Fronten viele Millionen alte Väter und junge, junge Söhne in Leid erstarrter Mütter, von Frost und Blut und Scham und Grauen und nahem Tod gefoltert sein würden; daß Millionen Gefangene, gehaßt und gedemütigt, vor qualvollster Sehnsucht Vater und Mutter und Jesus Christus verwünschen müßten, wenn schon länger als vier Jahre, wenn in diesem Augenblicke Krieg wäre. Also ist kein Krieg: denn dieses helle Mädchen trägt ein glückliches Lächeln, ein wahrhaft schönes Lächeln durch die Straße. Aber solange Krieg ist, lacht auf Erden kein Mensch; denn im Kriege schreitet das rote Leid in gigantischer Gestalt durch alle Straßen aller Städte, läßt sich in jedem Heime nieder. Deshalb ist es nicht möglich, daß auf Erden ein Mensch lacht, solange Krieg ist. Denn Güte und Vorstellungskraft ist dem Menschen gegeben: Vorstellungskraft, die jede Freude fressen müßte, wenn Krieg wäre.«

Tief beglückt schwebte er weiter. »Da aber, wie ich sehe, sehr viele Menschen lachen (vier schwarze Herren und zwei lustige, gepflegte Damen stießen eben eine Lachsalve dem Irren ins Gesicht), ist es, allem Guten im Menschen sei Dank, vollkommen ausgeschlossen, daß Krieg ist … Wunderbar!

Selig sind die Menschen, denn sie tragen die fließende Liebe in sich.«

Der Irrsinnige blieb auf dem schneebedeckten Kirchplatz stehen. Und das hartnäckige Ich in seinem Hinterkopf sprach sachlich: »Sie behaupteten vorhin, während des Krieges lache auf Erden kein Mensch; und ich versichere Ihnen: wenn der Krieg auf dieser kleinen Schneefläche zehntausend Menschen zerfetzt und den Schnee rot färbt, so daß nur noch einige schmale Stellen weiß bleiben, stehen Menschen darauf, die zu lachen und wie im schönen, tiefen Frieden das Leben zu genießen vermögen.«

»Das ist nicht wahr; oder diese Lachenden würden wahnsinnig sein.« Er blickte am Dome empor, zu den leuchtenden Spitzbogenfenstern, die vielfarbige Strahlen auf die Schneefläche legten, und horchte ergriffen auf Orgelklang und Frauengesang: »Nun danket alle Gott.«

»… daß kein Krieg ist«, flüsterte der Irre. »Nun danken sie alle Gott.« »… daß … glauben Sie mir, ich rede die Wahrheit«, sagte der Hartnäckige. Und gab einen so unaussprechlich furchtbaren Grund für den Dankgottesdienst an, daß der Irre sein inneres Ohr den Worten des Hartnäckigen verschließen mußte, um seinen kostbaren Irrsinn nicht zu verlieren, um nicht plötzlich dem unerträglichen Leide der Gesundheit ausgeliefert zu werden. »Wenn Sie wahr sprächen, wenn diese Frauen und Männer in der Kirche deshalb ›Nun danket alle Gott‹ singen, deshalb Gott danken würden, müßte der Mensch bestialischer als Bestien sein. Das ist er nicht. Der Mensch ist gut.«

»… wenn er gut sein darf, was ihm nicht verstattet wird.

Es wird mit Hilfe eines infernalischen Systems dafür gesorgt, daß sie vollkommen gedankenlos dieses Lied singen, oder so entmenscht sind, daß sie tatsächlich Gott danken für das entsetzliche Ereignis.«

Der braune Orgelklang stieg warm und mächtig an. Ganz allein und glücklich stand der Irre im Schnee und bewegte langsam den Oberkörper im Rhythmus der getragen brausenden Melodie. Die ganze Stadt und Milliarden Schneeflocken schwangen weiß und selig mit.

»Ach, die vielen, vielen Beweise dafür, daß kein Krieg ist. Ich kann beruhigt wieder nach Hause gehen. Ich habe in dieser wunderbaren Abendstunde in den festlich strahlenden Geschäftsstraßen nicht einen einzigen Menschen getroffen, der, zerrissen von Grauen und Mitleid und Empörung, vor Schmerz protestierend gebrüllt hätte. Also ist das Himmelreich uns nahe und Friede auf Erden.«

»Sehen Sie den Vater dort im Zimmer sitzen? Er liest seine Zeitung. Das elektrische Licht leuchtet über ihm. Und sein Sohn steht irgendwo, den Gewehrschaft an der Backe, und zielt auf einen Unbekannten, der zurückzielt auf den Sohn. Das ist der Mensch in seiner Schuld und Not, der nur das wissen darf, was ihm an Wissen zugeteilt, zugemessen wird, dem der ganze Inhalt seines Bewußtseins fix und fertig geliefert und aufgezwungen wird: ist der Mensch, dem nicht verstattet wird, gut zu sein.«

Plötzlich wußte der Mann im Schnee nicht mehr, ob er oder das hartnäckig-sachliche, gesunde Ich in seinem Hinterkopf diese Worte gesprochen hatte; er fühlte, wie sein gesundes Ich sich ausbreitete und ganz erstarkte.

Unvermittelt wichen Wahn und Krankheit und mit ihnen Glück und Friede. Und die Tatsache, daß Krieg war, brach in wilder Tausendfältigkeit auf ihn ein.

Aus den dunklen, leeren, traurigen Wohnungsfenstern glotzte düster das Leid ihn an.

Gejagt von der ungeheuerlichen, unfaßbaren Tatsache, stürzte er zurück in die verkehrsreiche Geschäftsstraße, wo mit krasser Wucht der Krieg ihn ansprang, in Gestalt von Krüppeln, verhärmten Frauen und Müttern (die alle nicht brüllten), von geschäftigen, brutal-gleichgültigen Verdienmaschinen und von Zeitungsverkäufern, die den Kriegsbericht anboten.

»Dadurch, daß ihr den Krieg nicht als das, was er ist, seht, sondern so, wie euch gestattet wird, ihn zu sehen, schafft ihr ihn und seine Ursachen und seine Folgen, seine Folgen! niemals aus der Welt. Die Folgen, ihr armen Menschen, werden über euch kommen, unermeßlich furchtbar über euch kommen, werden entsetzlicher sein, als selbst der Krieg ist.«

Als der Gesundete, den niemand beachtet hatte, solange er ein vom Frieden überzeugter armer Narr gewesen war, der ihn staunend umringenden Menge rückhaltlos und vorstellungskräftig das wahre Gesicht des Krieges zeigte, wurde er für einen phantasietollen Irrsinnigen gehalten und festgenommen.

Kindheit

Endlich beschloß der Gymnasiast Jürgen Kolbenreiher: ›Wenn noch ein Auto kommt, bevor die Turmuhr fünf schlägt, gehe ich hinein und kaufe mir die Broschüre … Ehrenwort?‹

»Ehrenwort!« sagte er heftig zu sich selbst und las zum fünfzigsten Male den Titel der philosophischen Abhandlung. Das Geldstück in seiner Hand war naß. Der Blick zuckte fortwährend von der Broschüre zum Zifferblatt. Der Zeiger stand knapp vor fünf.

Da sauste das Auto um die Ecke, am Buchladen vorbei, und war weg. Die Uhr hatte noch nicht geschlagen. Jürgen wollte eintreten.

Und nahm seinen Schritt zögernd wieder zurück. ›Was wird mein Vater sagen, wenn ich sie kaufe? … Und was würde er sagen, wenn er wüßte, daß ich sie kaufen will und dazu den Mut nicht habe? … Oder würde er wieder verächtlich lächeln, wenn ich jetzt kurz entschlossen in den Laden ginge?‹

Die Finger vor dem Leibe ineinander verkrampft, kämpfte er weiter, las den Titel, sah, wie der große Zeiger einen letzten Sprung machte. Und fühlte, während er sich »Feiger Schuft! feiger Schuft!« schimpfte, daß sein Wille hinter der Stirn zu Nebel wurde. Das Phantom des Vaters stand neben ihm.

Das Werk rasselte und schlug. Der Nebel verschwand. Und Jürgen dachte: ›Es ist übrigens ganz gleich; ich kanns auch jetzt noch tun. Aber sofort! ... Hat der Buchhändler eben gelächelt? Über mich?‹

Der stand im Türrahmen und blickte gelangweilt über die gepflegte, sonnendurchwirkte Anlage weg, in der die kreisenden Rasenspritzen Regenbogen schlugen.

›Solange er unter der Tür steht, kann ich ja nicht hinein.‹

Der Buchhändler gähnte, trat gähnend in seinen Laden zurück.

›Jetzt! ... Wenn ich den Mut jetzt nicht aufbringe, wird das Leben auch in Zukunft mit mir machen, was es will. Das ist klar.‹

Bei der Kirche erschien Karl Lenz, ein Mitschüler Jürgens.

›Jetzt kann ich doch wieder nicht hinein‹, dachte Jürgen, ging mit Karl Lenz durch die Anlagen, sah abwesend eine Bonne an.

Die gestärkten Röcke strotzten, und der elegante Kinderwagen federte von selbst auf dem gewalzten Sandwege am Tulpenrondell vorüber.

Knapp hinter dem Kinderwagen, das frischbackige Gesicht stolz erhoben, ritt in verhaltenem Trab ein kleines Mädchen im Knieröckchen auf ihrem Steckenpferd, so daß die langen, schön gewölbten, nackten Schenkel sichtbar waren. Die Gruppe machte sofort halt, als der im Wagen strampelnde Säugling die Hand nach dem zu hoch hängenden Hampelmann ausstreckte.

Das Mädchen ritt, die Locken schüttelnd, in gezähmter Pferdeungeduld feurig an der Stelle weiter. Und sah, Brust vorgestreckt, über den abgerissenen, abgezehrten, blutleeren Proletarierjungen weg, der sich aus der Fabrikgegend in die Sonne verirrt hatte und, das Drama der Armut im Blick, offenen Mundes den Reichtum bestaunte.

Beim Erblicken des Jungen wurde Jürgen breitströmend durchzogen von einer ihm ganz neuartigen Empfindung, die alle andern Gefühle in ihm auffraß. ›Wie darf das sein, daß solche Kinder in Schmutz und Not hineingeboren werden, während andere – wie jene ohne Verdienst und Schuld – im sonnigen Kinderzimmer eintreffen, wo alle Pflege, Hausarzt und Amme schon warten?‹

Mit einem Blick nagelte die Bonne den zögernd folgenden Jungen fest, der stehenblieb und zusah, wie das Mädchen geradewegs ins Leben hineinritt.

Jürgen konnte die Augen nicht abwenden von dem Jungen, der seine Augen von dem glänzenden Mädchen erst losriß, als er sich beobachtet fühlte. Dunkel fragend sah er empor zu Jürgen, den mit Wucht die Empfindung traf, soeben Zeuge eines ungeheueren Menschheitsverbrechens geworden zu sein.

›Sollte nicht schon das allein jeden Menschen veranlassen, Rebell zu werden?‹ ... »Wir geben ihm unser Taschengeld, Karl.«

»So einem Ferkel?... Von meinem Taschengeld habe ich überhaupt nichts mehr.«

Der Junge blickte seine kotverklebten, skrofulösen Beine an, beschämt empor zu Jürgen, der fühlte, wie in seinem Gehirn wieder die Entschlußfähigkeit unvermittelt erlosch, da der Schulkamerad ihn grinsend beobachtete. ›Ein Ferkel, du hast recht‹, wollte er schon sagen.

Und legte, plötzlich durchstoßen von einem Kraftstrom und im Tiefsten berührt von der Ahnung, daß wilde Rechtlosigkeit das Leben der Armen bestimmte, sein Taschengeld in die Hand des Proletarierjungen.

Der gewaltige Vorgang in seinem Innern: seine erste bewußte Handlung der Liebe löste ein schmerzhaft schweres Glück aus. Ein mit Jubel geladener Schrei wollte aus seiner Brust heraus. So stürzte er davon, während Karl Lenz in den Konditorladen eintrat.

Es war drückend still im Hause. Unbeweglich saß Jürgen in seinem Zimmer vor dem blauen Schulheft und grübelte darüber nach, ob es einen Gott gäbe.

Plötzlich hingen in der Dämmerung die hellen Gesichter der Schulkameraden, grinsten höhnisch. Und die Tante sagt: ›Nein, so einen unselbständigen Jungen, wie du einer bist, gibts nicht mehr. Ein Unglück für deinen Vater.‹

Preisgegeben, ließ er sich von den Geistern der Verachtung weiterquälen, stellte ihnen entgegen: ›Ich habe doch gestern zum Professor gesagt: Abraham, der seinen Sohn schlachten wollte, kann unmöglich ein guter Mensch gewesen sein. Ein furchtbarer Vater. Meiner Ansicht nach dürfte Gott so einen Befehl auch gar nicht geben.‹

Fragt die Tante sehr erstaunt: ›Was, das hast du gewagt?‹

Und Jürgen läßt sich sofort vom Professor, der geantwortet hatte: ›Wie kommen Sie zu dieser unerlaubten, sträflichen Ansicht!‹ bei der Tante in Schutz nehmen: ›Ihr Neffe hat gar nicht so unrecht. Er hat öfters solche erstaunlich eigenwilligen Ansichten.‹

Sagt die Tante erfreut zum Vater: ›Da ist er ja gar keine Schande für die Familie.‹

Und der Vater sagt: ›Entschuldige, daß ich dich ein ‚schmähliches Etwas' genannt habe ... Wie konnte ich dich nur so verächtlich und gleichgültig behandeln. Unbegreiflich.‹ Jürgen lächelte bescheiden.

Die Tür des nebenan liegenden Bibliothekzimmers wurde nach dem Gange zu geöffnet. Und Jürgen hörte, wie der Vater, der krank im Lehnsessel saß, zu Herrn Philippi, einem alten Freund des Hauses, sagte: »Ich werde ihn in ein Bureau stecken. Er taugt zu nichts anderem. Tölpelhaft und feig ist er.«

Jürgen drehte, als stünde er vor dem Vater, Kopf und Schultern gedemütigt seitwärts und hob die Brauen, daß die Stirn Falten bekam.

»Niemand kennt die Möglichkeiten, die in einem so jungen Menschen liegen. Niemand kennt das Maß einer unfertigen Seele«, sagte Herr Philippi. Die Brillengläser in seinem vertrockneten Geiergesicht funkelten.

Auf dem Gange fing ihn die Tante ab. »Wie gehts ihm? Wie gehts meinem Bruder?«

»Schwermütig, meine Liebe.« Herr Philippi wollte fortstelzen.

Sie erwischte ihn noch am Ärmel. »Daß dieser bedeutende Mann so einen Sohn haben muß. Wir schämen uns seiner ... Heute sagte der Vater zu ihm: Du kommst in ein Bureau. Das ist das Beste für dich ... Und das ist auch meine Meinung.«

Zornig blickte Herr Philippi in die harten Augen des alten Mädchens. »Dann erziehen wohl Sie ihn, falls Ihr Bruder sterben sollte? ... Kann ich mit Jürgen sprechen?«

»Ja, ich erziehe ihn. Sprechen? Nein, jetzt nicht. Er schreibt gerade seinen deutschen Aufsatz: ›Die Bedeutung der Tinte im Dienste des Kaufmanns‹ ... Sprechen können Sie ihn jetzt nicht. Der Stundenplan muß streng eingehalten werden.«

»Da ist er also jetzt schon im Bureau?« Herr Philippi deutete zur Wand: »Da fehlen nur noch die Regale.«

»Hören Sie!« Die Tante stellte sich zu einer langen Erzählung zurecht. »Jürgen war schon als ganz kleiner Junge so ängstlich, daß er nicht einmal zu sprechen wagte. Wir alle glaubten, er sei stumm geboren. Eines Tages – er war vier Jahre alt, es war auf dem Geflügelmarkt – sagte er plötzlich: ›Hühnchen.‹ Das war sein erstes Wort. Nicht etwa ›Papa‹, wie bei andern Kindern. Bewahre! ›Hühnchen‹, sagte er und lockte: ›Bi bi bi bi bi‹, so mit Zeigefinger und Daumen. Sollte mans für möglich halten? Diese Unselbständigkeit!« Sie sah erwartungsvoll zu ihm auf, weil er sie am gehäkelten Spitzenkragen gepackt hielt und noch immer nicht sprach. Da schüttelte er sie kräftig und sagte: »Bi bi bi bi bi! Adieu!«

Abwesend blickte sie ihm nach, horchte dann einige Minuten lang streng an Jürgens Tür.

Der saß glühend am Tisch und schrieb, da er anderes Papier nicht gleich gefunden hatte, eine lange Abhandlung mit vielen Beweisen, daß es einen Gott nicht geben könne, ins Schulheft. »Folglich bin ich Atheist.« Dann erst quälte er sich den deutschen Aufsatz ab.

Und übergab das Heft am Montag dem Professor, der die Beweise für das Nichtexistieren Gottes fand und sie dem Religionslehrer schickte.

Das Ereignis wurde zu einer Professorenkonferenz und hatte nur deshalb keine schlimmen Folgen für Jürgen, weil die Tante plötzlich an der Stirnseite des Konferenztisches stand und die Lehrerrunde sprengte: »Herr Kolbenreiher hat sich soeben aus unbekannten Gründen erschossen … Mein Bruder war ein bedeutender Mann.«

Ihre Hand wanderte: wurde mitleidig geschüttelt. Der Schrecken der Professoren war ehrlich.

»Aber mit seinem Sohne müssen die Herren halt viel Geduld haben … Mit viel Geduld und Strenge gehts vielleicht.«

Daran solle es nicht fehlen. Vom Rektor wurde sie hinausbegleitet. »Jürgens schwankende Seele … Seine Unsicherheit«, vernahmen die Zurückbleibenden.

»Folglich bin ich Atheist.« Der Religionslehrer riß die Augen auf. »Bin ich Atheist, schreibt der Junge. Und gestern diese Geschichte mit Abraham!«

Der Mathematikprofessor beruhigte ihn: »Das Leben wird dem Burschen diese Gedanken schon abschleifen … Gut und schnell auffassen tut er ja.« Man rügte noch seine außerordentliche Faulheit und erklärte die Konferenz für geschlossen.

Der Rektor schüttelte schweigend die Hand der Tante. Furchtsam und unbeachtet stand Jürgen daneben. Und ging dann, vor Schuldgefühl vornüberhängend, mit der aufrechten Tante nach Hause, wo Weihrauchwolken standen.

Am Arm zog sie den willenlos Folgenden ins Sterbezimmer, in dem der Vater, bekränzt und kerzenumstanden, schon auf der Bahre lag, schlug das Kreuz und benutzte den Endschwung gleich dazu, auf des Toten Gesicht zu deuten: »An dir hat er keine Freude gehabt. Das kannst du jetzt in deinem ganzen Leben nicht mehr gutmachen … Bete! Drei Vaterunser! Und dann komm und iß.«

Das Gewicht des Hauses legte sich auf den gekrümmten Rücken. Die still brennenden Kerzen beleuchteten des Vaters Gesicht, das in Unzufriedenheit erstarrt war, als habe ihn auch der Tod ungeheuer betrogen.

Lange kämpfte Jürgen mit sich; endlich versuchte er, das wächserne Gesicht im Blick, die gefalteten, toten Hände zu berühren. Und wich zurück, als er das bekannte Lächeln der Verachtung zu sehen glaubte.

Ganz langsam kniete er nieder, um die befohlenen drei Vaterunser zu beten. Kein Wort fiel ihm ein. Seine flehende Hand wollte die äußerste Spitze des Leintuches berühren. Und sank kraftlos zurück.

Der Tote lag unberührbar, in ungeheuerer Macht.

Da drehte sich ein Stachelrad brennend schmerzhaft in Jürgens Kopf und schleuderte die Worte ab: »Na, du schmähliches Etwas!«

»Na, du schmähliches Etwas!« wiederholte Jürgen verächtlich und wandte, irr blickend, Kopf und Schultern gedemütigt weg, weil er glaubte, nicht er, sondern der Tote habe gesagt: ›Na, du schmähliches Etwas!‹

Die Macht des Toten vor sich, die Macht der Tante hinter sich, kniete er ausgeliefert und verloren, schief und tränenlos im Zimmer.

»Jetzt bist du eine Doppelwaise«, sagte die Tante am Abend zu ihm und ergriff seine Hand.

Tagsüber versuchte Jürgen gar nicht mehr, Ordnung in seine Gefühle zu bringen. In die Träume schickte die vergewaltigte Seele drohende Ungeheuer. Der Vater stand immer daneben.

Und wenn ihn der qualenerfüllte Schlaf verließ, empfing ihn die Tante, schüttelte verächtlich den Kopf und gab ihm Briefe mit an die Professoren, in denen sie für den seinem bedeutenden Vater leider nicht nachgeschlagenen Sohn um Nachsicht bat.

In diesem von Familie und Schule gebildeten lückenlosen Kreis der Notzucht taumelte Jürgen so weltverloren herum, daß Herr Philippi sich veranlaßt sah, behutsam und energisch zu lügen.

In der schon gewohnheitsmäßigen Erwartung, wieder gedemütigt zu werden, drehte Jürgen Kopf und Schultern weg.

»… Da fällt mir ein: Sie glauben vermutlich immer noch, Ihr Vater habe nicht viel von Ihnen gehalten? Selbst wenn es so wäre, dürften Sie ihm das weiter nicht nachtragen. Er war ein alter, kranker Mann, der den Glauben an das Schöne und Gute eingebüßt hatte. So einer ist leicht blind und ungerecht.«

Als habe der Vater gesprochen, war der Knabenkopf immer tiefer gesunken.

›Der Vater ist tot … Seine Autorität lebt‹, dachte Herr Philippi. Und log: »Ich habe Ihnen etwas von Ihrem Vater auszurichten. Kurz vor seinem Tode war ich bei ihm. Er saß im Sessel, Sie wissen ja, saß wie immer im Sessel und blickte zum Fenster hinaus auf einen vorüberfliegenden Vogelschwarm … Es waren Stare«, dichtete Herr Philippi. »Plötzlich sagte Ihr Vater nachdenklich: ›Meinem Jürgen habe ich zeitlebens furchtbar unrecht getan. Warum eigentlich? Das ist mir ein Rätsel.‹ ... Er wußte es nämlich tatsächlich selbst nicht ... ›Denn ich bin mir ja in Wirklichkeit ganz klar darüber, daß Jürgen ein – wie sagte er doch – ein ausgezeichneter und sogar sehr kluger Junge ist ... Das muß man ihm bei Gelegenheit einmal sagen.‹«

Es gelang Herrn Philippi, wie ein Knabe zu lächeln, als er auch die Autorität der Tante zu erschlagen versuchte: »Und dieses alte Mädchen, Ihre Tante! Aus der brauchen Sie sich natürlich gar nichts zu machen. So eine vertrocknete Schachtel ist ja ganz ahnungslos! Das ist übrigens die volle Wahrheit ... Besuchen Sie mich einmal.«

›Diese geachteten Bürger sagen sich: Wir lassen unsere Kinder nicht hungern, nicht arbeiten; wir asphaltieren ihnen mit teuren Kleidern, mit reichlichem Essen und höherem Unterricht eine breite, glatte Straße ins Leben ... Die psychischen Ungeheuer, die sie in die Seelen stoßen, zählen nicht. Da fallen die allerhand Autoritäten über so einen Jungen her, nehmen ihm, auch wenn er beim Spiel mit Sand mehr Phantasie und Geist offenbart als sie in ihrem ganzen Leben, seine Selbständigkeit und wundern sich dann über seine Unselbständigkeit‹, dachte der Alte auf der Straße, während Jürgen vor der Tante stand. Sie blickte beim Sprechen ins Vorgärtchen hinaus, steil aufgerichtet. »Ich habe alles gehört. Du hast keine Zeit, diesen Herrn Philippi zu besuchen. Deine Schularbeiten sind wichtiger. In meinen Händen liegt deine Erziehung.«

Ein Automat sagte: »So eine vertrocknete Schachtel! Du bist ja vollkommen ahnungslos ... Das ist übrigens die volle Wahrheit.«

Und die Tante schnellte entsetzt herum. Auch Jürgens Mund blieb in übergroßem Schrecken geöffnet. »Was hast du gesagt? Wiederhole, was du eben gesagt hast.«

»Das habe doch ich nicht gesagt.« Sein Tonfall der Überzeugung riß der Tante die Empörung ins Gesicht. »Du leugnest, was ich mit meinen Ohren gehört habe?«

Jürgen, überzeugt, diese Worte nicht gesprochen zu haben, bekam irrblickende Augen.

»Das werde ich morgen dem Herrn Rektor schriftlich mitteilen. Du übergibst ihm den Brief. Und jetzt … Pfui!«

Erst nachdem die Tante schon draußen war, fühlte Jürgen ein paar Tropfen auf seinem Gesichte kalt werden, und wußte, daß sie ihn angespuckt hatte.

Hitze und Kälte wechselten einige Male schnell in seinem Körper. Er trat ans Fenster, sah ins Gärtchen hinaus. Die farbigen Glaskugeln steckten still und öde auf den grünen Stangen. Aus dem Nachbarsgarten klangen Sonntagnachmittagsgeräusche herüber. Abgerissene Worte. Jemand spielte Ziehharmonika.

Ein wilder Schrei saß Jürgen im Halse. Er hob die linke Schulter, die rechte, rhythmisch die Beine. Die Bewegungen wurden zu einem gedrückten Tanz.

Am andern Morgen schlich er, eine Stunde früher als gewöhnlich, ohne Brief, geduckt aus dem Hause, begann plötzlich zu laufen, rannte, galoppierte weit aus der Stadt hinaus, quer über Schollenäcker, Hügel an und ab, bis vor das schwarze Tunnelloch im Berg und glotzte blöd hinein, kehrte um und kam, verschwitzt und keuchend, noch rechtzeitig im Schulzimmer an, wo der Professor eben mit dem steilgestellten Bleistift auf den Katheder klopfte.

Die Blicke der sechzig Augenpaare trafen beim Bleistift zusammen, der in dieser Stellung immer etwas Außergewöhnliches bedeutete. Der Professor zog die Stille hinaus. Jeder lauerte: ›Wen trifft es?‹

»Leo Seidel! ... Sie wissen, daß Ihr Vater Sie leider aus dem Gymnasium herausnehmen muß. Umstände halber ... Euer bisheriger Schulkamerad verläßt euch heute. Er muß verdienen ... Leo Seidel, Armut ist keine Schande.«

Der Sohn des Briefträgers starrte beschämt ins Tintenfaß.

»Auch ein Hausdiener kann sich heraufarbeiten ... In Amerika, zum Beispiel, soll das öfters vorkommen«, sagte der Professor und lächelte. »Diesen Vormittag bleiben Sie noch in unserer Mitte«, zeigte er mit einer Handbewegung über die ganze Klasse weg. Und deutete mit dem Daumen zur Tür: »Dann treten Sie in Ihren neuen Pflichtenkreis ein.«

Kreisende Rasenspritzen. Sonne. Hinter dem eleganten Kinderwagen reitet das Mädchen auf dem Steckenpferd in gezähmter Ungeduld durch das Klassenzimmer. Offenen Mundes starrte er den abgezehrten Proletarierjungen an.

»Wollen Sie etwas sagen, Kolbenreiher? ... Nun? Heraus damit!«

Die übergroße Erregung fraß Jürgens ganze Kraft auf. Seine gelähmten Lippen stammelten: »Ich wollte sagen, daß ... ich nichts sagen wollte.«

»Karl Lenz! ... Sie haben vorhin Fingerhakeln geübt; erklären Sie uns jetzt den Flaschenzug.« Auf dem Katheder stand ein kleines Modell. »Nichts? ... Setzen Sie sich. Und lassen Sie sichs von Leo Seidel erklären.«

Während hinten das Duell der Fingerhakelnden ausgetragen wurde und der Professor mit den kleinen Bleigewichten des Modells spielte, erklärte die einsame Stimme Leo Seidels das Gesetz des Flaschenzuges.

Und Jürgen, mit Wucht getroffen von dem Gefühle, daß die Menschheit hier einen Menschen geschändet hatte, litt unerträglich unter der Feigheit, seine Meinung nicht geäußert zu haben, brüllte in Gedanken: ›Nur weil Seidels Vater arm ist? Das ist gemein. Gemein! ... Alles ist gemein.‹ Glotzte besinnungslos den Professor an, bis der ihm zurief: »Kolbenreiher, wo werden Flaschenzüge gebraucht?«

»... Flaschenzüge?«

»Aber gewiß, Flaschenzüge! Nun? ... Leo Seidel, sagen Sie es ihm.«

»Zum Beispiel am Neubau. Da kann ein einzelner Arbeiter mit einem Flaschenzug ...«

»Mit Hilfe!«

»... mit Hilfe eines Flaschenzuges Lasten in die Höhe winden, die zehnmal schwerer als der Arbeiter sind. Infolge der Übersetzung.«

»Infolge der Übersetzung«, sollte Jürgen wiederholen, hatte aber »Überrumpelung« gesagt.

Die ganze Klasse durfte lachen. Lachte noch auf dem Nachhausewege, wo alle sich von Leo Seidel, der vielleicht schon morgen einen Handwagen durch die Stadt schieben mußte, abgesondert hielten.

Auch Jürgen, gelähmt, wagte nicht, ihn zu begleiten. Nur in Gedanken trat er mit kühner Ritterlichkeit zu ihm. ›Ich fürchte die Meinung der andern nicht.‹ Ließ sich von Seidel verehren.

Beim Mittagessen beachtete ihn die gefährlich schweigende Tante nicht. Schickte das Dienstmädchen, mit dem Befehl, Jürgen habe den Brief am nächsten Morgen dem Herrn Professor zu übergeben.

Erst nachmittags konnte Jürgen so viel Entschlußkraft finden, Seidel zu besuchen. In der Kellerstube stand der Armeleutegeruch, der das Vorhaben des schwindsüchtigen Briefträgers, den Sohn studieren zu lassen, als schwer ausführbar erscheinen ließ. Seidel saß still am Fenster und sah hinaus in seiner Kindheit stinkenden Hof, in dem nie etwas schön gewesen war, außer einem Büschel Löwenzahn, der jedes Jahr kümmerlich und zäh in der gepflasterten Ecke blühte. Qual und Scham drehten Seidels Kopf und Schultern zur Seite, so daß er plötzlich Jürgen glich, der sich im selben Moment zum erstenmal in seinem Leben frei fühlte. Er reichte Seidel eine in Leder gebundene Weltgeschichte, konnte scherzen: »In der biblischen Geschichte steht zwar: Gehe hin, verkaufe alles, was du hast, und … Aber deshalb gebe ich dir das Buch nicht. Denn ich glaube ja gar nicht an Gott.«

Die fahle Mutter lag im Bett. Der Säugling, wegen dessen unerwünschter Ankunft der Vater den Sohn aus dem Gymnasium hatte nehmen müssen, begann zu schreien. Die Bettlade knackte. Vier Kinder, in verschiedenen Größen, bleich und blutleer, standen reglos da, mit großen Augen.

»Hast eine schöne Weltgeschichte. Zum Andenken an mich. Hast eine Freude ... mit hundertsiebenunddreißig Illustrationen.«

Ohne den Blick zu erheben, sagte Seidel, daß er voraussichtlich bald der Klassenfünfte geworden wäre.

Und Jürgen rief: »Also nur deshalb, weil dein Vater kein Geld hat, mußt du Hausdiener werden, anstatt vielleicht ... Minister. Das ist ja! Alles was recht ist.«

»Mein Gott, was redet ihr Buben.« Die Wöchnerin spuckte in den Napf. »Was ihr redet.«

Jürgen hatte das fließende Gefühl, endlich lieben zu dürfen. Allmählich redete er sich in Zorn hinein. »Absolut! Das ist maßlos ungerecht. Gemein ist das. Einfach hundsgemein! Wahrhaftig, das sage ich jedem, ders hören will.« Auch Seidel hatte rotgefleckte Wangen bekommen.

Die Mutter beruhigte den Säugling. Und zu den Knaben: »Mein Gott, das sind ja lauter Dummheiten.«

Auf der Straße: ›Herr Philippi könnte Seidel den weiteren Besuch des Gymnasiums leicht ermöglichen. Er ist reich.‹

»Nehmen wir an«, sagte Herr Philippi, »es sei schon von vornherein eine Dummheit gewesen von dem schwindsüchtigen Briefträger mit der großen Familie, seinen Sohn ins Gymnasium zu schicken.«

»Wenn Leo Seidel doch gescheit ist! ... Postdirektor werden kann. Wer kanns wissen?«

»Ganz recht, wer kanns wissen. Man muß sich schon überlegen, ob man Hoffnungen wecken soll, denen von vornherein die Armut schwer im Wege liegt ... Da eröffnen sich verschiedenerlei wüste Perspektiven.«

»Ich würde Seidel aber doch helfen, wenn ich Sie wäre«, sagte Jürgen ganz langsam.

Und alt lächelnd Herr Philippi: »Und ich; ich habe nicht den Mut dazu.«

›Hilf doch, sonst bin ich verloren‹, schrie eine Stimme verzweifelt in Jürgen. »Sie würden auch mir ... Es wäre auch für mich gut.«

›Weiß schon, um was es sich handelt‹, dachte der Alte und schickte Jürgen barsch fort, rief ihn noch einmal zurück. Zwischen Abweisung und Güte schwankend: »Du gehst jetzt nach Hause, verstehst du, nach Hause ... und hältsts aus. Hältst alles aus! Verschwinde!«

Die Tante ging selbst zum Briefträger, holte die Weltgeschichte zurück. Und einen Tag später stand die ganze Begebenheit auf den Gesichtern der Mitschüler. Die Lücke, die Seidel hinterlassen hatte, war durch Vorrücken ausgefüllt worden.

»Jetzt trägt er Backsteine an einem Neubau.« Karl Lenz machte das Backsteintragen vor, krümmte den Rücken, ächzte.

»Und so las er Roßbollen auf.« Ein anderer tat, als habe er einen Besen in der Hand, und log: »Ich sah, wie Seidel die Straße kehrte ... Die frischen Roßbollen kehrte er zusammen.«

Vorsichtig und ängstlich näherte Jürgen sich dem Gelächter, stimmte ein, ohne zu wissen, weshalb die andern lachten.

»Braucht Seidel zum Sammeln der Roßbollen eine Weltgeschichte?« Alle sahen Jürgen erwartungsvoll an, hielten das Lachen noch zurück.

Da erlachte Jürgen sich die Hochachtung seiner Mitschüler: »Zum Roßbollen ... sammeln braucht man, weiß Gott, keine Weltgeschichte.«

Sie waren zufrieden, nahmen ihn auf. Jürgen sagte noch: »Zu Hause bei ihm ...« Er hielt sich die Nase zu. »Und jetzt dazu noch Roßbollen.« Alle hielten sich die Nase zu.

Plötzlich wich aller Druck von ihm, bei dem Gefühl, nicht mehr allein zu stehen. Und Jürgen nahm sich vor, von nun an immer und in allem so zu sein wie die andern. Das würde das Leben leicht machen.

Am andern Morgen saß Leo Seidel wieder an seinem Platz, in einem neuen Anzug, das Gesicht verschlossen.

»Warum, warum habe ich das getan?« Unablässig fragte sich Jürgen, weshalb er seine guten Gefühle selbst hingerichtet hatte. Er saß wie ein Verunglückter in einer furchtbaren Blutlache, aus der sich zu erheben ihm unmöglich zu sein schien. Gleich eingesperrten Tieren versuchten seine guten Gefühle auszubrechen und sanken geschlagen in die endlose Tiefe seiner Seele zurück. So bewegte sich sein Körper selbsttätig nach Hause, ins Wohnzimmer.

»Erst lies mir aus der Zeitung vor. Dann gehst du an deine Schularbeiten.« Die Tante stickte weiter am Stramintischläufer: ›An Gottes Segen ist alles gelegen.‹ Mit dem Schnabel hielt diese, von Rosengirlanden durchzogene Wortkette ein Papagei, der noch unfertig in der Mitte saß.

Der Satz – im Reichstag sei wieder ein Antrag zur Einführung einer hohen Vermögenssteuer gestellt worden – kam automatisch aus Jürgens Mund. ›Ich allein habe zu Seidel gehalten, habe mit Herrn Philippi gesprochen. Jetzt darf er das Gymnasium weiterbesuchen. Ich! Ich habe das veranlaßt. Hilfe! Ich!‹

›Jawohl, Jürgen ist der Beste von euch allen. Hat zu mir gehalten. Der hat Mut. Hat mich gerettet. Ihr habt mich verraten.‹

›Und ich? … Ich auch!‹ Jürgen sah die Tante irr an. »Wie schrecklich.«

»Was denn? Das ist doch einstweilen nur ein Antrag. Lies weiter. Zuerst die Todesanzeigen!«

»Man muß gut sein … So lange gut sein, bis man etwas Schlechtes gar nicht mehr zu tun vermag.«

»Merke dir das«, sagte die Tante und zog dem Papagei einen grünen Faden durch das Auge.

›Weshalb hat Herr Philippi mir nicht gesagt, daß er Seidel helfen werde? Dann wäre ich vielleicht nicht so furchtbar gemein gewesen … Jetzt ist alles verloren.‹

Jürgen bemerkte nicht, daß die Tante vom Dienstmädchen gerufen wurde; er überschrie noch eine Weile seine qualvolle Ohnmacht mit den Worten: »Gott dem Allmächtigen hat es gefallen …«, blickte die Nadel an, die im Papageienauge steckte, den Faden, der lang und grün herunterhing, umklammerte in Gedanken mit beiden Händen ein Messer und drückte es langsam in seine Brust.

Entwurzelt taumelte er beim Unterricht mit, mußte schon nach einigen Wochen Leo Seidel weichen, der sich bald zum Primus in die Höhe arbeitete und, da er vorsichtig und schwer angreifbar strebte, von der ganzen Klasse gefürchtet wurde.

Nur das eine Ziel im Kopfe, sein Studium zu beenden,

ertrug Seidel stoisch die Demütigungen der Armut und verachtete kein Mittel, wenn es ihm dazu verhalf, Klassenerster zu bleiben. Wer sein eigentlicher Retter war, erfuhr er nie. Auch dann nicht, als er sich vorübergehend mit der ganzen Klasse gegen Jürgen verband und von der Weltgeschichte sprach, die er bei sich zu Hause absolut nicht finden könne.

Als das Nervenfieber lebensgefährlich zu werden drohte, mußte der Hausarzt die Behandlung dem Spezialisten überlassen, dem es auch nicht gelang, mit Eisbeuteln Jürgens vergewaltigte Seele zu heilen: das Gespenst des Vaters zu vertreiben, die Macht der Professoren und der Tante zu brechen.

Erst nach Wochen war des Kranken Gefühlskathedrale wieder so weit in Ordnung, daß er eines Morgens beim Erwachen sich allen Eindrücken, bösen und guten, weich darbieten konnte.

Die Tante schob die auf dem Nachtkästchen stehenden Medizinflaschen zur Seite, schlug ihr Haushaltungsbuch auf, in das sie des toten Vaters »Letztwillige Verfügungen über Jürgen« geschrieben hatte, und begann, das viele Seiten lange Erziehungsprogramm abzulesen.

Die Worte tropften glühend in den Ausgelieferten hinein.

»… Und deshalb nehme ich mir das heilige Versprechen ab, den Sohn, Jürgen Kolbenreiher, nach dem Willen seines unvergessenen Vaters zu erziehen und ihn Subalternbeamter werden zu lassen, da er, nach meines seligen Bruders Meinung, die Fähigkeit zu etwas Größerem nicht hat … So ists, Jürgen, siehst du. Nun werde mir bald wieder gesund … Wenn du auch nicht so bist, wie du sein könntest, ich habe dich doch lieb.« Sie sah ihn freundlich an, streichelte seine nassen Haare und rief erschrocken: »Du hast ja wieder Fieber.«

Wangen und Augen glühten. Die rechte Gesichtshälfte lachte.

Die Ärzte wurden geholt. Eisbeutel aufgelegt. Der Rückfall war kurz und heftig.

Jürgen verließ das Bett als verschlossener Jüngling, dessen früherer Wille, sich durch die Wirrnisse der Jugend durchzufressen, unterbunden war. Die Tante äußerte oft ihre Unzufriedenheit. Denn nur wenn sie ihn etwas fragte, antwortete er, je nach Wunsch »Ja« oder »Nein«. Niemals Nein, wenn ein Ja erwartet wurde.

Seine grenzenlose Nachgiebigkeit lieferte ihn allen, selbst viel jüngeren Schülern, aus. Körperlich wuchs er gleichsam über sich selbst hinaus, wurde sehr lang und stark.

Das Lernen für das bevorstehende Examen verschob er von Tag zu Tag, fuhr Schlittschuh, flußaufwärts.

Die eisbrechenden Schiffer schimpften ihm wütend nach, da hier das Schlittschuhlaufen äußerst lebensgefährlich war, der vielen, großen, quadratischen Wasserlöcher wegen.

In dem Gefühle, durch eine körperliche Kraftleistung, durch große Schnelligkeit seine seelische Gebundenheit lösen zu können, sauste Jürgen an den unverhofft sich auftuenden grünen Wasserlöchern vorbei, bis die Nacht ihn überraschte.

Schnurgerade führte die Landstraße zur Stadt zurück; der Fluß dagegen zog einen mächtigen Bogen, so daß Jürgen zu Fuß schneller nach Hause gekommen wäre als auf dem Eise.

Der geheime Todeswunsch, der ihm das imaginäre Messer in die Hand gegeben hatte, veranlaßte ihn auch jetzt, blind in die Gefahr hineinzurennen.

Die Fischer waren schon lange nach Hause gegangen. Jürgen stand dunkel in der unwirklichen Helligkeit, die das Eis ausstrahlte. Zehn Schritte von ihm entfernt war tiefschwarze Nacht. Das Eis knackte leise. Tierische Laute stieß Jürgen aus, während er als schwarzer rechter Winkel stadtwärts sauste.

War er knapp an einem Wasserloch vorbeigeglitten, dann klang sein wilder Schrei der Genugtuung in die Einsamkeit.

Näher der Stadt mehrten sich die Wasserlöcher, links und rechts von ihm, manchmal unerwartet dicht vor ihm.

Angespannt und stumm geworden, zog er seine Bogen um den Tod herum.

Blickte zur Stadt, die sich wie eine ferne Verheißung lichtglitzernd vor ihm auftat.

Und glitschte glatt ins weiche Wasserloch: unter die Eisdecke.

Der Vater, die Tante, die Professoren drückten und schoben ihn immer tiefer hinunter. ›Eifrig und eigentlich gutmütig‹, dachte Jürgen. ›Das sollten sie aber nicht tun … Zum Steckenpferd müßten sie auch Luft geben … Haben aber selbst keine Luft.‹

Hundert grüne Väter, wellig verzogen, schlingerten vom Grunde empor, um Jürgen herum. ›Auch ertrunken? So oft ertrunken?‹ dachte er noch. ›… Luft!‹

Jünglinge

Ungeduldig hörten die Abiturienten dem Rektor zu, der wollüstig langsam die Entlassungsrede hielt. Endlich stieg sein Brustkorb hoch; der Zeigefinger deutete zum Fenster. Sofort fühlten alle, daß jetzt die Schlußworte kamen.

»... Sie sollen nun hinaustreten ins ernste Leben. Tüchtige, brave Männer werden.« Der Zeigefinger deutete noch. Es war vollkommen still geworden. »Tüchtige, brave Männer!« Da sanken Finger und Brustkorb.

Und die Entlassenen brachen von den Bänken los.

Der Lärm entfernte sich rollend durch den Gang; wurde immer dünner, drang dann noch einmal, wieder stärker geworden, mit der Sonne durchs Fenster zu den leeren Bänken herein. Und verebbte schnell. Der Rektor schüttelte den Lehrern ernst die Hand und ging hinaus.

Die zurückbleibenden Lehrer wollten einander den Vortritt lassen, verbeugten sich in höflicher Erregung immer weiter von der offenen Tür weg. Bis plötzlich ein Junger trocken sagte: »Immer los!« und als erster das Schulzimmer verließ.

Das Gesicht des Abiturienten Adolf Sinsheimer sprang aus einem ovalen schwarzen Rahmen heraus, denn er trug beständig ein Band straff über die wegstehenden Ohren gespannt, damit sie sich mit der Zeit anlegen sollten. Jetzt war er vor Freude so aufgeregt, und sein schwitzendes Gesicht

war so aufgedunsen, daß er das Band abnehmen mußte. Sofort wurden beide Ohren lebendig, schnellten nach vorne.

»Und nun, mein Lieber, geht das Leben an. Weißt du, was
das bedeutet – sein eigener Herr sein? Ich bin … grandios
glücklich. Dir, Jürgen, sage ich das, weil du mein Freund
bist.«

Jürgen Kolbenreiher hatte seine Prüfungsarbeiten Adolf
Sinsheimer abschreiben lassen und ihn so durchs Examen
geschleppt.

»Bestanden!« rief Adolf Sinsheimer hart und berührte
vorsichtig die schmerzende Bahn, welche das Band um sein
Gesicht herum gezogen hatte. »Enorm glücklich! Morgen
kaufe ich mir einen steifen Hut und trete dem Klub bei …
dem Klub junger Kaufleute, mußt du wissen.«

»Und was hast du davon … Gar nichts.« Jürgen bekam
seinen starren Traumblick, setzte auf dem Pferderücken
über einen fürchterlichen Abgrund; die gewaltige Menschenmenge sieht atemlos dem tollkühnen Wagnis zu …
»Das ist Glück!«

»Du kannst dich darauf verlassen, daß das Glück ist …
Man ist ganz unter sich im Klub.«

Während Adolf Sinsheimer von den eleganten Anzügen
sprach, die er sich machen lassen wolle, wurde Jürgen Direktor einer Fabrik, die 20 000 Arbeiter beschäftigte, und bestimmte mit einem Federzug, daß alle 20 000 Arbeiter von
jetzt an 15 Mark Wochenlohn mehr zu bekommen hätten.

Der alte Buchhalter sagte bestürzt: »Aber ich bitte Sie,
Herr Direktor …«

»Genug! Ich will das so.« Und der Herr Direktor Jürgen

Kolbenreiher schickt den alten Buchhalter freundlich, aber entschlossen fort, geht durch die Fabrik. Die 20 000 Arbeiter grüßen ehrfürchtig, wollen sich bedanken. »Ist nicht nötig. Ihr verdient das.«

»Zu Hause werde ich meinem Alten ganz kalt erklären: du, unter uns gesagt, ohne Lackschuhe und Frack bringst du mich nicht auf den Abiturientenball ... Hör mal, Jürgen – aber Diskretion bitte – dir, als meinem Freund, sage ich, daß ich mich auf dem Ball nicht mit unseren Tanzstundengänschen abgeben werde ...«

»Und wenn einem von euch in meiner Fabrik etwas zustößt, dann gebe ich ihm eine Rente, sein Leben lang.«

»Ich halte mich ... glatt an die Schönheiten, die vernünftig walzen können. Hast du etwas gegen einen Busen einzuwenden? ... Ich nicht.«

Die ganze Fabrik verschwand. Jürgen hatte eines Nervenfiebers wegen nur einmal die Tanzstunde besucht, große Scheu vor den jungen Mädchen empfunden. Staunend hörte er Adolf Sinsheimer zu. Der geriet in Begeisterung, daß auf dem Ball die Professoren für ihn nicht existieren würden und der Teufel ihn holen solle, wenn er etwas anderes tränke als Sekt.

»Du bist eingeladen ... Wie das unter Freunden üblich ist.«

Das immer wiederkehrende Wort »Freund« hatte in Jürgen allmählich den Druck in Glück umgeschmolzen.

»Mein Alter hat sich mir erklärt«, sagte Adolf Sinsheimer; »wir haben uns geeinigt über die Zukunft, die ich ergreife.«

»Welche ergreifst du?«

»Ich werde dir gleich die Chose zeigen, in die ich eintrete … Übrigens, rauchst du? Dieses Etui habe ich mir heute zugelegt. Du rauchst doch?«

Sie gingen die Straße hinunter, in der sich das tägliche Leben und Arbeiten des Schreiners, Kaufmanns, Gastwirts, Kutschers abspielte, gleichmäßig und unabänderlich wie das Musikstück eines automatischen Klaviers.

»So. Dort ist's.« Adolf deutete über den Platz aufs mächtige Eckhaus.

»Knöpfe« stand in meterhohen Buchstaben weithin sichtbar zwischen allen vier Stockwerken. Und auf dem Firmenschild: »Simson Eberlein. Größtes Knopfexporthaus Europas. Alle Sorten Knöpfe.«

»Hier trete ich als Volontär ein. Nun? … Halt, sieh dir's erst von hier aus an. Ein ungeheurer Betrieb, mußt du wissen. Handelsbeziehungen überall hin … Amerika. Jetzt komm.«

Am Arm führte er Jürgen über den Platz, bis vor den elektrischen Aufzug, der an der Außenseite des Gebäudes angebracht war, und las vor: »7000 Kilogramm und Führer. Verstehst du, damit können 7000 Kilogramm Knöpfe befördert werden … lauter Knöpfe. Stelle dir das vor.«

»Das ist allerdings kolossal«, sagte Jürgen träumerisch.

»Na, einfach grandios.« Vorsichtig zog er ihn zu einem der Parterrefenster, die bis zur Hälfte mit grasgrünen Schutzgitterchen beschlagen waren. Im Saal arbeiteten an gleichartigen Pulten junge Schreiber. An Tafeln, die siebenmal den ganzen Saal durchquerten, etikettierten flinke Mädchenhände Knöpfe auf Akkord. Knopfmustertafeln bedeckten alle Wände. Die Schiebetür in der Rückwand war offen. Dahinter befand sich ein ebensolcher Saal, und durch ihn durch sahen Jürgen und Adolf in einen dritten Arbeitssaal hinein, in dem, durch die Perspektive verkleinert, die Menschen sich wie Punkte bewegten.

Ein Schreiber sauste durch die Seitentür in den ersten Saal herein, pfeilschnell durch und hinaus. Unterm Hoftor stand der Lagerist, ein Pack Frachtbriefe in den Händen, und rief monoton Zeichen und Nummern, der Arbeiter wiederholte singend, und die Fuhrleute karrten die aufgerufenen Knopfkisten zum bereitstehenden Lastwagen.

Hinterm Schutzgitter erschien ein kicherndes Mädchengesicht. Die beiden zogen sich zurück. Bis zum gegenüberliegenden Kaffeehaus.

»Riskieren wir's und gehen hinein? Meine Tante hat mir etwas in den Geldbeutel gesteckt«, sagte Jürgen.

»Übrigens, andernfalls hätte ich dir auch aushelfen können. Ich stehe dir zur Verfügung. Genügen dir zwei Mark?«

»Ich hab ja.«

Adolfs Stirn bekam Falten. »Aber ich bitte dich unter Freunden. Ich bin gerade bei Kassa.«

Jürgen öffnete seinen Beutel: »Da sieh selbst. Hab ja genug.«

»Jürgen, du bist geradezu beleidigend. Nimm die zwei Mark ... Ich könnte sonst unter keinen Umständen den Verkehr länger mit dir aufrechterhalten.«

Erschrocken nahm Jürgen das Geldstück. Und Adolfs Hand, Schulter und Lippen erklärten wegwerfend: »Wir sind doch heute nachgerade keine Realschüler mehr. Gewissermaßen.« Er öffnete die Tür. »Bitte nach dir.«

Am Stammtisch qualmten Skatspieler, die alle Glatzen hatten; eine spanische Wand sonderte ein Kaffeekränzchen – neun mit sehr farbigen Kapotthüten geschmückte, papageienhafte Damen – ab von den stillen Zeitungslesern hier und dort. Der Ober bediente geschäftsfreudig und schwungvoll, stand manchmal reglos auf seinem erhöhten Beobachtungsposten, neben dem Büfett, wachsam das Lokal im Blick.

Ein Fenstertisch, mit der Aussicht aufs Knopfexporthaus, war frei.

Der Pikkolo stand, ein Bein elegant übergeschlagen, genau in derselben Haltung wie der Ober und wand sich auf dessen Augenwink hin schnell, schwungvoll und geschäftsfreudig um die Tischecken herum zu den Freunden; er war erst seit zehn Tagen Pikkolo, kopierte haarscharf den Ober.

»…s befehlen die Herren?«

Die schwiegen.

Der Pikkolo rasselte heraus:

>»Bier, Wein, Kaffee, Tee, Schokolad',

>Eis, Punsch, Glühwein, Limonad'.«

Achtungsvoll betrachtete er die Schweißtropfen, die auf den Stirnen der Freunde hervortraten. Und fühlte seine Überlegenheit im selben Maße wachsen, wie die Ratlosigkeit der beiden zunahm, wiederholte singend sein Gedicht.

Adolf bestellte zwei Glas Glühwein und sagte, nachdem der Pikkolo ans Büfett geflitzt war: »Ich habe Glühwein für uns beide bewerkstelligt. Du gestattest doch.«

In der Manier des Obers brachte der Pikkolo den Glühwein und fünf Glas Wasser, ließ das Tablett – wie von einer
Meereswelle mitgeführt – aus der Tiefe weich in die Höhe
steigen, wieder abwärts schwimmen und knirschend auf die
Marmorplatte auflaufen, ohne einen Tropfen zu verschüt-
ten.

Als sich die Freunde am dampfenden Getränk die Zun-
gen verbrannt und im Bad des heißen Sonnenscheins die
Zigarillos angezündet hatten, erlangte Adolf die Fassung
wieder. Zurückgelehnt, sah er zum Knopfgebäude hinüber.

»Du hattest Gelegenheit, die Parterresäle in Augenschein
zu nehmen. Derselbe Betrieb wickelt sich in allen vier Stockwerken ab ... wie am Schnürchen sozusagen. Und unterm
Dach, sowie im Keller, befinden sich ebenfalls gigantische
Knopflager ... Das muß man sich nur vorstellen: das ganze
Riesengebäude vollgestopft mit lauter Knöpfen. Alle Sorten notabene.«

Jürgen war von der Sonnenhitze, dem Glühwein und den
Zigarillos übel geworden: das Knopflager wurde lebendig,
verwandelte sich in ein ungeheures Heer von schwarzen
Schwabenkäfern, die an allen Wänden auf und übereinander
krabbelten. In nebelhafter Ferne hörte er die begeisterte
Stimme Adolfs.

»Alle, absolut alle Arten Knöpfe. Ich werde mir eine
Knopfsammlung anlegen. Sie wird die größte der Welt sein.
Lückenlos! Denn, überlege – welcher Knopfsammler hätte
wie ich diese Gelegenheit ... Und meine Kollegen da drüben,
bei denen das gewissermaßen der Fall wäre, denken ver-

mutlich wieder nicht daran, sich eine Knopfsammlung anzulegen.«

Am Kaffeekränzchentisch klapperten laut alle Stimmen.

»Grünaß! Und zehn! Und König! Und noch einmal Trumpf!« hörte Jürgen die Glatzköpfigen schreien, sah den Ober einen halben Meter über dem Fußboden durchs Lokal schweben und wagte Adolfs wegen nicht, die Zigarillos wegzuwerfen. Den Stumpen im Mundwinkel, das Gesicht mit kaltem Schweiß beschlagen, sah er mit dem verzerrten Ausdruck lächelnden Wohlbehagens seinen Freund an. Der entwickelte den Plan seines Vaters, eines großen Knopffabrikanten, welcher sich mit der Idee trug, seiner Fabrik ein eigenes Knopfexporthaus anzugliedern, nachdem Adolf diesen Betrieb gründlich kennengelert haben würde bei der Konkurrenz.

»Da hast du meine Zukunft. Mein Weg läuft pfeilgerade in die Höhe … in logischer Folgerichtigkeit gewissermaßen.«

Und meiner? dachte Jürgen, bedrückt vom Zukünftigen, das in undurchdringlicher Finsternis vor ihm lag.

Sie sahen zum Fenster hinaus; die Pferde vor dem Exporthaus zogen an; die hochgetürmten, sauberen Knopfkisten rollten fort, dem nahen Güterbahnhof zu.

Der Knopflastwagen und das Kaffee mit den Skatspielern, Messinglüstern, Sammetbänken kreisten wie eine Berg- und Talbahn um Jürgen herum; er sagte krampfhaft gleichgültig:

»Es wäre jetzt vielleicht gar nicht unangenehm, ein wenig aus der Stadt hinaus in die schöne, frische Luft zu fahren.«

Nachdem der offene Wagen der Elektrischen die verkehrsreichen Straßen durchfahren, die letzten Häuser und den mächtigen Gaskessel hinter sich gelassen hatte und in nun ungehinderter Fahrt durch sanfthügeliges Wiesenland der Endstation entgegensauste, von kühler Luft durchzogen, röteten sich Jürgens Wangen wieder.

Einige Monate später suchte Jürgen die Brodstraße, in der Adolf Sinsheimer wohnte, der ihn in den Klub junger Kaufleute einführen wollte.

»Sie sind ja in der Brodstraße.« Der Portier setzte sich wieder auf sein Bänkchen.

»In der der Fabrikant Sinsheimer wohnt?«

»Den hat der Schlag getroffen. Heute nachmittag um drei. Er wohnt dort in dem neuen Haus ... Auch ein Unglück für die Familie.«

Jürgen wurde ganz leer.

»Tot, Adolfs Vater tot?«

»Kommt von einem Geschäftsgang zurück. Punkt drei Uhr. Setzt sich an den Tisch. Da trifft ihn der Schlag. Punkt drei Uhr.«

Trotz seiner Scheu, ein Haus zu betreten, in dem ein Toter lag, stieg Jürgen die Treppe hinauf.

Im Vorzimmer kämpfte Gulaschduft mit Medizingeruch.

»Herr Adolf kommt sogleich«, sagte das Dienstmädchen, stellte Jürgen in den Salon und eine brennende Petroleumlampe auf den Tisch.

Reichgeschnitzt, schwarz und unverrückbar schwer umstanden Jürgen die Eichenholzmöbel. Zahllose Nippesgegenstände posierten, miauten, sangen, tanzten Menuett auf allen erdenklichen Plätzchen und Kanten. Jürgen wand sich vorsichtig bis zu einem hochlehnigen Stuhl durch, saß steif. Der Salon drückte so auf ihn, daß er den Unglücksfall ganz vergaß. Vom Stuhle aus und ohne sich zu rühren, musterte er die Gegenstände, zählte vier meterhohe Petroleumlampen – Geschenke, die niemals gebrannt hatten –, entdeckte nachträglich noch zwei hohe, glänzende Gestelle, die er auch für Lampen hielt. Das waren versilberte Tafelaufsätze: Nachbildungen des Eiffelturms, auf dessen Stockwerken Birnen, Äpfel, Trauben aus farbigem Tuch lagen. An der Wand hing ein kleiner Elefant und schleuderte den Rüssel hin und her. Das Zifferblatt auf seiner Stirn stellte Afrika dar.

Unvermittelt schlug der Gedanke ein, daß vielleicht im Zimmer nebenan der Tote lag. Und Jürgen wünschte sich fort von der qualvollen Reglosigkeit des Salons. Nur um etwas zu tun, versuchte er, den an der Wand steckenden japanischen Fächer zu schließen. Der Fächer schnellte wieder zu seiner alten Pracht auseinander.

Dann schraubte Jürgen an der brennenden Petroleumlampe herum, untersuchte den Docht genau. Plötzlich flackerte die Flamme: alle Möbel machten betrunkene Bewegungen auf Jürgen zu und versanken lautlos in der Finsternis. Die Lampe war ausgegangen.

Da sah Jürgen in einem Blitz der Angst die Leiche schneeweiß im Salon liegen, drehte sich einige Male um sich selbst, um die Leiche nicht im Rücken zu haben, und streckte frierend die Hand hinter sich nach dem Türdrücker aus.

Der Elefant trompete. Die Tür gab nach und flog Jürgen an den Kopf. Adolf hatte eintreten wollen.

»Na, sag' mal, sitzt du im Dunkeln! … Lina! Donnerwetter! Lina!«

Sie kam gesprungen. Jürgen wollte aufklären.

»Ist ja alles ganz schön, aber weshalb wird denn nicht das Elektrische angeknipst, wenn Besuch da ist! Was?« Adolf war wirklich zornig. »Immer diese Knickerei.« Seine Hand hatte den Schalter gefunden. Dann ging er auch noch in die anderen drei Ecken – immer mehr Birnen flammten auf am gewaltigen Lüster. Die tausend Gegenstände des Salons standen tot im weißen Licht. »So … nun mache dir's bequem.«

Jürgen setzte sich wieder wie vorher ängstlich auf denselben Stuhl. Und Adolf lächelte glücklich.

Das Dienstmädchen brachte Tokaier. Sein Glas prostend erhoben, sprach Jürgen stotternd sein Beileid über den entsetzlichen Unglücksfall aus.

Und Adolf antwortete: »Meinem Vater geht's wieder ganz passabel; er hat schon etwas Gulasch gegessen und schläft fest … Jetzt geh'n wir in den Klub.«

Das Dienstmädchen ging von einem Schalter zum andern, bis zu dem bei der Tür, und stürzte den Salon wieder ins schwarze Nichts.

Auf der Straße zog Adolf seine mit weißen Litzen besteppten Glacéhandschuhe an und machte beim Sprechen abgehackte Vierteldrehungen auf Jürgen zu, wie ein Leutnant, der mit einer Dame spazierengeht.

Sein Vater habe halt einigen Ärger gehabt wegen einer

geschäftlichen Angelegenheit. Es habe sich nur um vierzig-
tausend Mark gehandelt. »Eine Bagatelle, gewiß. Ja, aber
wenn sie momentan nicht flüssig zu machen sind ... Geht
er heute früh dieser Sache halber fort, ohne vorher die ein-
gelaufene Zwölf-Uhr-Post durchgesehen zu haben, kommt
aufgeregt nach Hause, schwupp dich ... Schlaganfall. Das
kommt bei ihm öfters vor. Hätte vorher die Post ansehen
sollen ... Denn ...«

Er blieb stehen, hob seinen Spazierstock wie eine Kerze:
»Diskretion?«

»... Vielleicht sagst du mir lieber nichts.«

»Aber bitte, dein Wort genügt mir ... Unter der heutigen
Zwölf-Uhr-Post war ein Schreiben des Kriegsministeriums.
In dem stand nicht mehr und nicht weniger, als daß wir den
Auftrag erhalten haben, den neuen ... Armeeknopf zu lie-
fern. Ahnst du, was das bedeutet! ... Heute Mittag war das.
Kurz vorm Schlaganfall.«

Er geriet in Feuer: »Ich gehe – denn es ist Sonntag – mit
dem Schreiben des Kriegsministeriums sofort in die Privat-
wohnung unseres Bankiers. Resultat ... unbegrenzter Kre-
dit. Und die ganze Sache hat kein anderer gedeichselt als
Adolf Sinsheimer. Ich bekam nämlich – aber Diskretion
bitte – die Kalkulation des Hauses Simson Eberlein, wo ich,
wie du vielleicht weißt, schon im Privatbureau des Chefs
sitze, zufällig in die Hände – na, also sagen wir schon:
zufällig – und machte nun sofort meinerseits eine Kalkulation, solchergestalt, daß hundert Knöpfe um einen vierzig-
stel Pfennig billiger kommen. Das macht bei achtzig Millionen Armeeknöpfen ... rechne aus. Ja, mein Lieber, unser

verflossener Mathematikprofessor soll den Zulukaffern seine Schulweisheit lehren. Für den praktischen Geschäftsbetrieb taugt sie nichts. Da muß man rechnen können. Nichts als rechnen. Weißt du übrigens, daß mein alter Herr einen Orden bekommen hat? Zum Ärger meines Chefs! Und jetzt, schwupp dich, schnappen wir ihm auch noch den kolossalen Auftrag weg. Mit einem Wort, es geht schnurstracks in die Höhe. Merkst du das?«

»Schwupp dich«, murmelte Jürgen. Er hatte gar nicht zugehört.

Sie waren vor dem Klubhaus angelangt, blieben stehen.

Klaviergepauke und Refraingesang klang durch offene, erleuchtete Fenster herunter. Adolf sang gleich mit.

»Es geht doch nichts über lustige junge Leute«, sagte ein mit Waldlaub geschmückter Sonntagsausflügler zu seiner schwitzenden, verstaubten Frau und schob den Kinderwagen weiter. Sein langer Ziegenbart wurde vom Winde zur Seite geweht.

»Ihr natürlich seht nur den fertigen Knopf. Knöpft euch die Hose zu und – husch die Lerche – denkt euch weiter nichts dabei. Was aber, wenn ich dir verrate, daß zum Beispiel jeder einzelne Knopf zwölfmal durch die Maschine laufen muß? Wohlverstanden, zwölf Mal. Und achtzig Millionen sind bestellt!«

Oben sang der junge Kommis allein mit speckiger Stimme. Dann setzte das Klaviergepauke zum Refrain ein.

»Da muß der Kern gegossen, die Hülse gestanzt, die Krone eingepreßt, die Öse angelötet werden. Alles maschinell.«

Ins oben ertönende stürmische Gelächter hinein fragte Jürgen zögernd: »Drückt dich auch alles so … Ich meine, wegen dir selbst und auch wegen den anderen. Das ganze Leben, so wie es ist?«

»Unsinn. Ich bitte dich, was soll denn drücken. Der Kragen, der Schuh drückt.« Er streckte den glänzenden Lackstiefel vor. »Wirklich, beinahe jeder angemessene Schuh drückt. Aber elegant, wie? Vierundzwanzig Mark … Übrigens, begeben wir uns hinauf.«

Jürgen sagte, er wolle erst noch auf einen Augenblick nach Hause gehen, um das Geld für die Aufnahme in den Klub und für den Jahresbeitrag zu holen, und eilte die Straße hinunter.

Bis zu dem dichtgedrängten Kreis waldlaubbehangener Sonntagsausflügler – Arbeiterfamilien, Ladenmädchen mit ihren Freunden –, die, verstaubt, verschwitzt, grün und still geworden, unter der zischenden Bogenlampe standen und den Anblick eines Mannes auf sich wirken ließen. Der lag schmierig und langgestreckt auf dem Pflaster, die Augen geschlossen, atmete schwer.

Die gefüllten Kinderwagen standen verlassen; die Säuglinge schrien die welkenden Blumenbündel an.

Ein Herr mit Zylinder klärte auf: »Epileptischer Anfall. Hat ja auch Schaum auf den Lippen.«

Der Mund stieß sofort von neuem Speichelschaum aus.

Jürgen hatte sich durchgedrängt. Die Blondine neben ihm hielt die Hand auf ihr Herz.

Der waldlaubbehangene Bürger mit dem Ziegenbart sagte energisch: »Da muß man ihm die Daumen herausziehen.

Das ist das erste. Das ist die Hauptsache. Das hilft immer. Dann vergeht der Anfall.« Und versuchte, die Daumen herauszuzerren. »Geht nicht.« Er zerrte weiter. Der Mann hielt die Daumen fest, bäumte sich wellenartig.

»Wasser holen! Man muß Wasser holen.«

Die Blondine klagte: »Ach nein, der arme Mensch.«

Eine dicke Dame sauste ins nahe Café nach Wasser. Alles war von Mitleid ergriffen. Jürgen war vor Machtlosigkeit kalt geworden, wünschte gierig: vielleicht hilft Wasser.

»Die Daumen müssen raus!«

Zwei zerrten keuchend so lange, bis es gelang.

Sofort zitterten die Lider des Mannes; er öffnete die Augen, streifte mit einem blitzschnellen Blick die über ihn gebeugten Gesichter und richtete sich, von zehn Armen unterstützt, sitzlings auf, ließ den Kopf hängen: »Das macht alles nur das Elend. Ich wollte mit der Elektrischen fahren, hatte aber die zehn Pfennig nicht … Alles nur das Elend.« Geduckt beobachtete er, welchen Eindruck seine Worte machten.

Sofort wurde Jürgen von grenzenlosem Ekel gepackt. Er hat simuliert, dachte er, und stieß brutal durch den Kreis, lief fort.

Ein neu hinzugekommener Herr drohte dem Mann mit dem Stock: »Sie! Sie! Dasselbe haben Sie vor einer Viertelstunde weiter unten veranstaltet!« Und zu allen: »Ich war zufällig auch vorhin dabei … Man hat für ihn gesammelt …«

Die dicke Dame kam mit dem Wasser angestürzt. »Hier! Wein hab ich auch!«

»Das macht alles nur das Elend.« Geduckt schielte er auf die Umstehenden, den drohenden Herrn an.

Der vom Daumenherauszerren noch immer nicht wieder zu Atem gekommene Bürger mit dem Ziegenbart staunte: »No, da hört sich doch aber alles auf!«

»Ach wer kann's wissen ... Nur ein Doktor kann's wissen.«

Sie verliefen sich. Einige lachten erleichtert. Die Blondine sagte: »Wenn er doch nichts hat.« Die Kinderwagen rollten fort.

Der drohende Herr und der mit dem Zylinder hatten sich gefunden, gingen zusammen ins Café.

Jürgen, schon weit weg, war stehengeblieben. Er blickte auf das Bild aus seiner Jugend: da liegt auch ein Mann auf dem Pflaster: jung, mit eleganter, blutiger Wäsche, strenggebügelten, großkarierten Hosen, Brillantringe an den Fingern und Schaum auf den Lippen. Die seidene Weste ist aufgerissen, die Brust freigelegt. »Aber bei dem war der Schaum blutrot. Die offenen Augen starrten blau und gläsern. Das war echt und entsetzlich ... Der vorhin hat simuliert.«

Jürgen war bereit, wieder zornig zu werden, empfand aber keinen Zorn mehr. Nur Leere. Und plötzlich zog ein neues Glück mächtig in die Leere ein. »Wie furchtbar muß es ihm gegangen sein, bis er dazu bereit war, eine halbe Stunde lang so schamlos Theater zu spielen, sich dermaßen zu demütigen, vor so vielen Menschen ... Es wird ja vollkommen gleichgültig, ob seine Krankheit echt oder nur simuliert war ... Es ist im Gegenteil unendlich viel grauenvoller, daß er nur simulierte. Denn wie muß es ihm gegangen sein, bis er sich entschloß, das zu tun.«

Bestürzt über seine Gefühlsroheit, rannte er zurück, ausschließlich allem anderen von der Frage gefoltert, ob er den Mann noch antreffen werde. Der Platz war leer; die Bogenlampe zischte nicht mehr, leuchtete ruhig und weich.

Jürgen lief umher, suchte vergebens nach dem Manne. Vom Klubzimmer schallte noch immer Gesang herunter.

»Nun? Und jetzt?« fragte Jürgen belastet, ging weiter. Ist wieder etwas Schweres dazugekommen, zu allem anderen? ... »Man muß unausgesetzt wach sein, sonst wird man ein immer größerer Schuft. So lange wach sein, bis man zu etwas Schlechtem gar nicht mehr fähig ist.«

Dieses Gelübde machte ihn schmerzlich froh. Beim Weitergehen stellten sich schemenhaft die kleinen Streichholz-, Heftpflaster- und Schnürsenkelverkäufer ein, denen er manchmal gegeben, oft nicht gegeben hatte. Lasterhafte Gesichtchen, weinerliche Stimmen, runde, kindliche Blicke, die unvermittelt tückisch werden konnten. Schlechte und gute Schauspieler. Ein ganz magerer, uralter Mann mit dem Hut in der Hand steht da und singt hoch wie ein Knabe. »Er singt. Das ist doch gar nicht möglich, daß der singen kann.« Bettelfrauen, käsig, häßlich, böse und arm, den eingehüllten schlafenden Säugling vor der Brust, bettelten mit den Augen. »Allen muß man helfen, alle muß man lieben, ob sie lügen, oder nicht. Denn so und so führen sie ein böses Leben, während es Abermillionen besser geht, die nicht besser sind.«

Maßloses Staunen zwang ihn stehenzubleiben. »Wie darf das sein?«

Da lenkte ihn momentan ein Gedanke ab, entzückte ihn so, daß er, obwohl es Sonntag und zehn Uhr abends war, die Hausglocke des Lackierermeisters zog.

»... Gewiß, Sie haben recht. Es hätte selbstverständlich auch bis morgen Zeit gehabt, aber ich ging gerade hier vorbei ...«

»Also, was für eine Tafel soll ich denn schreiben?«

Jürgen mußte ein wenig lächeln. »Betteln gestattet« geht nicht, dachte er, »Betteln erwünscht« geht auch nicht.

»Schreiben Sie – auf eine hübsche Tafel – ›Hier wird Armen gegeben‹.«

»Nun, und wie denn? ... Weiß auf schwarz? Oder schwarz auf weiß? Man kann auch etwas Farbiges machen. Oder Goldschrift.«

»Vielleicht gold auf schwarz?«

»Schön. Macht sich gut ... ›Hier wird Armen gegeben‹, nicht wahr?«

Am anderen Tage nagelte Jürgen die Tafel an den Gartenzaun fest, an der Rückseite des Häuschens, wo seine Tante ganz selten hinkam, und gab dem Dienstmädchen zehn Mark. »Wird das für einen Monat reichen?«

Die Worte: »Hier wird Armen gegeben« glänzten schön. Darunter hatte Jürgen einen Zettel geklebt, auf dem stand »Zwischen neun und elf Uhr vormittags«.

Das war die Zeit, während der die Tante in der Kirche saß.

»Zehn Mark hätte gerade der Jahresbeitrag gekostet. Und hundert Mark ein eleganter Gesellschaftsanzug. Und Handschuhe. Und, und ... und überhaupt.«

Adolf Sinsheimer war ein Jahr später Teilhaber seines Vaters und rutschte zusammen mit seiner Generation geölt in die für ihn und seinesgleichen vorgebackene, gefahrlose Form hinein, die für die Zahllosen da ist und erhalten wird, denen durch ihr maschinenhaft sicheres Wesen Seelenkämpfe jedwelcher Art erspart bleiben.

Jürgen blieb auch weiterhin außerhalb dieser katastrophenfernen Form stehen, die ihren Repräsentanten die Fragen an das Leben zur vollsten Zufriedenheit glatt beantwortet.

Und nachdem er die Tafel »Hier wird Armen gegeben« wieder hatte abnehmen müssen, weil die Almosen Verlangenden zu einem ständig sich vermehrenden Heere angewachsen waren, wollte er noch viel weniger als früher zugeben, daß man den Menschen – ihrer Sehnsucht, ihrem Leid – vom Klub junger Kaufleute, von einer Korpsstudentenverbindung, einem Offizierskasino aus gerecht werden könne.

Der Streber

Leo Seidel, Sohn eines schwindsüchtigen Postboten, ertrug die Demütigungen der Armut mit stoischer Zähigkeit, ständig nur das eine Ziel vor Augen, das Abiturientenexamen zu bestehen. Er wurde von den Schulkameraden gefürchtet und gehaßt. Denn er war klug, fleißig und gewissenhaft, strebte schwer angreifbar und verschmähte dabei doch kein Mittel, das ihm dazu verhelfen konnte, Klassenerster zu bleiben.

Einige Wochen nach dem vorzüglich bestandenen Examen starb der Briefträger, und Leo Seidel trat ins Magistratsbureau ein. In das städtische Wohnungsnachweisbureau.

Das lag auf der sonnenlosen Nordseite des Lichthofes. Der muffige Bureaugeruch schlug, bekannt und schon lieb geworden, den Beamten jeden Morgen entgegen.

Der zarte und lange Herr Ank kam seit zwölf Jahren täglich zwei Minuten vor acht ins Bureau, Herr Hohmeier punkt acht Uhr, der elegante Herr Neubert hetzte nie später als fünf Minuten nach acht durch die Tür, und der Vorsteher, Herr Figentscher, erschien, seinem Dienstgrade und dem Beginne seiner Bureauzeit entsprechend, um ein viertel neun Uhr.

Das Mißbehagen der Kollegen steigerte sich von Monat zu Monat, denn jeden Morgen fanden sie beim Eintritt ins Bureau Leo Seidel schon heißgeschrieben am Pulte vor.

Leo Seidel befolgte nicht nur das Prinzip, früh der erste und abends der letzte zu sein, er begann auch deshalb viel früher zu arbeiten, als die andern Herren, weil es manchmal vorkam, daß ein schläfriger Nachtdienstbeamter einer besonders dringenden kriminellen Sache wegen im Wohnungsnachweisbureau einen Personalakt zu suchen hatte, so daß Seidel oft Gelegenheit fand, höheren Beamten einen Dienst zu erweisen und dadurch noch obendrein in Dinge Einsicht zu erlangen, die ihm bei seiner untergeordneten Stellung im allgemeinen versagt blieb. Er strebte danach, durch Tüchtigkeit und Orientiertsein die niedrigen Dienstgrade zu überspringen.

Das war seinen Kollegen nicht entgangen.

Leo Seidel benutzte zusammen mit Jürgen Kolbenreiher, der gleichzeitig mit ihm angestellt worden war, ein Doppelpult, über dem nur eine Gasflamme brannte. Neubert und Hohmeier hatten jeder ein Pult für sich – mit je einer Gasflamme. Über Herrn Anks Pult befand sich, entsprechend seinem höheren Dienstgrad, ein zweiflammiger Gasarm mit grünen Lichtblenden. Und vor des Herrn Bureauleiters Pult stand zudem noch ein drehbarer Schreibsessel, auf dem ein dienstliches Lederkissen lag. Auch war sein Löschblattbügel bedeutend breiter.

Dieses festgefügte Dienstschema zu sprengen, war Seidels Bestreben. Das allmähliche Vorrücken bis zum breiteren Löschblattbügel wollte er sich ersparen und war deshalb nicht nur mit seinem jüngsten Kollegen, Kolbenreiher, schon hart zusammengeraten, sondern sogar schon mit dem leisen und freundlichen Herrn Ank. Aber vor allem Herrn

Hohmeiers Verhältnis zu Seidel hatte sich bis zur nahe bevorstehenden Katastrophe gespannt. Denn Herr Hohmeier war am nächsten daran, vorzurücken, und fürchtete, seiner Umständlichkeit wegen, von Leo Seidel, der neben größerem Fleiße und unangreifbarer Gewissenhaftigkeit auch noch ungewöhnlich schnell arbeitete, übersprungen zu werden. Während der etwas elefantenhafte Kolbenreiher und die anderen Kollegen in strittigen Fällen am Ende doch immer nachgaben, war Hohmeier, im Gefühle seines Rechtes, Leo Seidel bisher um keinen Millimeter gewichen.

Es war still im Bureau. Der Diener Granat entleerte pünktlich den Neunuhrkohleneimer in den eisernen Füllofen, auf dem Eva, schon rotglühend, Adam den rotglühenden Apfel reichte.

Die Nasen der kurzsichtigen Beamten folgten den Federspitzen. Manchmal erschien jemand am Schalterfenster. Einer der Beamten fertigte, ohne seine Kollegen bei der Arbeit zu stören, leise den Auskunftverlangenden ab, schrieb die gewünschte Adresse heraus.

Jeder der Herren hatte eine bestimmte Anzahl Buchstaben des Alphabets unter sich: die Anfangsbuchstaben der Namen, zu denen die Adressen von den Nachfragenden gewünscht wurden. Die schon lange im Dienste sich befindenden Beamten hatten Namen zu besorgen, deren Anfangsbuchstaben häufiger vorkamen. Die beiden Jüngsten, Seidel und Kolbenreiher, besorgten die Buchstaben X und Y. Und wurden infolgedessen bei ihren Abschreibarbeiten nie gestört.

Ein bärtiger Matrose brachte seinen Wohnungsanmeldezettel; er war von einer Seereise zurückgekehrt zu seiner

Mutter. Das erzählte er Herrn Ank, der ihn zu bedienen hatte. Auch eine Bäuerin, die zweihundert Trinkeier abliefern wollte, war eingetreten. Ihr Abnehmer war verzogen. Dann wurde es wieder still. Herr Hohmeier bekam einen Hustenanfall.

Gleich darauf fragte ein Herr nach der jetzigen Wohnung des Herrn Bärmann. Der habe ihm Geld gestohlen. Herr Neubert konnte dem Fragenden mitteilen, daß dieser Herr Bärmann nach Brasilien abgereist sei.

Ein Künstler platzte mit dem Wütenden unter der Tür zusammen; er verlangte die Adresse seines Freundes. Und Herr Hohmeier setzte ihm auseinander, daß die Polizei schon lange nach diesem Kunstmaler Ferdinand Wiederschein fahnde. Man habe herausbekommen, daß der Maler seit vielen Wochen jede Nacht in einem anderen Bett schlafe. »Indem er nämlich jeden Morgen sein Handtäschchen wieder mitnimmt und sich, wenn die Schlafenszeit herannaht, ein neues Unterkommen für die Nacht sucht ... Der meldet sich nicht einmal bei uns.«

Des Künstlers Gelächter knallte durch das Bureau, daß alle Köpfe in die Höhe fuhren.

»Da gibt es aber nichts zu lachen. Das ist eine ernste Sache. Wenns alle so machten, welch eine Unordnung hätten wir dann hier.« Herr Hohmeier redete noch vor sich hin, als er schon wieder an seinem Pulte saß.

Eine Weile arbeiteten die Beamten weiter, ungestört vom Leben, das nur bis zum Schalterfenster herankam.

Der Zehnuhrkohleneimer entleerte sich pünktlich in den Ofen. Die Beamten zogen ihre belegten Brote hervor.

Während der Vesperviertelstunde sammelten sich viele Leute vor dem Schalterfenster an.

Die Beamten aßen ruhig weiter.

Noch einige Leute kamen hinzu.

Seidel dachte darüber nach, ob außer ihm wohl noch ein Mensch auf der Welt durch so eine teuflische Kleinigkeit, wie die, daß es wenige Namen mit dem Anfangsbuchstaben Ypsilon gab, daran verhindert sein würde, sich zu betätigen und vorwärtszukommen.

Die Auskunftverlangenden wurden ungeduldig, hüstelten, scharrten mit den Füßen, klopften endlich an das Schiebefenster. Der ganze Schalterraum stand voll Menschen. Herr Ank ging an den Schalter, sagte leise, daß noch fünf Minuten bis zur wieder beginnenden Bureauzeit fehlten, ging zu seinem Butterbrot zurück.

Und als die Uhr Viertel elf schlug und Herr Hohmeier zum Schalter trat, stellte es sich heraus, daß einige wieder gegangen waren und die gebliebenen neun Auskunftsuchenden unter Buchstaben C bis G fielen und somit Herrn Hohmeier unterstanden. Der beruhigte freundlich die Ungeduldigen und fragte, wer zuerst dagewesen sei. Schon darüber entstand ein kleiner Streit. Schließlich drückte ein schwarzer Kohlenhändler alle anderen in die Ecken und verlangte die Adresse einer Familie, die umgezogen war, ohne vorher die Kohlenrechnung bezahlt zu haben.

Seidel war sich noch nicht klar geworden, ob es für ihn besser sei, Herrn Hohmeier beizuspringen oder sitzen zu bleiben.

Während Herr Hohmeier mit dem Zeigefinger die Fächer

des Regals nach dem Personalakt abtippte, den Akt nicht fand, setzte der Streit im Schalterraum von neuem ein.

Da äußerte ein junger Mann, daß er seine Zeit auch nicht gestohlen habe, hier nicht eine Stunde herumstehen könne. Und gab damit das Signal zur Auflehnung.

Aller Ärger richtete sich gegen die Beamten. Es wurde laut geschimpft. Nur ein Dienstmann meinte, ihm könne das völlig gleich sein, wie lange er hier stehe; er lasse sich seine Zeit vom Auftraggeber bezahlen. Das verminderte den Ärger der anderen nicht.

Seidel lugte nach vorn und dachte, Herr Bureauvorsteher Figentscher sollte erleben können, wie flink ich die Leute abfertigen würde, hielt sich aber doch zurück.

Herr Hohmeier hatte den Personalakt nicht gefunden, trat noch einmal zum Kohlenhändler, fragte ihn, ob er den Namen denn auch richtig aufgeschrieben habe. Der Unwille steigerte sich.

Da riß es Leo Seidel zum Schalter. »Sie erlauben, Herr Hohmeier, daß ich Ihnen helfe.« Er sammelte die ihm entgegengestreckten Zettel ein.

»Nein, ich kann das nicht erlauben. Bitte sehr, Herr Seidel, ich erlaube das nicht ... Es sind meine Buchstaben.«

Die Wartenden schrien dazwischen. Leo Seidel wollte etwas sagen. Und Herr Figentscher, der von dem Tumult aus seinem Vesperzimmerchen herausgelockt worden war, verfügte, daß die beiden jungen Herren, Seidel und Kolbenreiher, dies eine Mal mithelfen sollten. »Ausnahmsweise!«

Unter unheilvollem Schweigen des bleich gewordenen

Herrn Hohmeier wickelte sich das Geschäft jetzt glatt ab. Herr Figentscher stand dabei.

Dann saßen sie wieder still an ihren Pulten.

Herr Hohmeier war nicht fähig zu arbeiten. Ein ungeheurer innerlicher Aufruhr machte ihn blind. Die beinahe immer gegenwärtige Vorstellung, sich am Tage seiner Beförderung eine goldene Brille zu kaufen und sich mit dem neben ihm gealterten Mädchen einstweilen wenigstens zu verloben, schob sich auch jetzt hartnäckig in den Vordergrund, so daß über eine Stunde vergangen war, bevor er gefunden hatte, was Seidel endlich einmal klar und deutlich gesagt werden müsse.

Er wollte schon zu ihm ans Pult treten. Da kam der Kassendiener herein mit einem Brett, auf dem die Gehälter der Beamten lagen. Bei Herrn Figentscher begann er, ging von Herrn Ank zu Hohmeier und Neubert. Die hatten neunzig Mark, Seidel und Kolbenreiher sechzig Mark Gehalt.

Herr Ank schloß sein Geld sofort ins Pult. Herr Hohmeier rechnete auf einem Zettel alles genau aus und teilte sein Geld in Häufchen: für Wäsche, Miete, Schuster, Vesper, Mittag- und Abendessen. Dieses Mal blieben ihm sieben Mark für nicht vorherzusehende Fälle übrig. Er rechnete noch einmal nach, denn am ersten Dezember waren ihm nur fünf Mark geblieben, warf noch einen prüfenden Blick auf seine Häufchen und trat zu Seidel ans Pult.

»Der sehr bedauerliche Vorfall von vorhin bedarf dringend der Aufklärung. Ich, meinerseits, muß Ihnen sagen, daß in diesem Bureau ein Sichvordrängen – ich könnte mich auch noch anders ausdrücken – nichts nützt ...«

»Und ich muß Sie bitten, mich nicht bei der Arbeit zu stören!«

»... Denn wenn alle Beamten hier in diesem Bureau gewissenhaft ihre Pflicht tun – und das kann als sicher angenommen werden –, so daß keiner entlassen wird, werden Sie, Herr Seidel, in vier Jahren an meinem Pulte sitzen und in zwölf Jahren am Pulte des Herrn Ank ... Unterdessen werde ich an Herrn Anks Pult gesessen haben, Herr Ank an Herrn Figentschers Pult. Und Herr Figentscher wird, seinen Dienstjahren entsprechend, eine höhere Stelle in einem anderen Bureau einnehmen ... Es gibt in diesem Gebäude sehr viele Bureaus, die wir zu durchlaufen haben ... ehe wir pensioniert werden. Ein Durchbrechen dieser Ordnung gibt es nicht. Das wollte ich Ihnen gesagt haben. Nichts für ungut.« Seine Lippen bebten. Er ging an sein Pult zurück.

Und Leo Seidel hatte, als Herr Hohmeier noch mitten in seiner Rede begriffen gewesen war, ob dessen plastischer Darstellung sein Entlassungsgesuch schon fertig im Kopfe gehabt. Denn wenn er sich auch sagte, bei größter Genügsamkeit mit sechzig Mark Monatsgehalt auskommen zu können, war ihm durch Herrn Hohmeiers Worte unvermittelt klar geworden, daß ein schnelleres Vorrücken so gut wie ausgeschlossen sei.

Noch am Abend desselben Tages schrieb Seidel peinlich sauber sein Entlassungsgesuch.

Die neue Mietspartei war eingezogen in das Hofzimmer, in dem Seidel sein ganzes Leben vom Tage der Geburt an in ewig sich gleichbleibender Armut verbracht hatte. Es war ihm erlaubt worden, die altersschwachen Möbel so lange in der Holzlage unterzustellen, bis sich ein Altwarenhändler fand, der auch die armseligen Gegenstände nicht für ganz wertlos hielt.

Den von seinem Gehalt übriggebliebenen Zehnmarkschein und einige Nickelstücke in der Tasche, das Herz kalt vor Energie und zielbewußter Willenskraft, von Wehmut, Feigheit und schwächlichen Überlegungen nicht gehemmt, verließ Seidel um acht Uhr früh seiner Jugend stinkenden Hof, in dem nie etwas schön gewesen war, außer einem Büschel Löwenzahn, der kümmerlich und zäh jedes Jahr in der gepflasterten Ecke geblüht hatte.

Seidels Herz hatte ihn niemals zu den gelben Blüten geführt; es war, jenseits von Gefühlsüberschwang, ein gehorsam arbeitender Muskel und wurde vom Gehirn regiert, das Seidel zum Träger eines zielklaren Willens machte.

Losgeschnitten von der Vergangenheit, vor sich das Obdachlosenheim, stand er blank auf der Straße, völlig auf sich selbst gestellt.

Dichter Morgennebel, der nur die Dächer der zwei nächsten Häuser, links und rechts von Seidel, frei ließ, hatte die Straße, die wenigen Passanten und alle Geräusche verschlungen. Seidel stand grau in grau. Und erklärte sich selbst, weshalb für ihn Grund zum Jammern nicht vorhanden sei: Er habe Zeit, sei jung und gesund und bereit, rücksichtslos seinem Ziele entgegenzugehen, sehnsuchtslosen Herzens.

Um seines Ehrgeizes Inhalt und Ausmaß einwandfrei abzustecken, sondierte er vorstellungskräftig den Ehrgeiz eines Friseurgehilfen, der darauf spekuliert, in das Geschäft einer Friseurswitwe einzutreten, mit dem Ziele, die Witwe zu heiraten, Geschäftsinhaber zu werden und lebenslang das Abziehen eines Rasiermessers seinen Lehrlingen beizubringen; einen jungen Kaufmann ließ er mit der reizlosen Tochter seines Chefs zum Standesamt gehen und ihn in einem dunklen, duftgeschwängerten Laden ein warmes Drogistenglück bis zum Tode genießen.

Unbelasteten Gemütes folgerte Seidel, daß auch er in irgendein Geschäft eintreten und sich im Laufe der Zeit ein auskömmliches Dasein in bescheidenen Grenzen erarbeiten könnte. Er trennte sich von dem Ziele des Friseurgehilfen, vom Drogisten und wandte sich seiner Laufbahn zu, die kleiner und unsicherer als die eines Drogistengehilfen begann, in Form einer Spirale unter zäh zu überwindenden Schwierigkeiten aller Art anstieg und in der Berliner Börse endete. Dann breitete sich das Leben aus: Jedes Wort des Finanziers Leo Seidel hat Gewicht; eine von ihm verweigerte Unterschrift verursacht Beklemmungen und Katastrophen in den Bankhäusern.

Seidels Augen schlossen sich halb. Er flüsterte: »Aus eigener Kraft. Keiner meiner Schulkameraden kann sich mit mir vergleichen; sie alle bleiben hinter mir zurück, trotzdem sie geebnete Wege vorfanden.«

Auf dem Wege zu dem Platz, wo die Schaubudengerüste aufgestellt wurden, für die am folgenden Tage beginnende große Jahresmesse, dachte Leo Seidel, ein gewissenhafter Mensch müsse gegen die hier beschäftigten verkommenen Existenzen scharf abstechen und über sie hinweg bei einem

Schaubuden- oder Karussellbesitzer schnell zu einer Vertrauensstellung gelangen können.

Seine kantige, gewaltig breite Stirn bildete zusammen mit dem sehr spitzen Kinn ein beinahe gleichwinkeliges Dreieck. Das Dreieck war mit Sommersprossen dicht besetzt. Aber auch in bezug auf seine Streberei hatte er in der Schule den Spitznamen »Sprosse« bekommen. »Von Sprosse zu Sprosse.«

Burschen in verblichenen Sweaters, die Zigarette hinter dem Ohr, rissen Pflastersteine heraus, hockten, in Morgennebel gehüllt, auf den Gerüsten, schrien, schraubten die Holzteile fest. Alles fügte sich wie immer aneinander. Die Budenbesitzer überlegten und probierten die Holzteile lange, bevor sie ein durch die Bodenbeschaffenheit bedingtes neues Lattenstück genehmigten.

Seidel beobachtete den dünnen, alten Schiffsschaukelbesitzer, der in großer Nervosität fortwährend deutete, die Arme schwang, Befehle erteilte, mithelfen wollte und nur überall im Wege stand. Seine Burschen kümmerten sich wenig um ihn, riefen ihm manchmal ein Wort über die Schulter zurück zu und führten die Arbeit so aus, wie sie wollten.

Mädchen, unfrisiert, farbige Tücher um die Schultern, hockten auf den Treppen der grünen Wagen, kamen und gingen, kochten, weichten Wäsche ein.

Ein Ellbogen stieß an eine Drehorgelkurbel: ein paar Töne erklangen.

Hier ist durch Fleiß und Gewissenhaftigkeit sicher mehr zu erreichen als in einem Magistratsbureau, dachte Seidel und fing vor dem grünen Wagen, in dem die zwölf Schaukelschiffe nebeneinander standen, den Besitzer ab, zog den Hut.

»Verzeihung, ich möchte fragen, ob Sie nicht eine Hilfskraft bei Ihrem Unternehmen brauchen.«

Verdutzt sah der Mann den solid gekleideten jungen Herrn an, die saubere Wäsche. »Ich verstehe nicht recht. Ich brauche zwar noch zwei Schiffsschaukeladjunkten zur Bedienung von vier Schiffen ... Aber Sie? Was wollen Sie?«

»Ich leiste jede Arbeit, die Sie verlangen ... Was ist das, Adjunkt?«

»So heißen die Burschen bei den Schiffsschaukeln ... Zwei von diesen Kerlen sind eingesteckt worden. Acht Wochen Gefängnis. Hatten wieder gestohlen. Aber schon bevor sie bei mir waren«, setzte er hinzu.

»Demnach können Sie mich also brauchen?«

Der Mann hob die Arme, wie vorhin beim Aufstellen des Gerüstes: »Freundchen ... haben Sie Papiere? Waren Sie schon einmal so was?«

»Papiere? Nein.«

»Ja, dann müssen sie mir erst einmal nachweisen, daß Sie von der Polizei nicht gesucht werden ... Und vor allem möchte ich wissen, weshalb Sie von der Polizei gesucht werden.«

Da reichte Seidel dem Mann sein Abiturientenzeugnis und das Entlassungszeugnis vom Stadtmagistrat, das erst am Tage vorher ausgestellt worden war und den Vermerk über Seidels Tüchtigkeit, Fleiß und Gewissenhaftigkeit enthielt.

Der Mann wunderte sich nicht. Ihm waren während seiner vierzigjährigen Jahrmarkttätigkeit schon alle möglichen Existenzen untergekommen.

»Auf meine Gewissenhaftigkeit beim Geldeinsammeln können Sie sich verlassen.«

»Da wären Sie der erste, auf dessen Gewissenhaftigkeit beim Geldeinsammeln ich mich verlassen würde. Aber brauchen könnte ich Sie.« Er stieg, von Seidel gefolgt, in den grünen Wagen.

Der kräftige Bursche mit Ledergurt, rotem Sweater und einem großen, herzförmigen Mal auf der Backe tat, als habe er beim Putzen der Messingteile keine Pause gemacht.

Der Besitzer schickte ihn hinaus. Dann legte er seinen gespickten Geldbeutel vergeßlich auf eine Kante: »Warten Sie ein bißchen.« – Ging auch hinaus, stellte sich hinter den Wagen und lauerte durchs Fenster hinein.

Seidel sah den Beutel an, die funkelnden Schiffe, stupste ein Stäubchen von seinem Ärmel, wartete geduldig.

Bis der Mann wieder hereinkam: »Haben Sie meinen Geldbeutel nicht gesehen?«

»Dort liegt er«, deutete Seidel. »Ihre Schiffsschaukel scheint ganz neu zu sein.«

Verdutzt blickte der Mann den auf der Kante liegenden Beutel, dann Leo Seidel an. »Ich gebe Ihnen fünf Mark Handgeld. Der Lohn beträgt täglich eine Mark fünfzig, Essen und Schlafgelegenheit. Mehr gibt's nicht.«

»Ich brauche die Anzahlung nicht. Wenn Sie mit mir zufrieden sind, werden Sie mir meinen Lohn schon geben.«

Das war dem Manne neu. Beinahe verlegen sagte er: »Ja, ich habe die modernste, neueste Schiffsschaukel der Messe.

Kostete mich 30000 Mark. Das will was sein. Sie ist einen Meter siebzig höher als die der Konkurrenz ... Können Sie morgen früh antreten?«

Die fünfzig verschiedenen Drehorgelmelodien zusammen erregten bei manchem Besucher schon Schwindelgefühl, wenn er auf dem Platze noch gar nicht angelangt war. Paukenschläge und Trompetenstöße drangen siegreich durch.

Alles drehte sich, funkelte und flog. Die Mädchen klammerten sich an ihre Liebhaber an, schrien auf, wenn die Berg- und Talbahn in die Tiefe sauste, im rosa erleuchteten Tunnel verschwand. Und an der farbensprühenden Budenreihe entlang zog die schwarze Menschenmenge.

Die Ausrufer waren schon heiser, luden hinreißend liebenswürdig ein. Die Konkurrenz war groß.

Trotzdem hatte sich Herr Rudolf Schmied in seinem grünen Wagen zu einem Schläfchen niedergelegt und Seidel die Aufsicht und das Geldeinsammeln anvertraut. Denn tags zuvor, in früher Morgenstunde, als noch kein Budenbesitzer, kein Adjunkt dagewesen war, der die Einnahme hätte kontrollieren können, hatte Seidel über elf Mark einkassiert, sich vom Lehrer der Knabenklasse, die geschaukelt hatte, eine Empfangsbescheinigung ausstellen lassen und Geld und Schein gewissenhaft Herrn Rudolf Schmied abgeliefert.

Dieser Empfangsschein hatte wie tödliches Gift auf das Mißtrauen des Herrn Schmied gewirkt.

Die Adjunkten vermuteten in Seidel einen Verwandten des Herrn Schmied, unterordneten sich ihm, lieferten willig die Groschen ab.

Die immer besetzten zwölf Schiffe der schönen, besonders hohen Schaukel flogen unausgesetzt. Die sieben der alten, niedrigen Schaukel daneben hingen fast immer reglos.

Der wütende Besitzer trat von einem Fuß auf den anderen; seine Adjunkten luden brüllend ein; der Orgelspieler drehte wie besessen: alle strömten vorbei zur hohen Schaukel.

Seidel blickte starr ins Publikum und befahl, als er, wie erwartet, die Herren Kolbenreiher und Hohmeier entdeckte, mit kalter Energie dem Adjunkten mit dem Herz auf der Backe, das letzte Schiff in der Reihe anzuhalten. Ein anderer Adjunkt mit einem abschreckend großen, pferdekopfähnlichen Gesicht preßte das Anhaltbrett gegen den Kiel des sich allmählich totschaukelnden Schiffes. Eine neue Tour begann. Seidel sammelte ein. Die beiden Beamten ließen ihn nicht aus den Augen, die vor Hohn und Genuß funkelten. Auch die zukünftige Braut des Herrn Hohmeier machte große Augen. Sie hatte ein ganz mageres, blasses Gesichtchen.

»Das Riesenweib! Wie sie ißt! Wie sie trinkt! Wie sie schläft! Brustumfang 154! Alles andere dementsprechend! Kolossal! Jedem Besucher erlaubt, nachzuprüfen! Brustumfang 154!« schrie der Ausrufer links neben der Schiffsschaukel.

Und ein anderer: »Hopp hopp hopp!« Der ritt ohne Pferd dem Publikum einen eleganten Trab vor zugunsten des »Hippodrom von Eder, wo reiten kann ein jeder«.

Die Menschen im Riesenrad schwebten langsam empor in den Nachthimmel.

Bei der kleinen Schiffsschaukel entstand Tumult; sie wurde plötzlich von Fahrgästen gestürmt: der Besitzer hatte ein Plakat ausgehängt, auf dem stand: »Hier kostet die Tour nur fünf Pfennige.« Höhnisch blickte er zu Seidel hinüber, dessen Schiffe jetzt reglos hingen.

Der Adjunkt mit dem Pferdegesicht und der mit dem herzförmigen Mal – von seinen Kollegen »Das Herz« genannt – luden brüllend ein. Niemand kam. Seidel stürzte zum Besitzer, klärte ihn auf. Der rieb sich entsetzt den Schlaf aus den Augen, wollte ebenfalls für fünf Pfennige schaukeln lassen.

»Wenn Sie das tun, kommt man wieder zu Ihnen, weil unsere Schaukel höher ist, aber die Einnahme würde fortan nur die Hälfte betragen, Ihre Schaukel wäre entwertet.«

»Und so verdiene ich gar nichts. Schreiben Sie sofort ein Plakat. Das Herz soll helfen.« Er tanzte vor Vergnügen.

»Ich mache Ihnen einen Vorschlag …«

»Nichts, nichts! Schnell, Freundchen! Die Zeit vergeht.«

»Wollen Sie riskieren, heute abend keinen Pfennig mehr einzunehmen, wenn Sie dafür an den folgenden Tagen wieder die volle Einnahme haben werden?«

Herr Rudolf Schmied warf die Arme: »Wie? Was? Wie? Wie ist das??«

»Lassen Sie ganz umsonst schaukeln.«

Da schrie Herr Schmied mit vollen Lungen so lange nach dem Fünfpfennigplakat, bis Seidel ihm auseinandersetzte, dann müsse auch der andere umsonst schaukeln lassen, aber es käme darauf an, wer es länger aushielte. »Sie sind ein wohlhabender Mann; der Konkurrent steht vor dem Bankerott.

Sie warten ganz einfach, bis er zu Ihnen kommt und bittet, daß beiderseits wieder um zehn Pfennige geschaukelt werden soll.«

Herrn Rudolf Schmieds altes Meßgesicht leuchtete.

Seidel rief das Herz, das Pferdegesicht und die anderen Adjunkten in den Wagen. Viele hundert kleine improvisierte Billets wurden eiligst geschnitten, gestempelt. Und auf dem gewaltigen Plakat stand: »Wer ein Billet hat, fährt ganz umsonst in Rudolf Schmieds modernster und höchster Schaukel der Welt.«

Das Herz brüllte, schleuderte die Zettelchen ins Publikum. Das nahm die Schaukel im Sturm.

Seidel beobachtete die Konkurrenzschiffe, die sich entleerten und nicht mehr füllten.

Ein ungeheurer Tumult erhob sich. Das Hinüber- und Zurückbrüllen der Besitzer hatte das ganze Meßpublikum angezogen. Viele Budenbesitzer kamen geeilt, um zu erfahren, was ihnen das Publikum entzog. In der ersten Reihe standen die beiden Beamten.

Eine Viertelstunde später kostete die Tour wieder zehn Pfennige. Seidel hatte im Wagen des Herrn Schmied die Verhandlungen geleitet.

Der Besitzer der Berg- und Talbahn, des größten Unternehmens der Messe, fing Seidel ab, legte ihm die Hand auf die Schulter: »Ich brauche eine Hilfe. Wollen Sie Geschäftsführer bei mir werden? ... Das haben Sie großartig gemacht.«

»Ich bin bei Herrn Schmied angestellt.«

»Ich zahle Ihnen das Dreifache.«

»Ich mache voraussichtlich schon morgen eine eigene Bude auf … Aber eine Idee will ich Ihnen verkaufen für Ihr Unternehmen!«

»Das wäre?«

»Schreiben Sie eine Erklärung, daß Sie mir zweihundert Mark zahlen, wenn Sie meine Idee ausführen.«

»Hundert!«

»Zweihundert!«

Seidel steckte den Zettel ein.

»Bei Ihnen fahren hauptsächlich Liebespärchen, weil sie in den scharfen Kurven gegeneinandergeworfen werden.«

»Das stimmt. Darauf spekulierte die Konstruktion.«

»Und dann noch wegen des Tunnels. In diesem Tunnel verschwinden die Pärchen besonders gern, wie? Das habe ich beobachtet.«

»Aber sicher!«

»Der Tunnel ist mit roten Glühlämpchen erhellt …«

»Natürlich! Rosa!« sagte der Mann mit großer Gebärde.

»Lassen Sie morgen von Ihrem Maschinisten eine Vorrichtung anbringen, die den Kontakt unterbricht, so daß es fünf Sekunden lang dunkel wird im Tunnel, dann wieder hell, dunkel … Die Liebespärchen werden sich schon danach richten.«

»Glänzend!«

Strahlend trat Herr Rudolf Schmied zu den beiden.

Seidel ging auf seinen Posten zurück, rief das Herz zu sich. Der war der Sohn eines bankerott gewordenen Schaubudenbesitzers, dessen Tiere krepiert waren. Seidel hatte erfahren, daß das Herz den schwer zu erlangenden Gewerbeschein besaß und jederzeit eine Bude aufmachen konnte.

»Was für Tiere waren es denn?«

Das Herz schrie in großer Erregung: »Eine Riesenschildkröte und ein Flußpferd. Sie tanzten zusammen Menuett.«

Eine schwere alte Dame wollte schaukeln, konnte nicht ins Schiff steigen. Das Herz hob sie hinein; er war wegen seiner Kraft und Wildheit der gefürchtetste Bursche auf der Messe.

»Was tanzten sie?«

»Menuett!« Die Alte nahm ihr Stielglas zu Hilfe, suchte nach einem Trinkgeld für das Herz. Bis sie sich zurechtgesetzt und ihren Beutel gefunden hatte, war die Tour zu Ende. Ihr Pinscher kläffte wütend, als seine Herrin kreischend himmelwärts flog.

Seidel überlegte, was beim Publikum mehr Erfolg haben würde – ein Pferd mit einem Menschengesicht oder ein Mensch mit einem Pferdegesicht. Das Herz erklärte sich bereit, den Gewerbeschein beizusteuern; das Pferdegesicht stellte sich selbst zur Verfügung, Leo Seidel die Idee und das Geld. Fehlte noch die Bude.

Die stand unbenutzt neben der Hauptattraktion der Messe: »Herrn August Schichtels Spezialitäten- und Zaubertheater«, dessen Zulauf enorm war.

Wer das Unglück hatte, seinen Platz neben Herrn Schichtel zu bekommen, konnte kein Geschäft machen. Deshalb hatte der Besitzer der Bude diesmal gar nicht eröffnet.

Zwei Tage später – der Kontakt im Tunnel funktionierte schon – war die Bude neben dem Zaubertheater mit Hilfe von Ölfarbe in einen alten Stall umgewandelt, aus dessen Luke Heu quoll. Der Kopf des mit kosmetischen Mitteln hergerichteten Pferdegesichts sah sehr abnorm aus.

Am ersten Tage hatte Seidel noch unter der Konkurrenz des Herrn Schichtel gelitten und deshalb ein ganz besonders riesenhaftes Horn machen lassen mit zwei Mundstücken.

Die Gemahlin und abgestuft ihre vier Töchter standen im Trikot unbeweglich neben Herrn Schichtel. Der hatte einen Frack an, zauberte eine junge Katze aus seinem Zylinder heraus, ließ sie verschwinden und verwandelte sie vor den Augen der Zuschauer in blühende Rosen.

Das Publikum stand Kopf an Kopf.

»Das war nur eine kleine Probe. Jetzt beginnt die Vorstellung«, sagte Herr Schichtel, und seine Frau und die Töchter rollten weich die Arme auf, zogen sich zurück in das Theater.

Das Publikum wollte nachfluten.

Seidel flüsterte etwas von psychologischem Moment.

»Was?« fragte das Herz.

»Schnell!« Beide hoben das Riesenhorn; ein unheimliches, klagendes Brüllen tönte über die Menge. Herrn Schichtels Kunden stockten.

Und das Herz begann: »Hier ist zu sehen der Mensch mit dem Pferdekopf! Die größte Abnormität der Welt! Er frißt Heu wie Brot! Hafer ist ihm das liebste …« Man hörte ihn wiehern.

Sie bliesen mächtig ins Horn, starrten, die Hand am Ohr, ins Publikum. Aus der Bude erklang das brünstige Wiehern des Pferdegesichts.

Herr Schichtel sah bestürzt zu, wie seine Kunden schwankten, zum Teil untreu wurden, und vergaß vor Aufregung, daß die Katze in blühende Rosen verwandelt werden müsse. Denn jetzt war beides da. In einem Arm die kratzende Katze, im anderen die Rosen, mußte er machtlos zusehen, wie Seidel dem Andrang des Publikums Herr zu werden versuchte.

Das Pferdegesicht wieherte hell. Und das Herz brüllte: »Hafer frißt er am liebsten!«

Wenn die Leute sahen, wie sich das aus der Luke heraushängende Heu bewegte, siegte bei vielen die Neugierde, einen Menschen mit einem Pferdegesicht beim Heufressen zu beobachten, so daß die Bude immer guten Zulauf hatte.

Aber Seidel begnügte sich nicht damit, Besitzer eines Unternehmens zu sein, bei dem die Einnahme beschränkt bleiben mußte und das zu erweitern nicht möglich war.

Während er ins Horn blies, einlud, die Zehnpfennigstücke kassierte, grübelte er unausgesetzt darüber nach, wie er eine breitere Basis für seinen spekulativen Geist finden könnte.

Seine Gedanken kehrten immer wieder zu dem mächtigen Backsteinbau zurück: dem Zirkus, der den ganzen Winter über in der Stadt blieb und während der vier Wochen langen Jahresmesse schlechte Einnahmen hatte.

Seidel benutzte die losen Beziehungen, die zwischen einigen Budenbesitzern und dem Zirkusunternehmer bestanden, und schlug ihm vor, Familienbillets zu ermäßigten Preisen zu verkaufen, solange die Jahresmesse in der Stadt sei. Auch solle er anstelle der herkömmlichen und deshalb nicht mehr wirksamen Zirkusplakate ein von einem guten Künstler zu entwerfendes modernes Plakat kleben lassen.

Von einem modernen Plakat wollte der Mann nichts wissen. Die Billetidee hatte er selbst gehabt und war schon dabei, sie auszuführen. Aber es gelang Seidel, einige für seine Zukunft wichtige Bekanntschaften mit Zirkuskünstlern zu machen.

Schon zwei Jahre später behauptete ein Schulkamerad Leo Seidels, ihn im Pelz, den Zylinder auf dem Kopfe, im Vorraume des Berliner Wintergartens gesehen zu haben, in Gesellschaft von eleganten Damen und Varietékünstlern.

Und so konnten seine früheren Bekannten und Kollegen nicht allzusehr über die Tatsache verwundert sein, daß eines Tages Leo Seidel, der nicht lange Impresario geblieben war, als kaufmännischer Direktor des riesigen, ausländischen Wanderzirkus in die Heimatstadt zurückkehrte, im ersten Hotel abstieg, im eigenen Wagen fuhr.

In jener Zeit war Herr Hohmeier eben bis zum breiteren Löschblattbügel vorgerückt und wollte sich verloben.

Der Besitzer des Riesenzirkus kränkelte und hatte nur eine Tochter.

Sie war siebzehn Jahre alt.

Schauspielerin
Erzählung

Doktor Kroners Wartezimmer war mit wenigen, beim ersten Anblick elegant erscheinenden Möbeln dürftig und geschmacklos eingerichtet. Am frühen Morgen eines Augustsonntages saß die Schauspielerin Annette in einem der grüngeblümten Damastfauteuils. Die Luft im Zimmer war beklemmend schwül. Auf die herabgelassenen Rolladen brannte die Sonne. In den Strahlen, die durch die Spalten drangen, tanzte der Staub.

Annettens Anzug war elegant und ein wenig schäbig. Ihre Haare waren rot gefärbt, Lippen und Augenlider leicht geschminkt. Das noch sehr jugendliche Gesicht sah verlebt aus. Zu dem etwas schiefen Munde zogen zwei Falten. Wenn das nervöse Zucken über ihre rechte Gesichtshälfte lief, schloß sie die Augen.

Annette war die ganze Nacht gereist und vom Bahnhof gleich zum Doktor gefahren, vorbei an ihrem Elternhause, das sie vor drei Jahren gegen den Willen des Vaters verlassen hatte.

Sie saß reglos, die durchsichtigen Hände auf den Armlehnen. Sie dachte nun daran, daß sie als kleines Kind, verpackt in eine Wolldecke, viele Winternachmittage auf dem Balkon verbracht und mit blaugefrorenen, steifen Fingern die Nummern der Trambahnen notiert hatte, um zu kontrollieren, wie oft die einzelnen Bahnen vorbeikamen. Alle waren ihr unterstellt gewesen. Sie erinnerte sich, daß immer die Nummer 92 den Preis bekommen hatte.

Sie sah den kleinen Obstladen, in dem sie auf dem Wege zur Schule, den Ranzen auf dem Rücken, immer in Unruhe und Herzensangst wegen der ungelösten Rechenaufgaben, jahrelang jeden Morgen ihren Frühstücksapfel gekauft hatte.

Ihr Gesicht zuckte: sie spürte wieder die starke Übelkeit im Magen. Auf dem Korridor wurden Türen zugeschlagen. Der Doktor war bei der Morgentoilette. Er hatte noch geschlafen, als die Patientin zu der ungewöhnlich frühen Stunde gekommen war.

Annette rührte sich nicht. Sie sah so unbeteiligt aus, als ob die Schauspielerin Annette von der Gesamtheit ihrer Erlebnisse während der letzten drei Jahre unaufhaltsam und ganz und gar machtlos auf dieses Wartezimmer zugetrieben und in diesen grüngeblümten Fauteuil hineingesetzt worden wäre.

Sooft sie auch nur sekundenlang zurückdachte an diese drei Jahre zertrümmerter Illusionen, an den verbissenen Kampf um die Rollen, geführt mit brutaler Rücksichtslosigkeit, über die sie nicht verfügte, an die Mischung von idealisierter Gier, Neid und falschem Pathos, in deren Dunst die Unmittelbarkeit und Kraft und Echtheit jeden Gefühles untergingen, wurde ihr Gaumen trocken.

Wie Annette so dasaß und blicklos vor sich hin blickte, glich sie einer Frau, die unter schweren Mühen und Opfern in ein fernes Land gereist war, einen teuren Anverwandten zu suchen, und nun wieder zu Hause angelangt ist, ohne ihn gefunden zu haben.

Das Dienstmädchen, das beim Öffnen der Wohnungstür nur halb angekleidet und noch unfrisiert gewesen war, trat ein und riß die Rolladen hoch. Annette glaubte zu fühlen, wie das grelle Licht Runzeln in ihre Wangen grub, bemerkte einige Flecken in ihrem Rock und verdeckte sie mit den Händen.

Verlegen lächelnd, ließ das Mädchen Annette in das Ordinationszimmer eintreten. Dumpfer Karbolgeruch drang ihr entgegen. Das Fenster war seit dem vorherigen Tag nicht geöffnet gewesen. Im Glaskasten funkelten Pinzetten und Zangen. Sie betrachtete den zerschlissenen Untersuchungsstuhl, den der Doktor bei einem Altwarenhändler gekauft hatte.

Unwillkürlich blickte sie in den Spiegel. Setzte sich. Sie war wieder ganz gleichgültig geworden. Fliegen summten an den Fensterscheiben.

Plötzlich fühlte sie, wie sich der Erdball drehte. Ein großes schwarzes Insekt flog herbei, mit einem glänzenden Instrument zwischen den Flügeln, und zerteilte den Ball. Kochendes Karbolgas strömte heraus. Die beiden Hälften des Erdballs sanken. Annette flog in die Höhe.

Der Doktor, ein untersetzter Herr mit Pausbacken, frisch und gepflegt, trat ein. »Hoppla!« Sprang zum Schreibtisch und hielt Annette etwas unter die Nase.

Sie erinnerte sich sofort, wo sie war. »Hugo Mange hat mir diesen Brief mitgegeben.«

»Hört man endlich einmal etwas von ihm!« Der Doktor öffnete erst das Fenster. Seine Stirn bekam kleine Fältchen beim Lesen. Hugo Mange war sein Studienfreund gewesen.

Dem Briefe nach schien er nun also richtig verkommen zu sein, wie er es ihm immer prophezeit hatte. Das verstimmte den Doktor und bereitete ihm zugleich auch eine kleine Genugtuung. Er las den Brief noch einmal.

Die frische Morgenluft tat Annette wohl. Ihre Augen wurden tränennaß.

»Sie sind lungenleidend, nicht wahr?« Sein Blick bohrte sich fest, bis Annette hüstelte und nickte.

»Also lungenleidend«, sagte er befriedigt. »Und seit wieviel Wochen fühlen Sie's, mein Kind?«

Da blickte sie zum Fenster hinaus, auf ein großes Ladenschild: Rind- und Schweineschlächterei der Johanna Kipp.

»Vor zehn Wochen ungefähr merkte ich es zuerst. Ich wurde ohnmächtig im Theater. Dann sagte es mir der Arzt ... Aber es geht ja nicht. So ganz ins Ungewisse. Ich besitze nichts.«

»Ja, ja, die alte Sache! Wie viele Frauen sind schon so vor mir gesessen! ... Nun, und er, mein Freund Mange? Wollen Sie beide nicht heiraten?«

»Er ist verheiratet. Er hat zwei Kinder. Seine Frau liebt ihn.«

Der Doktor staunte und schwieg bedeutungsvoll. Beide schwiegen einige Sekunden. Dann sagte der Doktor: »Bitte!«, und deutete auf den Untersuchungsstuhl.

Nach der Untersuchung kamen sie überein, daß er am nächsten Tage eine kleine Operation bei Annette vornehmen werde, für ein stark reduziertes Honorar.

»Allerdings muß ich darauf bestehen, daß es im voraus bezahlt wird. Das ist Prinzipsache ... [Zu mir kommen ja auch Frauen, die gar nichts bezahlen können, müssen Sie wissen! Was soll ich machen! Ich bin nicht der Mann, sie wieder fortzuschicken ...] Sie sehen blaß aus und sind doch noch so jung ... So geht's bei diesem Leben! Ein paar Jahre in Jubel und Freude ...«

(Drei Jahre, dachte Annette. Und wenig Jubel und Freude!)

»... und dann ist es plötzlich vorbei. Na, sonst sind Sie ja noch ganz gesund, bis auf das kleine Lungenleiden ... Und Sie wünschen kein Kindchen?« Er war so gedankenlos am frühen Morgen.

»O doch!«

»Ach so!« rief der Doktor, nickte verständnisvoll und seufzte leise. Er hatte, von entfernten Verwandten spärlich unterstützt, seine Studien mühsam beendet und sich dann mit dem vermögenslosen Mädchen verheiratet, das ihm während der schweren Studienzeit durch Liebe und Anhänglichkeit beigestanden war, wie er sich auszudrücken pflegte. Diese Tat erzählte er jedem Menschen. Er verstehe es einfach nicht, wie man so ein Mädchen dann im Stich lassen könne.

[Als seine Frau schwanger wurde, entschloß er sich, da die kleine Praxis kaum das Nötigste zum Leben eintrug, sein spezielles Talent, seine ›sichere Hand‹ für operative Eingriffe, in einen bestimmten Dienst zu stellen. Von dieser Zeit an wuchs sein Einkommen beträchtlich. Fehlende Möbelstücke wurden nachgeschafft. Man sah öfters Freunde bei sich. Und des Doktors Gesicht bekam einen Zug von Selbstachtung und Zufriedenheit.] Seine Frau erwartete stündlich die Wehen.

Er telephonierte an ein Sanatorium, um den Operationssaal zu bestellen und ein Zimmer für acht Tage. Offenbar war er befreundet mit dem Direktor des Sanatoriums. Denn der geschäftlichen Rücksprache schlossen sich einige private Scherze an.

Unterdessen rechnete Annette aus, daß ihre Barschaft, nach Abzug des Honorars für Doktor Kroner, gerade noch reichte für Operationssaal, Zimmermiete und zu erwartende Nebenausgaben. Und dann? Sie schloß die Augen.

Auch nach dem Gespräch blieb Doktor Kroner heiter. Er nahm Annettens Hand: »Mit Gottes Hilfe wird alles gutgehen. Haben Sie keine Angst, mein Kind. Morgen um diese Zeit ist es vorbei.« Dann schloß er das Geld, das Annette ihm gegeben hatte, in den Sekretär.

Sie ging langsam durch die Straßen, dicht an den Häusern entlang, an der Kaserne vorüber, hinunter zum Kanal. Soldaten schrien ihr nach aus den Fenstern. Sie hielten sie für eine Dirne.

Annette war während der drei Jahre nicht in der Heimatstadt gewesen. Hier, in diesen erinnerungsträchtigen Straßen ihrer Kindheit, hatte sie plötzlich das Gefühl, ihr Leben verspielt zu haben.

In wenigen Stunden würde sie operiert sein. Alles würde wieder sein wie vorher. Da überkam sie ein Gefühl der entsetzlichsten Leere. Mit der Schwangerschaft war etwas in ihr entstanden, das ihre Beziehung zu Welt und Dasein von Grund auf verändert hatte: eine lebendige, geheimnisvolle Kraft. Sie war in wenigen Tagen ein anderer Mensch gewor den, als ob ihr ureigenstes Wesen plötzlich einen zentrierten Mittelpunkt gefunden hätte.

Was könnte ihr des Vaters oder irgendeines Menschen Mißachtung noch anhaben, wenn sie nur einen Schritt zu machen brauchte zum Bett, in dem das Kind lag, das, geboren aus ihrem Sein und Blut, ihr die teuerste Verantwortung auf Erden übertrug?

Annette hatte tief gewußt, daß sich dieses im Wachsen begriffene einfache Gefühl mit der Vollendung des Kindes in ihr vollendet haben würde.

Sie kam zum Stadtpark, in dem sie als Kind gespielt hatte. Er war in ihrer Erinnerung der herrlichste Garten der Welt gewesen. Sie schloß die Augen: Die Monatsrosen strömten den ihr wohlbekannten, ein wenig kränklichen, aber ungemein süßen Duft aus, der Gefühle aus ihrer frühesten Kindheit in ihr erwachen ließ.

Um sie herum lärmten Kinder, spielten Kreisel und haschten einander. Annette setzte sich neben eine Kinderfrau, zu deren Füßen ein kleines Mädchen Sand in Formen goß. Das Leben könnte so gut sein. Man müßte sich nur liebhaben, seinen Kindern beim Spielen zusehen und ganz einfach sein. Sie dachte wieder an das Leben ihrer letzten drei Jahre: Provinzschauspieler, Literatengespräche in Cafés die ganzen Nächte durch, Tabakqualm, aufgequollene Gesichter. Bei Sonnenaufgang nach Hause.

Und hier war alles geblieben, wie es war. Nur daß andere Kinder um den Teich liefen, andere Kinder sich Ketten aus Kastanien banden.

Die Sehnsucht nach ihrem Kinde überkam Annette mit

Urgewalt. Sie fühlte deutlich, wie es in ihr lag, mit zusammengefalteten Ärmchen und Beinchen. Es schien seiner Mutter böse zu sein. Auf der Stirn hatte es eine große Falte, und der Mund war zusammengepreßt.

Sie floh aus dem Garten, kam wieder bis zu Doktor Kroners Haus. Länger als eine Stunde ging sie vor dem Haus auf und ab in qualvoller Unentschlossenheit, ob sie hinaufgehen und die Operation abbestellen solle: »Abbestellen!« Sie lächelte schief.

Doktor Kroner saß am Schreibtisch und registrierte Einnahmen und Außenstände, schluckte manchmal einen Likör und rauchte eine Havanna.

Ich brauche nur hinaufzugehen und die Operation abzubestellen. Dann werde ich ein Kind haben. Ein Mädchen! Mein kleines Mädchen! ... Und dann?

»Ich bestand immer die Examen. Aber Hugo Mange war entschieden genialer. Alles was recht ist! ... Er scheint aber total verkommen zu sein. Und jetzt hat er auch noch das Mädchen unglücklich gemacht.« Der Doktor wendete sich um und tätschelte seine Frau [Variante: den weit vorstehenden Leib seiner Frau], die Patiencen legte.

Seitdem Frau Kroner das Kind erwartete, war dieses Spiel ihre Hauptbeschäftigung. Sie konnte nacheinander hundert Patiencen legen, ohne zu ermüden, und freute sich immer wieder von neuem, wenn die Karten ihr bestätigten, daß das Kind blaue Augen haben werde wie Doktor Kroner.

In der Küche saß das Mädchen, strickte Strümpfe für ihre Aussteuer und schrieb zwischendurch einen Brief an ihren Bräutigam. Es war sehr still und friedlich in der Wohnung.

Plötzlich stieß Frau Kroner einen Schrei aus. Die Karten fielen ihr aus der Hand. Ein Riß war durch ihren Leib gegangen. Sie hatte deutlich gefühlt, daß in ihr etwas zersprungen war. [Gleich darauf lief auch das Wasser ab.] Der Doktor telephonierte an einen Kollegen. Das Mädchen lief zur Hebamme. [Wenn eine Wehe kam, hielt Frau Kroner den Atem an, um den Schmerz zu lindern. Der Doktor band einen Strick an das Fußende des Bettes und gab ihn ihr in die Hand. Sie müsse die Wehen verarbeiten, sagte er, wenn eine Wehe komme, am Strick ziehen und noch stärker pressen, dadurch würde das Kind schneller herausgetrieben. Frau Kroner versuchte es und brüllte.] Frau Kroners Körper wurde krampfartig geschüttelt. Der wütende Schmerz im Leibe zog und riß und schnitt und knetete. Das Herz pumpte. Die Augen traten vor. Der Atem drohte auszubleiben. Schweiß rann.

Das also ging jedesmal vor sich, wenn ein Mensch zur Welt kam. Sie wollte lieber auf der Stelle tot sein.

»Das ist erst der Anfang. Die eigentlichen Wehen werden erst am Morgen kommen, soweit es sich berechnen läßt«, sagte der Kollege zu Doktor Kroner. Übrigens sei alles in bester Ordnung. [Der Kopf des Kindes liege in der Öffnung des Muttermundes.]

Annette war ins Sanatorium gegangen. Sie hatte den ganzen Nachmittag und Abend im Freien verbracht, um die Miete für einen Tag zu sparen. Sie war verstört und ganz entkräftet und ersehnte irgendeine Katastrophe.

Zwei Schwestern führten Annette am andern Morgen durch die langen Korridore, über eine steile Wendeltreppe hinauf in den Operationssaal. Sonne überflutete den großen, kahlen, weißgetünchten Raum, in dem es stark nach Äther und Chloroform roch. Neben der Operationsbahre stand ein kleiner, dicker Arzt mit einer großen Glatze. Er hielt die Chloroformmaske schon in der Hand.

Annette hatte seit dem Verlassen des Zimmers nicht aufgehört zu lächeln. Es schien ihr die einzige Möglichkeit zu sein, über alles hinwegzukommen. Der starke Geruch verursachte ihr Übelkeit. Sie hatte in den letzten Tagen wenig gegessen und diesen Morgen der Narkose wegen kein Frühstück bekommen. Die Möglichkeit, in der Narkose zu sterben, war plötzlich ganz nahe gerückt und erschien ihr wunderbar. So wäre alles gelöst.

Die Schwestern entfernten schnell die wenigen Kleidungsstücke, die Annette anhatte. Der dicke Arzt betrachtete Annette und unterhielt sich dabei weiter mit den Schwestern.

Doktor Kroner, im Operationsmantel aus Gummi, eilte herein, hinter ihm sein Assistent. Das Gespräch verstummte. »Alles in Ordnung?« Doktor Kroner zog die Gummihandschuhe an.

»Haben Sie falsche Zähne? … Na, dann sprechen Sie mir langsam nach: eins … zwei … drei … vier …« Der dicke Arzt legte die Maske auf Annettens Gesicht und nahm ihren Puls zwischen die Finger.

»Zählen Sie!«

»… sieben … acht … O, welch himmlisches … lisches Gefühl!«

[Doktor Kroner zog die Gebärmutter nach vorne und hielt sie in dieser Lage, öffnete vorsichtig den Muttermund, führte das Messer ein und zerteilte mit vier geschickten Schnitten den Fötus.

Er arbeitete schnell und sicher weiter, führte Jodoformgaze ein für den Verband. »Das hätten wir! Die Maske weg!« Schweiß rann von der Stirn.]

Zehn Minuten hatte das Ganze gedauert.

Als Annette heruntergehoben war, stürzte Doktor Kroner atemlos ans Telephon. Seine Frau hatte einen Knaben geboren.

Die Schwestern und die Kollegen umringten ihn und gratulierten. Sein nasses Gesicht strahlte.

Zwei Klinikmänner in weißen Mänteln trugen die noch bewußtlose Annette in das Zimmer und legten sie auf das Bett.

Der Beamte
Novelle

Der Magistratsbeamte Höfer, ein bedürfnisloser Mann, bewohnte auch nach der großen Unordnung, die für ihn der Krieg gewesen war, das leicht nach Wasser und Waschblau riechende dunkle Erkerzimmer der Witwe Hohner und war allmählich wieder hineingeglitten in das tägliche Gleichmaß der Bureauarbeit.

Frau Hohner und ihre Tochter, deren Ernährer vom Kriege verschlungen worden war, nähten für ein Hemdenkonfektionshaus. Heimarbeit würden zwei gewissenhaft nähende Frauen immer bekommen. Denn Hemden würden immer gebraucht werden. Und Herr Höfer sei gewiß ein überaus ordentlicher, pünktlich zahlender Mieter, welcher Veränderung nicht liebe, vermutlich auch nie heiraten werde und doch ein noch so langes Leben vor sich habe, daß die Tochter, selbst wenn die Mutter die Augen für immer schließen müsse, gefaßt in die weitere Zukunft sehen könne.

Jeden Morgen läutete der erprobte Wecker Herrn Höfer aus dem Schlafe. Seit zweiundzwanzig Jahren galt jeden Morgen der erste forschende Blick dem Stande der Zeiger, die immer auf sieben Uhr gedeutet hatten. Dann stützte der linke Ellenbogen sich auf das Kopfkissen, der Oberkörper machte seine Viertelsdrehung fensterwärts: Höfer sah nach dem Wetter.

Vor Jahren hatte der Beamte den Gedanken lange erwogen, das Teewasser gleich nach dem Verlassen des Bettes aufzustellen, damit es koche, bis er mit dem Ankleiden fertig sei, hatte jedoch vorgezogen, diese schon damals seinem Wesen widerstrebende Neuerung nicht zu verwirklichen, sondern auch weiterhin eine Verrichtung nach der anderen zu tun. Der Ablauf seines Tages – von früh sieben bis zu der Sekunde, da er die Augen schloß zum Schlafe – war in der gewohnten Reihenfolge immer derselbe geblieben. Die Runzeln wuchsen langsam ins Gesicht.

Zur Vorsicht gemahnt durch die Tatsache, daß einmal vor Jahren eine Borste sich in seiner Speiseröhre festgehakt hatte, untersuchte er die vielgebrauchte, schon schwammweiche Zahnbürste und zupfte, wie jeden Morgen, eine vorstehende heraus.

Erst nachdem er noch die blauweißgestreiften Gummischutzmanschetten über die gestärkten geschoben hatte, stellte er, fertig angekleidet, den Teekessel auf den kleinen Spirituskocher.

Sparsamkeitshalber darauf bedacht, mit seinem Atem der kümmerlichen blauen Flamme nichts von ihrer Heizkraft zu nehmen, machte der am Tische Sitzende die gewohnte Vierteldrehung und dachte wieder darüber nach, wie er seinen Gehalt einteilen solle, damit er die ersehnte goldene Brille kaufen und um die Krempe seines steifen Hutes eine neue Einfassung machen lassen könne, da die alte an der Stelle, wo die Hand den Hut zum Gruße faßt, schon durchgewetzt war. Außerdem mußten die täglichen Ausgaben wieder, wie vor dem Kriege, in Einklang gebracht werden mit der Einnahme.

Schon während des ganzen Krieges war er in dieser

Viertelstunde – bis zum Sieden des Wassers – mit der Lösung dieser drei Probleme, die in der verteuerten Lebenshaltung ihre gemeinsame Wurzel hatten, täglich von neuem erfolglos beschäftigt gewesen.

Die Vermutung eines Kollegen, daß die oberen Stellen sich eines unbewußten, ja vielleicht sogar bewußten Rechenfehlers schuldig machten, insofern sie es unterließen, die steigende Teuerung durch richtig bemessene Gehaltszulagen auszugleichen, lehnte Herr Höfer schroff ab; er suchte hartnäckig den Fehler in seinen täglichen Ausgaben, bestrebt, seine winzige Privatordnung unbedingt wiederherzustellen und sie als kleines Bollwerk in die große Unordnung hineinzubetten.

Die ununterbrochenen Preissteigerungen hatten seine Verbrauchseinteilung immer wieder illusorisch gemacht. Meistens hatte er die letzte Preissteigerung noch nicht verarbeitet, wenn die nächste schon da und die übernächste schon angekündigt war.

Der eigene Hausstand, zusammen mit dem jungfräulichen Mädchen, das neun Jahre mit ihm verlobt gewesen, neben ihm gealtert und während des Krieges eingegangen war wie ein geschwächtes Vögelchen, ohne eine Liebesnacht erlebt zu haben, hatte unter diesen Umständen nicht verwirklicht werden können. Die Sehnsucht der Braut, die sechs silbernen Kaffeelöffel, die auf blauem Samt lagen, im eigenen Heime auf die Kommode stellen zu können, sichtbar für eventuelle Besuche, hatte sich nicht erfüllt.

Jetzt jedoch schienen, wenn auch in einer ganz unbegreiflichen Höhe, die Preise sich etwas stabilisieren zu wollen. Der Fehler mußte nun gefunden und endgültig beseitigt werden. Der Krieg war schon seit Jahren beendet. Die Unordnung zwar noch nicht. Ungeheuer war die Not. Die menschlichen Bedarfsartikel waren bedeutend teurer als sogar während des Krieges. Herr Höfer glaubte, in bezug auf gewisse Schichten von Hungersnot sprechen zu können. Der Krieg, der aus war, war also gewissermaßen doch nicht aus. Dennoch mußte, da Staat und Magistrat doch zweifellos ausreichend sorgten für solche Beamte, die gewissenhaft ihre Pflicht erfüllten, der Fehler bei den Beamten gesucht werden und zu finden sein.

Genaueste Einteilung des Gehaltes, Sparsamkeit, gewissenhafte Pflichterfüllung und Unterordnung waren nötig. Anstand! In seinem Dasein war nichts Unanständiges. Er hatte sich über nichts zu schämen, wenn er sein Leben überblickte. Er hatte sofort zum Fenster hinausgesehen, damals, als seine Braut, zwei Tage vor dem Tode, liegend auf dem Sterbebett, selbstvergessen spielend mit dem blau ausgeschlagenen Silberetuichen, eine unwillkürliche Bewegung gemacht hatte, durch die das Hemd über die dünne Schulter herabgeglitten war.

Das Rauschen der Wasserspülung im Abort war, wegen der zwei weiblichen Wesen im Nebenzimmer, das einzige, dessen er sich schämte, das er gerne vermieden hätte. Aber, wenn er die Kette noch so vorsichtig und leise zog, rauschte die Spülung laut.

Auch jetzt stieg bei dieser Vorstellung eine leichte Röte in sein Gesicht, in dem viele große Pickel langsam wuchsen und starben.

Die Tatsache, daß er die ersehnte goldene Brille nur dann nach seiner in Aussicht stehenden Beförderung zum Bureauunterchef hätte kaufen können, wenn er nicht immer wieder genötigt gewesen wäre, das für den Brillekauf reservierte Geld in jeder zweiten Monatshälfte doch noch auszugeben und gegen Ende des Monats trotzdem das Mittagessen ganz ausfallen zu lassen, zeitigte heute in ihm den Entschluß, den lange gehegten Traum, einmal eine goldene Brille zu tragen, endgültig aufzugeben.

Jahrelang hatte er mit dem Glauben gespielt, daß durch das Tragen einer dünngefaßten goldenen Brille die Pickel in seinem Gesichte vergehen würden. Und dies war das einzig Phantastische in Herrn Höfers Dasein gewesen.

Angesichts der allgemeinen Ratlosigkeit, Unruhe und Unordnung im Lande hielt er es für seine Pflicht, die nötigen Entscheidungen resoluter als sonst zu treffen, unter allen Umständen schnellstens Ordnung in seine persönlichen Verhältnisse zu bringen. Denn wenn diese Pflicht jeder erfülle, müsse sich ja alles wieder zum Guten wenden.

Er entschloß sich, den schon vorgestern gefaßten Entschluß nunmehr als bindend zu betrachten: die Einfassung seiner Hutkrempe nicht zu erneuern, sondern den steifen Hut von nun an am Seitenteile der Krempe beim Gruße in die Hand zu nehmen, damit sich die Einfassung in ihrem jetzigen Zustand erhalte.

Und hatte jetzt nur noch den Hauptfehler, der in den nötigsten Tagesausgaben versteckt sein mußte, zu suchen. Das verschob er auf den nächsten Morgen. Denn jetzt mußte der Tee genossen werden. Zweierlei Dinge zu tun oder während einer Verrichtung an etwas anderes zu denken, war Herrn Höfer nicht möglich.

Im Nebenzimmer klapperte gedämpft die Nähmaschine. Auf der Straße, in geringer Entfernung, stieg ein langgezogener, vielstimmiger Schrei, der plötzlich abbrach. Und plötzlich verstärkt wieder einsetzte.

Erbitterung und gleichzeitig Entschlossenheit machten Herrn Höfers Gesicht streng und starr. Und so, kalt und abweisend, wollte er auch heute durch die ausgesperrten Arbeitermassen schreiten, die wieder, wie seit vielen Tagen, am Straßenende vor der großen Fabrik standen.

Sogar die Beamten hatten Organisationen gebildet und stellten Forderungen an den Staat, der doch ihr Ernährer war.

Beim Erblicken der Weckeruhr hob er bedeutsam den Zeigefinger. Das dürfe ihm nicht passieren. Ihm nicht! In den zweiundzwanzig Jahren seiner Dienstzeit war er nicht ein einziges Mal unpünktlich gewesen. Dunkel fühlte er: Ich könnte das auch nicht ertragen. Und sagte laut: »Ich will allen Beamten im Lande, und nicht nur ihnen, Beispiel und Vorbild sein.«

Sekunden später trat das dicke, blutleere, bleichsüchtige Fräulein Hohner mit Eimer und Staublappen ein, räumte den Waschtisch ab, das Bettzeug heraus, wobei der Wecker vom Nachttisch herunter auf den Boden fiel, breitete die Decke zum Lüften in den Fensterrahmen. Und verließ, nachdem sie sich überzeugt hatte, daß die Uhr weitertickte, das Zimmer.

Dem Wohnungsamt, in dem Herr Höfer diente, war ein neuer Beamter zugeteilt worden: Ein junger Mensch, der seine linke Hand im Kriege gelassen hatte.

Als der Neue den Dienst – diesen Morgen zum ersten Male – antrat, eine halbe Stunde zu früh, war es noch so dunkel im Bureau, dessen Fenster gegen die Nordseite des immer sonnenlosen Lichthofes standen, daß er nichts erkennen konnte. Nur ein langer, schwarzer Menschenarm glitt auf der Fensterscheibe gespenstisch auf und ab.

Er dachte darüber nach, wieso der muffige Papier- und Staubgeruch sich behaupten könne, obwohl der frisch geputzte Fußboden noch feucht war, beobachtete, wie das wandlange Regal mit vielen Fächern sich schwach von der Dunkelheit loslöste.

In diesen mit den Buchstaben des Alphabets gekennzeichneten Fächern lagen die Adressen, Personalien und verschiedentlichen Eingaben der Wohnungssuchenden. Jeder Beamte hatte eine Anzahl Buchstaben des Alphabetes unter sich.

Der Neue überlegte, ob so ein ruhelos kreisender Menschenarm zu einem Bureau gehöre, entdeckte den zum Arm gehörigen Körper der Putzfrau. Da stellten sich, von dem allmählich heraufkommenden Tage mitgeführt, lautlos auch die sechs Schreibpulte hintereinander im langgestreckten Bureau ein.

Die Beamten waren noch nicht da: Die Zeiger des Ziffernblattes, das jetzt, weiß schimmernd, aus der Wand heraus an seinen Platz rückte, deuteten erst auf zwei Minuten vor acht.

Ein langer, dünner Herr trat leise ein, hing den Mantel in das Schränkchen, flüsterte seinen Namen: »Adam Anker ... Der Herr Bureauvorsteher wird Ihnen den Platz anweisen.« Im bartlosen Bleichgesicht saß organisch die dünne Goldbrille, mitgeboren, mitgewachsen.

Sekunden später kam Herr Höfer. Konzentriert und hingegeben rückte er die geradeliegenden Schreibutensilien gerade, zog die Schutzärmel über und sah sich vergebens noch eine Weile nach Unordnung auf seinem Pulte um.

Ein runder, o-beiniger Menschenkörper kugelte im Trickfilmtempo herein, entledigte sich blitzschnell seines Mantels und war weg: der Bureaudiener Aberle.

Die Gelassenheit, wie Herr Höfer, Oberkörper vorgebeugt, die Schreibtischplatte immer wieder abtippte und, arbeitsselig, zu arbeiten nicht begann, zeugte von solch einer Harmonie des Gemütes, daß der Neue momentan nichts anderes wünschte, als auch schon so weit zu sein. Er hatte ein Aktenstück zum Abschreiben bekommen und malte den Titel mit Sorgfalt und roter Tinte.

Während der Vesperpause unterhielten sich die Beamten über die in letzter Zeit immer häufiger werdenden Abtreibungen. Der Beamte, der die Ansicht vertrat, daß die oberen Stellen sich bei der Gehaltszumessung eines nicht ganz unbewußten Rechenfehlers schuldig machten, sagte, daß man Kinder nicht in die Welt setzen dürfe, wenn man sie nicht ernähren könne.

Herr Höfer hob den Zeigefinger: »Mit dieser, Sie gestatten, etwas leichtfertigen Redeweise leisten Sie, Herr Kollege, einer Handlung Vorschub, die unserer staatlichen

Rechtsauffassung nach als Verbrechen klar gekennzeichnet ist ... Kinder, die empfangen werden, müssen nach deutsch-römischem Rechte auch geboren werden. Nur Krankheit entbindet von dieser Pflicht.«

Abends um sechs Uhr, als die Bureaus, Werkstätten, Geschäftshäuser, die Tore der Fabriken sich dem Heere der Tätigen öffneten, schritt auch Herr Höfer, inmitten und fortgerissen von zahllosen, schnellbewegten Beinen, nach Hause, gestrafft von dem Gefühle, auf seine Weise mitbeteiligt zu sein an der Erzeugung der Waren, die in den funkelnden Schaufenstern des ganzen Reiches die Käufer anlockten, zu seinem treuen kleinen Teile mitzuhelfen an der Lösung der Riesenaufgabe, den alten Glanz, die alte Ordnung im Reiche wiederaufzubauen, zu erzwingen um jeden Preis.

Auch heute machte er, wie seit zweiundzwanzig Jahren viermal täglich, einen Umweg, die berüchtigte Gasse zu vermeiden, in der Händler und Hehler Läden mit maskierten Hinter- und Kellerstuben hatten, wo Spelunke neben Spelunke war, besucht von alten Vagabunden, Dippelschicksen, heimlichen Hebammen, Kriegskrüppeln, Huren, Hurenkindern, Obdachlosen, die in Möbelwagen schliefen, wilden Existenzen mit falschen Papieren: Lumpenproletariat.

Herr Höfer aß seine Brotscheibe und zog die Weckeruhr auf.

Am folgenden Morgen stellte Fräulein Hohner die Spiritusflasche vor Herrn Höfers Tür, leise, damit er nicht vor sieben Uhr erwache, und verließ mit ihrer Mutter das Haus,

die fertigen Hemden abzuliefern und Stoff für neue heim-
zutragen.

Stille in der ganzen Wohnung. Der Beamte lag, beide
dürren Hände auf dem Deckbett, langgestreckt auf dem
Rücken, bis er durch das wild anschwellende, donnernde
und von Frauenstimmen in seine letzte Höhe hinaufgetrie-
bene Brüllen der ausgesperrten Arbeiter aus dem Schlafe ge-
rissen wurde: um halb neun Uhr.

Der erste forschende Blick galt den Zeigern der ticken-
den, großen, erprobten Uhr, deren Weckvorrichtung durch
den gestrigen Fall auf den Boden ruiniert worden war. Der
Oberkörper machte noch seine Viertelsdrehung fensterwärts zum Blicke nach dem Wetter.

Der Schrecken war so kraß, daß der Beamte den Kopf langsam wieder auf das Kissen sinken lassen mußte. In dem dunklen Gefühle, daß sein Leben in dieser Sekunde gespalten worden sei in zwei Teile und daß alles, was von nun an kommen
würde, niemals mehr in Übereinstimmung gebracht werden
könne mit dem Bisherigen, verharrte er reglos.

Und sauste plötzlich aus dem Bett, mitsamt den Decken,
fiel, in sie verwickelt, zu Boden, kam nicht frei, strampfte
und schnellte. Stürzte in die Hose, zur Zahnbürste: und
suchte, gezwungen von der Macht der Gewohnheit, nach
der vorstehenden Borste. Konnte sie nicht packen.

Jetzt erst sprang aus dem Fieber das Bewußtsein hoch,
daß dieser Morgen in keiner Weise den vielen tausend Morgen seines zweiundzwanzigjährigen Beamtendaseins gleichen dürfe; daß die gewohnte Reihenfolge und sein Prinzip,
sich einer Verrichtung nach der andern zu widmen, heute

durchbrochen werden müsse; daß heute nicht Ordnung, sondern Schnelligkeit die Hauptsache sei.

Die Zahnbürste flog zurück, Höfer zur Tür, zur Spiritusflasche, zum Kocher, wieder zur Zahnbürste und wieder zum schon brennenden Kocher, auf dem noch kein Kessel stand.

Tausend Kanzleibogen fehlerlos vollzuschreiben war leichter als das Zuknöpfen eines Kragens.

Erst als er das böse Trommeln vernahm im blaurauchenden Teekessel, in dem noch kein Wasser war, jagte ihn die Überlegung, daß er diesen Morgen überhaupt nichts anderes hätte tun sollen, als sich anzuziehen und fortzurennen, zur Tür hinaus, auf der Treppe grußlos vorbei an der ohne Näharbeit zurückkehrenden Witwe und Tochter, in deren bedrückten Gesichtern die Münder und die sorgenschweren Augen rund aufsprangen.

Der Arbeitgeber hatte erklärt, er würde sehr gerne Tausende Hemden nähen lassen, wenn er sie verkaufen könnte. Dazu jetzt noch dieser ganz unbegreifliche Vorfall mit Herrn Höfer. Sie sahen ihre Zukunft im Elend versinken.

Herr Höfer rannte, während Mutter und Tochter betroffen und langsam der nun verdüsterten Wohnung zuschritten, vornüberstürzend durch die erregt diskutierenden Arbeitergruppen, bis zu der berüchtigten Gasse, in der das Lumpenproletariat hauste, schwenkte, gestoßen von Schauder und Gewohnheit, noch im letzten Moment ab auf den längeren Weg und stolperte kurz vor zehn Uhr keuchend über die Türschwelle in das Bureau, wo sich während der zwei Stunden Folgendes ereignet hatte:

Gleich nachdem die Beamten die Schutzärmel übergestreift und die Schreibtischunordnung, die nur von der stillen Nacht hätte verursacht werden können, beseitigt hatten, war etwas Rundes, Helles in den dämmerigen Schalterausschnitt geschwebt und ein Name gerufen worden.

»Mit P?« hatte leise und freundlich Herr Anker gefragt.

»Ja, Briefträger Peulert! … Heute bin ich das sechzehnte Mal hier. Seit drei Jahren habe ich keine Wohnung.«

»Also mit P? Dann müssen Sie noch etwas warten. Buchstabe P bis U – will sagen: Herr Höfer – wird aber gleich kommen. Er ist um acht Uhr sicher hier.«

»Meine Frau ist nämlich wieder schwanger. Und um zehn Uhr muß ich meinen Dienst antreten.«

Um acht Uhr sicher hier, wiederholte in Gedanken der neue Beamte. Und fühlte tief: Mit derselben Sicherheit, wie zu dem gespenstisch kreisenden Menschenarme sich der Körper der Putzfrau gesellt hat, das weiße Ziffernblatt, das Fächerregal, die Schreibtische von dem erstarkenden Lichte in das Bureau gelassen worden sind, überraschungslos, wie hier der Tag beginnt, jenseits aller Zweifel ansteigt und endet, werden die Jahre kommen und gehen, ohne Katastrophen. Mein Leben wird friedvoll sein. Und ich bin müde aller Hoffnungen und Ziele.

Die Uhr schlug acht. Herein trat der Bureauvorsteher. Filmbild – lautlos folgte der Diener Aberle, o-beinelte geschäftig mit des Vorstehers Hut und Mantel zum Schränkchen und war weg.

Schon stand der ganze Warteraum voll Wohnungssuchender, die, je nach den Anfangsbuchstaben ihrer Namen, von den verschiedenen Beamten abgefertigt wurden.

Stumm und düster wie ein Mensch, der ein natürliches Bedürfnis Besetztseins halber unterdrücken muß, trat der hinter dem Schalterfenster auf Buchstabe P bis U wartende Briefträger, zu dem schon ein halbes Dutzend Leidensgenossen hinzugekommen waren, rastlos von einem Fuße auf den andern.

Herr Anker mußte die Ungeduldigen auf den sicher bald erscheinenden Herrn Höfer vertrösten, eine halbe Stunde später noch einmal, und um neun Uhr noch einmal, und schließlich erklären, dies sei noch niemals vorgekommen. Er selbst könne das nicht begreifen. Auch der Bureauvorsteher konnte das nicht begreifen und schickte den Diener in Herrn Höfers Wohnung.

Während die Beamten noch eine Anzahl Wohnungssuchender abfertigen konnten, weil sie ihnen unterstanden, sammelten sich vor dem Schalterfenster immer mehr P bis U-Wohnungssuchende an. Der Briefträger, dessen Dienst um zehn Uhr begann, trat und bat, die Uhr in der Hand, aufgeregt weiter.

Schließlich drückte ein zornbebender Fuhrmann alle zur Seite, schrie, er habe seine Zeit auch nicht gestohlen, und gab damit das Signal zur Auflehnung. Sie begannen zu trampeln, trommelten gegen das Schalterfenster.

Herr Anker erklärte ausführlich, daß Ungeduld und jegliches Berühren des Fensters ganz nutzlos, ja sogar keineswegs berechtigt sei, da die anwesenden Beamten gemäß ihrer Dienstvorschriften nur die ihnen unterstehenden Buchstaben bearbeiten könnten. Dann fragte er freundlich und leise, wer zuerst dagewesen sei.

»Bilden Sie einstweilen eine Reihe – links antreten und später rechts abtreten –, damit der Kollege, wenn er kommt, gleich beginnen kann.«

Der Versuch, eine Reihe zu bilden, endete damit, daß die Gepeinigten, zu einem Menschenknäuel ineinander verfilzt, beinahe die Tür eindrückten. Viele waren zuerst dagewesen.

»Ich bin verpflichtet, Sie darauf aufmerksam zu machen, daß Ruhestörung Strafe nach sich zieht.« Das Schalterfenster klappte zu.

Da platzte der Zorn im Warteraum. Trommelwirbel gegen das Schalterfenster und eine vielstimmige Schimpffanfare durchknallten das Bureau und den eben hereinstolpernden Herrn Höfer.

Das war Revolte, war Anarchie. Und durch ihn verschuldet. Deshalb und überhaupt müsse er vor allem den Herrn Vorsteher über die Ursache seines unpünktlichen Erscheinens aufklären.

Dieser schwere Gang, in der Mitte glatt abgeknickt durch des Vorstehers Worte: »Herr Höfer – Buchstabe P bis U!«, endete vor dem brüllenden Schaltermaul.

Im Mantel, den Hut schief auf dem nassen Kopfe, stand er vor den zornigen Gesichtern. ›Sagen, ich hätte mich krank gefühlt? … Da war es meine Pflicht, krank zu sein … Unpünktlich erscheinen und ohne vorherige Erklärung einfach zu arbeiten beginnen, ist doch unmöglich.‹

Taumelnd vor Erschöpfung stand er plötzlich an dem Pulte des Vorstehers. »Ich habe die Uhr, wie täglich seit zweiundzwanzig Jahren, auch gestern sorgsam aufgezogen; aber offenbar …«

»Sie müssen erst die Leute abfertigen.«

»… hat die Weckvorrichtung nicht funktioniert. Ich halte es für meine Pflicht …«

»Erst die Leute abfertigen!«

»… die ordnungsmäßige Reihenfolge …«

Das Schaltermaul brüllte.

»Das ist ja offene Auflehnung«, sagten Höfers bebende Lippen.

»Da hätten Sie eben rechtzeitig kommen müssen. Die Leute haben so unrecht nicht.«

Das war zu viel. Herr Höfer schwankte. Schwankte in den Schreibsessel. In ihm stürzte etwas ein. Der Vorsteher befahl den andern Beamten, die Buchstaben P bis U zu erledigen.

Eine Stunde saß Höfer regungslos am Pulte. Er konnte nicht arbeiten. ›Da hätten Sie eben rechtzeitig kommen müssen … Eines zieht nach sich das andere!‹ Es war viel zuviel zu ordnen. Die richtige Reihenfolge war überhaupt nicht mehr zu ermitteln.

Herr Anker hing die Tafel, auf der das Wort »Geschlossen« stand, vor das Schalterfenster und zog das Rollädchen herunter. Der Vorsteher putzte seine Brille, sah aus wie die Statue eines Brillenputzers, so vollkommen reglos blieben Körper und Hände. Plötzlich sagte sein Mund: »Herr Höfer – einmal ist keinmal.«

Ganz fernes Türengehen klang in die Stille und leises Papierrascheln: Herr Anker faltete steifes Markenklebpapier zusammen für seine vier Kinder. Die hatten ein neues Spiel ersonnen. Sie klebten ihre Morgenbrotscheibe mit Markenpapier auf die Tischplatte, jedes an seiner Ecke, und sahen abends nach, ob das Brot noch da war. Zu diesem Spiele ermunterte der Beamte seine vier Kinder. Die Zahl Vier wütete im Monatsgehalt. Denn die Frau verlangte immer Geld für vier Kleidchen, vier Schürzchen, vier Schönschreibhefte, vier Paar Sohlen.

Das Zahlbrett, auf dem die Gehälter lagen, schwebte von Pult zu Pult. Dann schlüpften die Beamten in die Überzieher.

Herr Höfer sah zurück auf das Magistratsgebäude, in dem er zweiundzwanzig Jahre gearbeitet hatte. Plötzlich begann er zu pfeifen. Es war kein tönendes Pfeifen. Er hatte seit seiner Kindheit nicht mehr gepfiffen. Der da pfeifend heimwärts ging, war nicht mehr der Herr Magistratsbeamte Höfer.

Am Nachmittag blieb er zu Hause, sah vom Fenster aus auf den Fluß, dachte an die Ereignisse; betrachtete aber sofort die Sprünge im Ölfarbenstrich der Tür. Auch die Zukunft war unvorstellbar.

Den Fehler suchen, der in den täglichen Ausgaben versteckt sein mußte? Um diese Tageszeit hatte er noch niemals nach dem Fehler gesucht. Aber die Miete könne er bezahlen. Das habe weder mit der Vergangenheit noch mit der Zukunft etwas zu tun.

Auch die Witwe Hohner wollte nicht in die Zukunft denken. »Daß Millionen Frauen und Männer Hemden brauchen, stimmt; aber auch, daß sie Hemden nicht kaufen können. Begreifen Sie das? Nein? Werdens noch begreifen«, hatte der Unternehmer gesagt. Frau Hohner begriff nur das eine, daß gleichzeitig mit der Kaufkraft ihre und ihrer Tochter Existenzmöglichkeit verschwunden war.

Höfer trat hinein in den säuerlichen Geruch, verursacht durch die Ausdünstung zweier blutleerer Wesen, die seit Jahren nur von Kaffee und Brot gelebt hatten.

(Alles Gewesene unberührt und ungeregelt ruhen lassen und morgen früh neu beginnen im Bureau!) In ungeheuerer Erregung blickte er Fräulein Hohner ins Gesicht und flüsterte heiß: »Einmal ist keinmal.«

Fräulein Hohner wandte sich weg, obwohl sie wußte, daß Herr Höfer, der Goethes »Faust« verabscheute, weil es in ihm ein verführtes Gretchen gab, sicher etwas anderes damit habe sagen wollen.

›Ich war ja nur ein einziges Mal unpünktlich. Demgegenüber stehen zweiundzwanzig Jahre äußerster Gewissenhaftigkeit. Einmal ist keinmal … Aber wenn ich dieses eine Mal leichtnehme, ist es eben nicht keinmal. Und deshalb ist der Stolz und der Halt meiner zweiundzwanzigjährigen Dienstzeit, der Inhalt und das Licht meines Lebens verloren und versunken … Da hätten Sie eben rechtzeitig kommen müssen.‹

Höfer war innerlich schon eingestürzt, als der äußerliche Zusammenbruch ihn traf beim Erblicken des einhändigen neuen Beamten. Der schritt, innerlich gefestigt durch sein Amt, das ihm Haltung verlieh, unnahbar durch die Menschen. Höfer sah: Die Ordnung kommt geschritten. Und schlüpfte, als er die Kollegenschar erblickte, die aus dem Magistratsgebäude kam, hinein in die berüchtigte Gasse, erschlagen von seinem über ihn zusammenkrachenden Leben.

Ein weibliches Wesen, jung, groß, in einem verschlampten schwarzen Lüsterkleid, straff über die kompakten Fleischpartien gespannt, fragte gleichgültig und träge: »Hast du Geld?« Nahm's gleichgültig aus seiner nassen Hand und ging in die Spelunke, gefolgt von Höfer, der sich ihr, als dem zufälligen Verbindungsglied zwischen seinem gewesenen und seinem neuen Leben, willenlos anschloß. Die Tür schluckte ihn. Stundenlang saß Höfer apathisch neben diesem Mädchen, umbraust von Blechmusik und Mitgesang, glotzte blöd in Mörderaugen. Gestohlene Stoffballen wurden angeboten, gekauft, weiterverkauft. Sieben Köpfe blieben lange über einen Brillantring gebeugt, der im Etui auf weißer Seide lag.

Plötzlich verstummte der Orkan, zerstörte Gesichter erstarrten: bei der Eingangstür stand, geführt von einem Polizeioffizier, eine Anzahl Polizisten, vorgestreckt die entsicherten Revolver. »Hände hoch!«

Wer keine Ausweispapiere hatte, wurde mitgenommen. Die Namen derjenigen, die sich ausweisen konnten, wurden aufgeschrieben. Auch Höfers Name wurde notiert.

Dem Mädchen war es gleichgültig, ob Höfer ihr nachlief oder zurückblieb. Sie wandte sich nicht um und war nicht überrascht, als sie ihn neben sich sah.

Unter Brücken durch, hinaus über die letzten Häuser der Stadt, weiter am Flußufer entlang. Es gab nichts zu reden. Für sie nicht und für ihn nicht. Sie zog, mit zweiunddreißig Zähnen, gleichgültig durch Dreck und Not.

Ein Bootshaus, bei dem sie die erste Grundangel, von ihr gelegt, resultatlos kontrollierte. Weiter am Wasser entlang. Unter der Eisenbahnbrücke durch. Höfer apathisch neben ihr her durch die große Nacht.

Auch nachdem sie einen Fisch gefangen und abgeschlagen

hatte: noch ein Stück flußaufwärts, auf etwas Dunkles zu, das allmählich ein zerfallender, türloser Stall wurde. Sie zog den dünnen Lüsterfetzen aus und schlief auf dem verfaulenden Stroh sofort ein.

Der Beamte hockte neben dem morschen Pfosten, fühlte nichts, dachte nichts, schlief nicht. Scharfe und ineinander verschwimmende Ausschnitte aus seinem früheren Leben wechselten vor seinem inneren Gesicht. Es dauert lange, bis der Inhalt eines zweiundvierzigjährigen Lebens ganz zerfällt und im Nichts versinkt.

Früheste Morgendämmerung: grau, dann schwach rosa. Zwei Burschen, der eine o-beinig, schlichen durch den Türrahmen und stürzten sich auf das Mädchen. Wortloses, dumpfes, zischendes, wildes Ringen im Stroh.

Vom untern Saum bis zum Halssaum riß das Hemd entzwei. Der Stall erbebte. Die Finsternis war dem fahlen Morgenlicht gewichen. Der O-beinige hielt des Mädchens Kopf und Schultern in das Stroh gepreßt.

Dann hielt der andere sie fest für den O-beinigen. Höfer glotzte zu. Er stand noch nicht in diesem Leben und im anderen nicht mehr.

»Scheißkerle!« rief sie gleichgültigen Tones den beiden nach und suchte und fand in der Stallecke ein altes, feuchtes Flanellhemd. Demütigung gab es für sie nicht. Sie war ein Geschöpf, das Krankheit nicht kannte, nicht viel dachte, nicht dumm war, Syphilis und Irrsinn ertragen konnte und ungebrochen auf das Schafott steigen würde.

Minuten später lag sie, getroffen vom roten Morgenlichte, wieder tiefschlafend im Stroh.

Fische, ohne Zutaten am offenen Feuer geröstet, und Brot war die Nahrung. Das Mädchen hatte viele Grundangeln im Wasser liegen. Das Brot stahl sie. Der Rest von Höfers letztem Gehalt war schnell weg.

Durch belebte Straßen zu gehen, wagte Höfer nicht: ihn kannten viele Menschen, und als letztes Überbleibsel seines früheren Lebens lebte in ihm noch die Angst vor dem Verachtetwerden.

Er strich durch Vorstadtstraßen und Arbeiterviertel. Hier kannte ihn niemand. Hier verachtete ihn niemand. Hier bemerkte niemand seine Not. Hier war die nackte, nackte Not. Er sah die Menschheit, die er bekämpft hatte und der sich anzuschließen seine Apathie ihn verhinderte.

Er sah Kinder, die in Müllkästen Speisereste suchten, wurde Zeuge von Plünderungen und blutigen Kämpfen. Sah die Hilflosigkeit in Waschkörben liegen, die, als Wiegen verwendet, zu Särgen geworden waren. Sah in dunkle Parterrestuben hinein wo Familien leere Eßtischplatten anglotzten. Er trug sein zertrümmertes Leben durch zertrümmertes Leben.

Eines Tages bei frühester Morgendämmerung, unter der die Felder noch schwarzgrün lagen, taumelte er hungerschwach aus dem Stall und ließ sich, Augen geschlossen, den Abhang hinabgleiten in den Fluß, der lautlos seinen großen Bogen zog.

Das Land stieg mit grandioser Selbstverständlichkeit in das stärker werdende Licht empor. Dicht über dem Wasser standen kleine, flockige Nebelwölkchen, von der Morgenröte durchleuchtet. Mit wunderbarer Gebärde deutete der erste Sonnenstrahl über das dampfende Land.

Die Schicksalsbrücke

Eine Erzählung

Wieder läutete eine Kirchenglocke in den Sonntagnachmittag hinein. Annette stand noch immer im dunklen Zimmer am Fenster. Sie war sechzehn Jahre alt.

Die trüben Gaslaternen brannten schon; aber die Helle kam vom Schnee. Die Häuser gegenüber standen im Dunkel. Ein Zimmer wurde beleuchtet: Eine alte Dame rückte den Lehnsessel zurecht, ließ sich vorsichtig und mühsam nieder an dem polierten Tischrund und breitete die Zeitung aus.

Das Läuten verklang. Stille und Einsamkeit wurden so drückend, daß Annette plötzlich über den Teppich rannte, stürmisch durch den langen, unbeleuchteten Gang. Vor der Wohnzimmertür preßte sie ihre linke Brust und senkte, atmend an den Pfosten gelehnt, tief den Kopf. Sie trat langsam ein.

Miß Hauk saß vor dem Nähtisch und besserte Wäsche aus. »Ihr Haar ist wieder unordentlich, Annette. Haben Sie Ihre Aufgaben gemacht für morgen?«

Der Blick jedes Menschen, der mit Annette sprach, glitt von den Augen sofort herab zu ihrem Munde. Es war, als ob die Augen, die von den rein und fast eckig geschnittenen Lidern wie dunkle Steine von der Goldfassung gehalten wurden, sich zurückzögen zugunsten dieses großen, weichen Frauenmundes.

Sie sah auf den Wäschehaufen. »Daß Sie es aushalten, immer an diesem kleinen Tisch zu sitzen und Wäsche auszubessern an den Sonntagen!«

Miß Hauk wurde unwillig. »Ich habe doch keine Zeit während der Woche.«

Annette zog die zu langen Beine an. Sie wagte nicht zu widersprechen. »Aber daß Sie es aushalten! Immer allein und mit mir! Haben Sie denn nicht das Verlangen, mit Menschen zu sprechen?«

»Seien Sie nicht extravagant, Annette. Beschäftigen Sie sich mit etwas. Die Hauptsache im Leben ist die Pflicht. Daß man seine Pflicht tut.«

»Aber was ist Pflicht?«

»Pflicht ist das, was jeder tun muß … hier habe ich einen ganzen Stoß Zeitschriften für Sie herausgesucht. Lesen Sie, wenn Sie schon nichts arbeiten wollen.«

Während sie blätterte, dachte sie darüber nach, was Pflicht sei. Wer das zu bestimmen habe. Wer Miß Hauk gesagt habe, daß es ihre Pflicht sei, den Haushalt zu überwachen, Annette zu erziehen und an den Sonntagen Wäsche auszubessern. Was sie denken mochte, wenn sie stundenlang dasaß, den Faden zog, ohne daß eine Falte ihres Gesichtes sich bewegte. Ob sie sich mit ihrer Vergangenheit beschäftigte, an ihr langes Leben zurückdachte?

Annette begann, an die Zukunft zu denken.

Sie kannte wenig Menschen. Seit dem Tode der Mutter kamen selten Gäste ins Haus. Im Gegensatz zu der ereignisarmen Stille, in der sie aufwuchs, war es die unermeßliche Vielfältigkeit des Lebens, die sie anzog. Sie konnte sich ihre Zukunft nicht vorstellen. Der Gedanke, sich für nur eine von den unendlich vielen Möglichkeiten, die das Leben enthielt, zu entscheiden, war ihr unfaßlich.

Das helle Leben, Wärme, Sonne, Tanz, Blumen, Begehrtsein ... Im Gefängnis sitzen für eine Tat ... Krankenschwester im schwarzen Kleide, das Haar kurzgeschnitten unter der Haube; nur sprechen, wenn ein Mensch leidet ... Tänzerin ... Oder die auffallend gekleidete Frau im Wagen, die so laut lachte, daß alle hinsehen mußten ... Jung sterben – oder viele Enkelkinder haben ... Mußte sie alles sein, um das Leben zu fassen? Oder faßte sie alles, wenn sie nur etwas war?

»Wieder haben Sie die Hände unter dem Tisch, Annette! Wie oft habe ich Ihnen gesagt: die Hände gehören auf den Tisch! Wie wollen Sie einmal in die Gesellschaft eingeführt werden, wenn Sie nicht einmal verstehen, ordentlich an einem Tische zu sitzen! Man wird mich beschuldigen ... Warum lesen Sie nicht! Oder lösen Sie einen Rösselsprung.«

Annette blätterte weiter in den vergilbten Provinzjournalen, die Miß Hauk während vieler Jahre gesammelt hatte. »Die Rätsel sind schon alle gelöst und eingezeichnet.«

»Das werden meine früheren Zöglinge getan haben an den Sonntagnachmittagen. Dann häkeln Sie eben.«

Annette legte ein Häkelmuster vor sich hin und daneben heimlich ein Blatt der verbotenen Romanbeilage.

Miß Hauk sah auf die Uhr und öffnete das Fenster. Das tat sie pünktlich jede Stunde, ihrer Gesundheit wegen. Sie ging, in ein Tuch gehüllt, im Zimmer umher und atmete tief ein und aus.

Annette hatte einen Mantel angezogen und sah nun zum

Wohnzimmerfenster hinaus. Es schneite. Der Hof war eng und still.

In der kleinen Küche gegenüber richtete die Frau das Abendbrot. Im Zimmer saß der Mann, hemdärmelig, und spielte Karten mit einem Freunde.

Annette erinnerte sich noch genau, wie dieses Ehepaar vor einigen Jahren von der Hochzeitsreise gekommen und in die kleine Hofwohnung eingezogen war. Die Frau hübsch und frisch, der Mann elegant, gepflegt und immer hinter ihr her. Jeden Morgen um acht Uhr ging er ins Büro. Dann erschien die junge Frau mit eingebundenen Haaren am Fenster, legte die Betten heraus, staubte von Zeit zu Zeit die Tücher aus, reinigte die Scheiben. Dabei sang sie. Mittags war alles blank. Das Essen stand auf dem Tisch.

Jetzt sah der Mann nicht mehr so gepflegt aus. Ein Kind lag im Waschkorb. Die Frau war still und blaß geworden. Sie sang nicht mehr. Annette sah immer noch jeden Morgen vom Bett aus zu, wie die Frau, das hellblaue Tuch um den Kopf, die Betten auslegte. Ihr Gesicht war alt.

Sie tut auch ihre Pflicht. Ist die Pflicht etwas Trauriges?

Die Wohnungsglocke läutete. Annettens Freundin kam. Nur auf einen Augenblick. Der Wagen warte unten. Beate legte den Mantel ab und stand in ihrem ersten dekolletierten Ballkleide vor Annette. Der Salon wurde beleuchtet.

Beate glühte. Sie kam von der Hochzeit ihrer Schwester, tanzte im Zimmer umher und umarmte die fassungslose Annette, die nicht begreifen konnte, daß diese Dame mit den entblößten Schultern ihre Freundin war. Das Leben schien doch näher zu sein, als Annette gedacht hatte.

Beate erzählte hastig und pausenlos und stürmte wieder hinaus. Sie hatte sich nur zeigen wollen. Die Wohnung wurde finster. Annette saß wieder neben Miß Hauk.

»Eine merkwürdige Erziehung!« Miß Hauk setzte einen großen Fleck auf das Leintuch. Man dürfe sich aber über nichts mehr wundern. Sie werde dem Vater vorschlagen, diesen Verkehr einzuschränken und später ganz zu verbieten.

Punkt sieben kam Großtante Emma, um, wie jeden Sonntagnachmittag, nach Annette zu sehen. Sie war über siebzig und sehr schwerhörig.

Schnaufend vor Kälte schälte sie sich aus einer Unmenge von Kleidungsstücken heraus, küßte Annette und setzte sich mit Miß Hauk auf das Kanapee, über dem zwei Dutzend Familienbilder hingen. Sie schrie laut, und Miß Hauk schrie die Antworten ins Hörrohr. Die Tante nickte immer heftig und sprach weiter von etwas ganz anderem. Annette war überzeugt, daß die Tante seit langem kein Wort mehr verstand.

In die Stille des Sonntags hinein wurden von den zwei hohen, kreischenden Frauenstimmen die eintönigen Ereignisse der Woche wiederholt.

»Annette, mein Kind, siehst blaß aus.«

»Schwer ins Leben einzuführen!« schrie Miß Hauk ins Hörrohr.

Tante Emma nickte. »Jaja, Bewegung, mein Kind, Bewegung!«

Zum Abendbrot kam der Student, ein entfernter Verwandter, dessen Familie verarmt war. Er kam seit Jahren täglich zweimal zu Tisch, verbreitete immer einen Geruch, wie von eingeregneten, noch nassen Kleidungsstücken, hatte viele Pickel im Gesicht und verschwand sofort, nachdem er gegessen hatte.

»Warum sprechen Sie nie mit Ihrem Vetter oder mit Ihrer alten Tante! Warum schweigen Sie überhaupt immer, Annette! Sie schweigen und schweigen. Während des Essens tranken Sie auch wieder Wasser, ohne sich vorher mit der Serviette den Mund abgewischt zu haben. Ich beobachtete es genau.«

Miß Hauk setzte sich an ihren kleinen Tisch, schlug die Wirtschaftsbücher auf. Einkaufszettel lagen umher, wurden durchgesehen, vernichtet. Die Dienstmädchen waren schon in ihre Kammer gegangen.

Annette öffnete leise die Tür, lief wieder durch den dunklen Gang hinüber in das Vorderzimmer, getrieben von Sehnsucht nach Weite. Ein Mensch bewegte sich mühsam durch den Schnee, den Kragen hochgestellt.

Er geht so schwer, so schwer … Wie durch zähes Unglück, hatte sie plötzlich gedacht. Hat jeder Mensch Schweres zu tragen? Jeder?

Sie saß im Dunkeln, sah zu, wie die Flocken fielen. Die Nacht war weiß. Durch den Fensterausschnitt drang das Schneelicht. Die Umrisse der Möbel wurden allmählich sichtbar und die Familienbilder an den Wänden. Die tote Mutter schaut. Aus der Ferne tönte schwach das Klingeln der Straßenbahn und eines Schlittens. Vergangenheit und Zukunft hielten einander die Waage. Annette breitete weit die Arme aus.

Es rasselte lange, ehe die Uhr schlug. Zehn Schläge. Miß Hauk legte sofort den Bleistift weg.

Annette ordnete noch ihre Hefte für den nächsten Tag, englische Aufsätze, stellte den Stickrahmen zurecht. Das Klavierstück ist nicht geübt. Krach am nächsten Morgen.

Das Licht wurde ausgelöscht, die Kerze angezündet im Schlafzimmer. Miß Hauk entkleidete sich umständlich, saß in ihrem gestreiften, kurzen Flanellunterrock und dem Wolleibchen lange vor dem Spiegel und fettete sorgfältig das Haar ein.

Annette sah vom Bett aus zu. Sie hatte Miß Hauk nie im Hemd gesehen. Ohne zu wissen weshalb, hatte sie immer die Augen geschlossen in der letzten Sekunde.

»Sie haben Ihre Zähne wieder zu flüchtig gereinigt. Was soll mit Ihnen werden, Annette. Sie werden immer ein unselbständiger Mensch bleiben, wie Ihr Vater sagt.«

Im Bett richtete sich Miß Hauk noch einmal auf. Ihre verrunzelten Finger rissen einen roten Zettel vom Kalender. Annette sah noch die schwarze Zahl, die den neuen Tag ankündete. Dann wurde es finster.

Sie dachte an den nächsten Morgen. Der Vater spricht beim Frühstück kein Wort, blickt gleichgültig und vielleicht wieder verächtlich an ihr vorbei, raucht, nimmt Natron und geht ins Geschäft. Sprachunterricht, Klavierstunde. Nachmittag die Handarbeitslehrerin. Ein neues Häkelmuster. Zwischendurch Staub wischen, den Tisch decken. Auch das muß ein Mädchen lernen, sagt Miß Hauk. Eine Stunde Spaziergang. Alles ganz pünktlich. Abendbrot. Der Vater schweigt. Geht aus. Die Lichter werden verlöscht. Miß

Hauk entkleidet sich langsam und fettet vor dem Spiegel ihr Haar ein.

Viele Tage noch. Viele Sonntage. Annette dachte daran, daß sie vermutlich viel länger leben werde als Miß Hauk. Sie werde vielleicht sogar einmal vergessen haben, daß Miß Hauk gelebt hat. Aber diese Tage würden nie wiederkommen. Diese Tage gehörten Miß Hauk.

Plötzlich haßte sie Miß Hauk, die tief atmend schlief.

Die strenge Regelmäßigkeit im Haushalt lockerte sich. Die Mahlzeiten wurden manchmal um ganze Minuten verspätet eingenommen. Der Vater achtete nicht mehr darauf, ob in irgendeiner Ritze der geschnitzten Möbel Staub zu entdecken war. –

An der Börse hatten die Kurse zu sinken begonnen, und er war in Hausse engagiert.

Annette beachtete diese Änderung vorerst nicht. Die krampfartige Anspannung, daß alles auf die Sekunde geregelt sein mußte, ließ nicht nach in ihr. Es gab öfter solche Krisen. Die Kurse würden wieder steigen.

Die Kurse sanken.

Die Augen des Vaters bekamen einen schimmernden Glanz, den Annette noch nie an ihnen bemerkt hatte. Er sprach einige Male mit ihr. Das verursachte ihr noch mehr Herzklopfen als sein verächtliches Schweigen.

Einmal strich er Annette über die Wangen. Sie empfand sofort einen stechenden Schmerz im Herzen und Schwindel im Kopfe, konnte sich ganz plötzlich an gar nichts mehr erinnern. Sie taumelte in den Sessel. Der schwere geschnitzte

Eichenschrank neigte sich auf sie zu. Der Vater war schon zur Tür hinaus.

Das Haus wurde luftlos. Der Vater kam oft nicht zu Tisch. Wenn er zu Hause war, rechnete er angestrengt oder saß reglos und sah interessiert auf die Straße, als ob er sie noch nie im Leben gesehen hätte.

Annette beobachtete ihn erstaunt. Vielleicht würden die Kurse so lange sinken, bis der Vater gar kein Geld mehr hatte. Bis sie ganz arm waren. Hoffnung und Vorfreude stiegen in ihr auf: Miß Hauk wird entlassen werden, und sie wird nicht mehr diese stumpfsinnigen Häkelarbeiten machen und nicht mehr unausgesetzt Klavier üben müssen. Der Vater wird sagen: ›Bitte, Annette, setze dich zu mir. Wir müssen beraten. Also, Annette, was tun wir jetzt?‹

›Schick alle Dienstboten fort, Papa. Ich führe den Haushalt ganz allein. Ich mache alles selbst. Du wirst sehen, es geht.‹

Sie schlief nicht. Sie führte die ganze Nacht den Haushalt. Und der Vater sagt: ›Jetzt weiß ich erst, was für ein gutes, tapferes, selbständiges Kind ich habe.‹

Annette betete: »Lieber Gott, lieber Jesus Christus, laß die Kurse sinken.«

In der folgenden Nacht hörte sie, wie der Vater im Zimmer auf und ab ging, die ganze Nacht. Sie saß aufrecht im Bett. Das Herz klopfte. »Laß sie lieber doch nicht sinken, lieber Gott, laß sie nicht sinken.«

Er schrieb jetzt die Nächte durch. Tagsüber kamen Kassenboten, Bankbeamte. Das Telefon läutete ununterbrochen. Annette vernahm zweimal das Wort »Konkurs«. Die

Handarbeitslehrerin wurde entlassen, die Klavierlehrerin. Annette wartete gespannt. Aber Miß Hauk blieb.

Der Vater schrieb an den Onkel, seinen langjährigen Geschäftsfreund, und bat um die Summe, die er nötig hatte, die Krise zu überwinden. Jetzt wartete er auf Antwort. Es waren heiße Sommertage. Die Ferien hatten begonnen.

Annette ging mit ihrer Freundin Beate im Stadtpark spazieren, immer um dieselben Tulpen- und Levkojenbeete herum, damit sie von den zwei Erzieherinnen, die schwarz auf der Bank saßen, gesehen werden konnten.

»Armut ist häßlich und schmutzig. Du weißt gar nicht, wie gut es dir geht, Annette.«

»Ich habe heute die ganze Nacht Klavier gehäkelt.«

»Schlenkern Sie doch um Himmels willen nicht so mit den Armen, Annette!« Miß Hauk hatte ungeduldig gewartet, bis die zwei Mädchen in Hörnähe gekommen waren.

Alte Damen, Augen halb geschlossen, saßen in der Sonne. Gymnasiasten, Studenten, junge Kaufleute, halbwüchsige Mädchen spazierten auf den breiten Kieswegen.

»Die Schwierigkeiten und Gefahren bei der Erziehung eines jungen Mädchens sind riesig groß, Madame Klara. Wir haben eine schwere Verantwortung zu tragen.«

»Jetzt wollen wir zählen, wieviel Herren mich ansehen und wieviel dich. Aber du darfst nicht herausfordern, Annette, sonst gilt es nicht.«

»Ich habe schon drei Mädchen aufgezogen, Miß Hauk. Gewiß ist alles voll drohender Gefahren. Es kommt eben darauf an, die Mädchen so weit zu bringen, daß sie von selbst und ganz automatisch jeder Gefahr ausweichen. Dann werden sie Damen.«

»Was denkst du dir eigentlich, wenn ein Mann dich ansieht? Fühlst du etwas dabei? Sag, Beate, fühlst du etwas dabei?«

»Annette! Annette!« Miß Hauk keuchte atemlos herbei. »Kommen Sie, Ihr Vater ist da und eine Dame. Sie werden mit ins Theater gehen.«

Annette erblaßte. Wie weich das Leben plötzlich ist. Schmiegt sich an. Miß Hauk geht vertrocknet im schwarzen Kleid.

»Annette, das Leben ist voller Gefahren. Sie müssen trachten, den Gefahren des Lebens von selbst auszuweichen, auch wenn Sie in Zukunft öfter ohne mich ausgehen sollten.«

Da schlug Annette die Arme um den Hals ihrer Erzieherin. »Liebe Miß Hauk, Sie haben immer nur an mich gedacht, viele Jahre. Liebe, gute Miß Hauk!«

»Sie sind verrückt, Annette.«

Das Überraschendste im Theater war der Eindruck, den sie von der menschlichen Stimme bekam. Die Musik endete. Der Vorhang ging hoch. Es wurde still. Dann klangen, losgelöst, in die leere, dunkle Stille Worte hinein. Das Alltägliche war weg. Eine Masse saß da, die das Persönliche vergessen hatte. Ein Mensch sprach.

Es mußte wunderbar sein, in diese lauschende Stille Worte zu sprechen. Es mußte dies ein Augenblick sein, wo man durch die angehäuften, angelebten, schmutzigen, kleinlichen Gedanken und Gefühle der Menschen bis zum hellen Kern des Lebens durchdringen konnte.

Von dieser Zeit an durfte Annette oft mit dem Vater und Frau Berta ausgehen. Sie fühlte bald, daß sie nicht um ihrer selbst willen mitgenommen wurde, und konnte doch auch keine Erklärung dafür finden. Sie litt besonders unter Frau Bertas unwahrer Freundlichkeit und wünschte sogar die Sonntage zurück, da sie allein mit Miß Hauk zu Hause gewesen war.

Beate erzählte, Frau Berta habe einen schlechten Ruf und werde von der guten Gesellschaft gemieden. Daß die Menschen anders grüßten, wenn Frau Berta dabei war, hatte Annette schon im Theater bemerkt.

Frau Berta teilte die Menschen in anständige und unanständige. Junge Mädchen, die heiraten würden, und verheiratete Frauen waren anständige Menschen; geschiedene Frauen oder Frauen, die ein Verhältnis hatten, waren unanständige Frauen. Sie liebte heimlich die unanständigen Frauen, mochte die anderen nicht und hatte nur noch das eine Ziel, wieder eine anständige Frau zu werden.

In den Zimmern roch es nach Naphthalin und Moschus. Die Vorhänge waren heruntergenommen, Teppiche aufgerollt, die Möbel mit Schutzüberzügen versehen. Die Familie fuhr, diesmal etwas verspätet, in die Sommerfrische.

Der Kurort lag am See im Gebirge. Eine Woche später kam auch Frau Berta. Sie bewohnte drei Zimmer im Grandhotel. Der Onkel und die Geschäftsfreunde hatten nicht geholfen. Aber jemand mußte dem Vater doch geholfen haben. Die Weichheit war plötzlich weg. Er fand seine Hauptgedanken wieder: ›Die Kinder sind für die Eltern da.

Manche Menschen geraten unter die Räder durch eigene Schuld. Andere arbeiten sich in die Höhe durch Tüchtigkeit, Fleiß und Sparsamkeit.‹ Zu diesen gehörte er.

Er wußte dafür einige Beispiele aus der Naturgeschichte. Am vergangenen Tag hatte er Frau Berta zwei Sperlinge gezeigt, die um Brotstückchen kämpften. Der schwächere mußte flüchten. »So ist es auch mit den Menschen. Das ist ein ewiges Naturgesetz.«

Nach diesen Grundsätzen lebte er sein Leben. Er war für seine Bekannten das Musterbeispiel eines ehrenhaften, verläßlichen, tüchtigen, anständigen Menschen und wurde als solcher von Frau Berta bewundert. An den Abenden sprach er mit ihr von den Sternen. Er deutete mit der Zigarre hinauf.

Sie badeten täglich im See. Der Vater war dick und ein guter Schwimmer. Annette sprang immer wieder kopfüber vom Zehnmeter-Brett hinab ins widergespiegelte Gebirge, und Miß Hauk griff sich jedesmal angstvoll an das Herz.

An dem Tage, da Frau Berta, die vor kurzem noch eine berühmt schöne Frau gewesen war, das erste Mal mitbadete, sagte der Vater plötzlich zu Annette: »Wie kann ein Mädchen nur einen so unmöglichen Körper haben!«

Annette, die eben die Arme gehoben hatte zum Sprung, starrte fassungslos den Vater an, fassungslos an sich hinunter, ließ die gelähmten Arme sinken. Es erschien ihr plötzlich ganz unmöglich, noch einmal den Sprung in die Tiefe zu tun.

Sie war stolz gewesen auf ihren Körper, auf ihre gezogenen Beine, die etwas zu lang waren, hatte ihn zärtlich behütet und die im Umkreise großen, aber nicht hohen, sanft gezeichneten Brüste jeden Morgen scheu bestaunt. Annette war vor zwei Monaten siebzehn Jahre geworden.

Sie hörte gar nicht mehr, wie Frau Berta sagte: »Wird schon noch voller werden. Ist doch gar nicht übel.«

Der Vater liebte kleine runde Frauen mit ebenmäßigen Gesichtern und winzigen Mündchen. Nur durften sie nicht zu dick sein.

Annette kleidete sich in fiebriger Eile an und lief verstört ins Hotel zurück, gepeinigt von Scham und ganz erfüllt von einem unbegreiflich tiefen Verlorensein. Nie mehr im Leben werde jemand sie entkleidet sehen.

Sie wußte nicht und konnte auch in späteren Jahren niemals ergründen, weshalb sie gerade an diesem Abend zum Vater ins Zimmer getreten war und, lehnend am Türpfosten, gefragt hatte: »Ist Mutter verunglückt, oder hat sie sich das Leben genommen?« Diese Frage stimmte so genau überein mit ihrem Gefühl, als ob sie gefragt hätte: ›Ist mein Körper unmöglich oder nicht?‹

Die Mutter war als Dreißigjährige tot in der Badewanne gefunden worden.

Das Gesicht des Vaters, der im Smoking vor dem hohen Spiegel stand, beide Hände zur Krawatte erhoben, sah aus, als drücke ihm jemand den Hals zu. Die Zähne bleckten. Annette mußte sich am Pfosten festhalten, als sie im Spiegel dieses entstellte Menschengesicht erblickte.

Erst nach Sekunden wandte der Vater sich um. Er pausierte nach jedem Worte und betonte scharf jedes Wort. »Geh augenblicklich in dein Zimmer!«

Am andern Morgen stand er plötzlich an Annettens Bett. Er sagte ruhig und ernst: »Deine Mutter ist an einem Herzschlag gestorben, Annette. Sie hatte wahrscheinlich zu heiß gebadet … Steh auf. Die Sonne scheint.«

Sie bestellte ein Wannenbad und wandte sich schamüberflutet weg, als die Bedienerin fragte, warum sie denn nicht im See bade.

In der Wanne schloß sie die Augen, um ihren Körper nicht zu sehen, lag regungslos, ließ das heiße Wasser zuströmen, bis sie es nicht mehr ertragen konnte. Ihr Körper war tiefrot, bis zu den Schultern, die außerhalb des Wassers und weiß geblieben waren.

Am Nachmittag ruderte sie fast eine Stunde, bis sie die Seemitte erreicht hatte und ganz allein war in der großen Natur. Begeisterung erfüllte sie, als sie laut aus dem Buche las. Hier klang ihre Stimme genauso schwergewichtslos, wie die Menschenstimme im Theater geklungen hatte.

Annette war entschlossen, Schauspielerin zu werden. Mit Hilfe eines komplizierten Lügensystems, an dem ihre Freundin Beate, die zwei Dienstmädchen und der Zahnarzt beteiligt waren, hatte sie seit einem halben Jahr, in beständiger Angst, ertappt zu werden, Unterricht genommen bei einer alten Lehrerin, die eine Schauspielschule leitete.

Der Vater hatte gesagt: »Aus diesem Unsinn wird nichts. Erstens bist du so unbegabt wie mein Spazierstock und zweitens überhaupt. Ich sage dir das in aller Ruhe. Und jetzt sprechen wir nie mehr davon. Hörst du: nie mehr!«

Annette war während der ganzen Zeit im Kurort von derselben unbezwingbaren Unruhe gequält wie früher vor jedem Examen. Sie hatte dabei Tag und Nacht die manchmal bis zur Atemnot gesteigerte Empfindung, daß ihre Gefühle als festverschnürtes Bündel in ihrer Brust lagen.

Sie wurde noch schweigsamer, lebte ganz in sich zurückgezogen. Miß Hauk sagte zehnmal am Tage: »Sie werden niemals lernen, sich wie eine Dame zu benehmen.« Der Vater beachtete Annette nicht mehr.

Die Sehnsucht nach der Stadt, nach der Schauspielschule, und der Entschluß, das Elternhaus noch vor der Hochzeit des Vaters mit Frau Berta, wenn es nicht anders sein könne, auch ohne Erlaubnis zu verlassen, begleiteten sie auf allen Wegen. Weihnachten sollte die Hochzeit sein.

Bald nach der Rückkehr in die Stadtwohnung – an einem Samstagvormittag – sagte Miß Hauk, die ihr bestes Kleid anhatte: »Annette, Ihre Erziehung ist jetzt vollendet. Kommen Sie zu Ihrem Vater. Man wird Ihnen einen Herrn vorstellen. Ziehen Sie das Blaue an … Seien Sie glücklich.« Ihre Stimme versagte.

Zuerst wurde es finster. Dann sah Annette, wie eine weiße Flaumfeder durch die Finsternis bleischnell senkrecht herabstürzte. »Aber das ist doch unmöglich«, sagte sie, wünschte, durch den dunklen Gang, die Treppe hinunter, auf die Straße zu flüchten, und wurde wie an einem Strick durch die Zimmer gezogen in den Salon.

Sie hatte das Gefühl, daß es viel zu hell sei im Salon. Viel zu hell. Sie gab einem Herrn die Hand. Der Herr setzte sich wieder.

Der Vater trug einen Stuhl herbei für Annette. Auch der Herr war wieder aufgesprungen. Bisher hatte immer sie den Sessel für den Vater gebracht.

Er sprach mit ihr – »Gut geschlafen …? So, das freut mich« – in leichtem, freundlichem Plaudertone und genauso achtungsvoll wie mit dem fremden Herrn. Alles war anders als sonst. Der ganze Salon erschien ihr so fremd, als ob sie ihn nie gesehen hätte.

Der Vater stand noch neben Annettens Stuhl, deutete plötzlich auf die geschnitzte Armlehne, die nicht ganz staubfrei war, und lächelte schelmisch ihr in die Augen, fordernd, daß auch sie lächeln möge, mit ihm zusammen, wie über eine beglückende gemeinsame Jugenderinnerung.

In Annettens Brust verging die dunkle Angst. Sie empfand plötzlich eine Sekunde lang grenzenlose Befreiung. Ihr war, als hebe eine Wallung ihres Blutes sie vom Boden empor.

»Haben Sie sich gut erholt, gnädiges Fräulein? Lieben Sie das Gebirge?«

Der Herr schien etwas verlegen zu sein; er beugte sich so sonderbar ruckartig vor, während er sprach, und schlug dabei erschrocken die Augen auf. Er war Mitinhaber des väterlichen Bankgeschäftes.

Seine Hand lag auf dem kurzen prallen Schenkel. Die Spitzen der dicken, fleischigen Finger waren sehr dünn und nach oben geschweift.

Annette bemühte sich, die Hand nicht mehr anzusehen. ›Den Brillantring kann er ja gar nicht mehr abnehmen. Das ist gut, sehr gut‹, dachte sie. ›Der ist eingewachsen.‹

Sie hörte den Vater sprechen. »… Zehnmeter-Brett. Großartig! Hätten Annette sehen sollen.« Er lächelte schelmisch. »Ziemlicher Betrieb übrigens.« Aber eigentlich möchte er einmal in einen ganz kleinen Ort, wo man sich abends gar nicht umzuziehen brauche. »Sogar kurze Hosen, wissen Sie!«

Der Bankier sagte, er habe einen Freund, der liebe das Gebirge nicht. Und er erzählte eine lange Geschichte, weshalb der Freund dennoch immer ins Gebirge gehe. »Einfach aus Aberglaube, gnädiges Fräulein. Der Freund besitzt nämlich ein Bündel Bergwerksaktien. Und diese Bergwerksaktien … also das hängt folgendermaßen zusammen, folgendermaßen«, vernahm Annette noch. Es wurde wieder finster.

Sie würde so gerne Staub wischen. Das würde so gut, das würde die Rettung sein. Stühle und Kanten und Ritzen. Mit dem Staublappen über den Vater und über den fremden Herrn. Die sitzen reglos wie entsetzliche tote Puppen. Ganz steif. Sie ist so schön allein im Salon, mit einem riesigen Staublappen. Wie herrlich! Aber sie darf ja nicht aufstehen. Nicht Staub wischen. Ja, ins Theater gehe sie gern.

Dann werde er sich gestatten, für heute abend eine Loge zu besorgen. Ob er seinen Wagen schicken dürfe. Er schlug erschrocken die Augen auf.

Verwundert beobachtete der Vater, wie Annette unvermittelt die Unterhaltung beendete, sich ruhig und mit einer fremden Sicherheit erhob. Sie reichte spitzig die Hand, auch dem Vater. Dabei flatterten die Augenlider, und an ihrem großen Frauenmunde, der plötzlich tiefrot im Weiß stand, vollendete sich die Gebärde des ganzen Körpers, daß sie einen selbstverständlichen Achtungsbeweis zur Kenntnis genommen habe.

Im Musikzimmer saß Frau Berta. »Gefällt er dir? Na? Er soll die schönste Villa in der Stadt haben. Sag, trägt er einen Bart?«

»Weiß nicht.« Die Lippen waren kraftlos.

»Sie weiß nicht, ob der Mann, den sie heiraten soll, einen Bart hat! ... Das sag ich dir, wenn er drei Tage nach der Hochzeit noch einen hat, dann wirst du nie eine richtige Frau werden ... Wirst dein Auto haben, deine Perlenkette. Was ist denn? Deine Masseuse und deine Zofe. Was hast du denn?«

Annette war auf den Teppich getaumelt. Sie erhob sich sofort wieder. Sie war kreideweiß. Alles. Auch der Mund, der plötzlich um die Hälfte kleiner wurde. Sie riß den Klavierdeckel herunter, wandte sich blitzschnell um und starrte, Hände nach rückwärts aufgestützt, angriffswild Frau Berta an. Da trat Miß Hauk ins Zimmer.

Am Nachmittag kam Beate, die mit einem Textilfabrikanten verlobt war. Sie plauderte wieder heiter von ihrer bevorstehenden Hochzeit. Ob Annette der Ring gefalle. »Gestern bekommen! Saphir!« Morgen wolle sie Annette die Villa zeigen, die sie geschenkt bekommen werde von ihm.

»Er hat mich schon chauffieren gelehrt. Jetzt geht das Leben an.« Hoheitsvoll streckte sie den Arm vor, Finger nach unten gebogen, als biete sie einem Knienden den Handrücken zum Kuß. »Bitte!« Annette wurde stürmisch umarmt.

Sie sprach nicht von sich. Ihr Antlitz drückte fragende Freude für Beate und zugleich Schrecken aus. Sie empfand ihr zukünftiges Leben plötzlich wie eine zur Erde herabgesunkene düstere Wolke, in die sie hineinschreiten mußte.

Der Gedanke, den Bankier mit der grausigen Hand heiraten zu sollen, war unfaßbar, und die Begeisterung über die Schauspielstunden, ihre Sehnsucht, eine große Schauspielerin zu werden und dadurch auch die Anerkennung des Vaters zu gewinnen, war einer tiefen inneren Erschlaffung gewichen.

»Und wie er mich liebt! Das ist doch Liebe? Er sagt: Du bist das herrlichste Wesen auf Erden.«

Da standen in Annettens Augen plötzlich die Tränen, und sie wußte nicht, warum. In ihrem Gefühle lag sie auf den Knien, bat und bat und flehte und wußte nicht, um was. Dabei saß sie aufrecht und sah die Freundin an, staunend und beschämt.

Die unbezwingbare Unruhe und die Angst, irgend etwas zu versäumen oder falsch zu machen, verließen Annette auch in der Stadtwohnung nicht.

Die Befreiung von diesem Drucke, die große Freude, kam ganz unerwartet. Nach der Theateraufführung in der Schauspielschule bot der Direktor des Kölner Stadttheaters, der, auf der Suche nach jungen Talenten, der Schulaufführung beigewohnt hatte, Annette ein Engagement für den kommenden Winter an.

Die alte Lehrerin, aus deren Schule schon mehrere berühmt gewordene Schauspieler hervorgegangen waren, weinte auch

diesmal wieder, als sie Annette umarmte. »Ich habe es dir gesagt, mein Kind, habe es dir von Anfang an gesagt.«

Das war so, als ob die Sonnenscheibe vom Himmel her-
abgeschwebt wäre in Annettens Seele. Sie ging mit einem
Strahlenkranze durch die Straßen nach Hause. Die Leute sahen sie an.

In der Wohnung hämmerten die Arbeiter. Maurer brachen
eine Wand heraus. Es roch nach Ölfarbe. Die Wohnung
wurde nach Frau Bertas Angaben hergerichtet und umge-
baut.

Der Vater saß mit seiner zukünftigen Frau am Tisch,
blickte flüchtig auf und blätterte weiter in dem Tapetenbuch.
Sie suchten eine Tapete für das vergrößerte Schlafzimmer.

Von Annettens Antlitz verschwand die Gloriole. Ein Zug
schmerzlichen Bedauerns grub sich ein, da die schönste
Stunde ihres Lebens schon beschattet, schon vorüber war.

Frau Berta bog den schon etwas zu dick gewordenen Zeigefinger zu einem einladenden Haken: »Komm her, Annette, du bist doch so künstlerisch.«

»Laß doch das«, sagte der Vater, und, weiterblätternd:
»Geh in dein Zimmer!«

Entschlossen machte sie den Schritt zum Klavier und begann, die Hände wieder nach rückwärts aufgestützt, zu sprechen, Kampfbereitschaft in der Stimme.

»Na, da gratulier ich«, sagte ohne Verwunderung Frau
Berta, die auch für sich die unmöglichsten Glückszufälle
noch für möglich hielt und beständig erwartete.

Der Vater, der ebenfalls in diesem Augenblick noch nicht
wußte, daß Annette fast ein Jahr lang heimlich in die Schau-

spielschule gegangen war, hätte nicht verblüffter aussehen können, wenn ihm mitgeteilt worden wäre, er sei als Heldentenor an die Wiener Oper engagiert.

Sichtbar erfreut, daß ihr und ihres zukünftigen Mannes Wunsch, nicht mit einer erwachsenen Tochter in der neuen Ehe leben zu müssen, nun doch noch erfüllt werden sollte, blickte Frau Berta vermittlungsbereit den zornroten Mann an.

»Also belogen hast du mich! Auch das noch! Tagtäglich belogen!«

»Verzeih es mir, Papa.« Sie hob beide Schultern und sah ihn an, als wolle sie sagen, sie wisse ja selbst, wie unentschuldbar es sei, durch den Erfolg nun recht behalten zu haben.

Der Gedanke, daß er, wie damals bei ihrer Weigerung, den Bankier zu heiraten, wieder auf einen Willen stoßen könnte, ließ ihn ganz vergessen, daß auf diese unerwartete Weise sein Wunsch, die heiratsfähige Tochter aus dem Hause zu bringen, erfüllt werden würde. »Also Schauspielerin, meinst du«, sagte er ruhig vor Wut. Er kannte sich und kannte die Ansichten seiner Freunde über die Damen des Theaters.

»Bin also schon fest engagiert ... Mit neunzig Mark Monatsgage!«

Frau Berta dachte an die schönste Villa der Stadt, an die Perlenkette, an die bevorzugte Stellung, die Annette in der Gesellschaft gehabt haben würde, und wunderte sich. Sie dachte: ›Eine dumme Gans ... Ist halt jung.‹ Sie seufzte.

»Und von was willst du leben? Von mir bekommst du nichts. Hörst du: nichts!«

Durch dieses vermeintliche Einverständnis plötzlich wieder überstrahlt von Glück, rief sie, beide Hände auf der

Brust: »Von meiner Gage! Ich verdiene ja. Denk an! Das ist doch alles so herrlich. Neunzig Mark!«

Vor so viel Dummheit ekelte sich der Vater. »Und dazu noch dieses lächerliche Gestell: Zwei Beine und ein Kopf darauf!« Verachtungsvoll blickte er in ihr plötzlich zornverzerrtes Gesicht, über das herab die Tränen stürzten. Da sprach sie das Wort aus, das er ihr nie verzieh. Sie sagte tränenerstickten Tones: »Du bist ... schlecht.«

»Bleib!« brüllte er ihr nach. Und aus Empörung darüber, daß sie offenbar auch ohne seine Erlaubnis das Elternhaus verlassen haben würde, wies er sie aus dem Hause.

Dann wurde er ganz ruhig. Für die Reise – heute lieber als morgen – werde er ihr das Nötige geben. Sie möge sich nie mehr an ihn wenden. »Und nun renn hinein in dein Elend. Ich habe nie etwas Gescheiteres von dir erwartet.«

»Warum denn Elend!« rief Frau Berta. »Köln ist doch eine schöne Stadt. Der Dom!«

Unversehens, als hätte sie sich plötzlich erinnert, daß ihr etwas angetan worden sei, begann Frau Berta wütend zu schimpfen: »Ein verrücktes Luder, ein undankbares ist sie! Wird noch Schande über eine anständige Familie bringen ... Ich würde dir noch ganz anders die Meinung sagen, wenn ich dein Vater wäre.«

Annettens Freude und ihr Mut und ihre Kraft waren zertrümmert. Sie schluchzte und verschluckte sich wie ein Kind, als sie ging.

»Lachen werden die Leute, wenn du rauskommst auf die Bühne«, rief Frau Berta nach.

»Also laß das jetzt!« Er starrte sie wütend an.

»Na, ist es vielleicht nicht unglaublich, was sie tut!«

Abends fuhr er mit Frau Berta ins Theater.

Während der ganzen folgenden zwei Wochen erwartete er, daß seine Tochter doch noch nachgeben werde. Annette, deren Entschluß das Endergebnis der Erlebnisse ihres ganzen Daseins war, blieb wie hypnotisiert auf ihr Ziel.

Auch darin glich sie den weichen, empfindsamen Naturen, die, scheinbar willensschwach, Unterdrückung und Demütigungen jeglicher Art von Kindheit an hilflos leidend hinnehmen müssen, aber bei wirklichen Entscheidungen des Lebens unversehens über einen unbeugsameren Willen und über eine größere Kraft verfügen können als robuste Menschen.

Jeder Gedanke, jeder Schritt, jede Gemütsregung dieser Wochen bezog sich auf ihre nächste Zukunft.

Niemand begleitete sie zum Bahnhof. Ihr Gesicht war im Ausdruck gespannt wie das einer erfahrenen Frau, die um ihr Dasein kämpft und sich nicht erlauben darf, an ihr Leid zu denken. Ihr war, als trüge sie eine scharf aufgepaßte, seidendünne, eisigkalte Gesichtsmaske.

Geld war immer eine Selbstverständlichkeit gewesen wie die Luft zum Atmen und nie zum Gegenstand einer Überlegung geworden; nur das eine Mal, da sie gebetet hatte, die Kurse möchten sinken, damit Miß Hauk entlassen werde. Annette fuhr, wie sie es von den kleinen Reisen in die Sommerfrische gewohnt war, erster Klasse.

Außer ihr saß im Abteil ein sehr elegant gekleideter, sonnverbrannter Tennisjüngling, der hartnäckig versuchte, ein

Gespräch zu beginnen, immer wieder enttäuscht sich abwandte und Minuten später noch begehrlicher von neuem begann.

›Was denkst du dir eigentlich, wenn ein Mann dich ansieht? Fühlst du etwas dabei?‹ Diese Erinnerung versank sofort wieder. Annette fühlte nichts dabei. Sie dachte zum tausendsten Male an ihr erstes Auftreten.

›Wird in der horchenden, blickenden, gefährlichen Dunkelheit des Hauses irgendwo ganz rückwärts oder nah der Bühne ein unterdrücktes Lachen ertönen?‹

Als der Zug in der Bahnhofshalle hielt, verbeugte sich der trainierte Körper des Jünglings flott und tief und verschwand.

Der Zug rollte wieder, zog in seine Schnelligkeit hinaus. Annette mußte die Augen schließen, so plötzlich geschah die Entspannung. Sie saß zurückgelehnt, im ganzen Körper ein unbegreifliches Wohlempfinden, als hätten die verschnürt gewesenen Gefühle, unversehens gelöst, ein sanftbewegtes, tiefes Gleichgewicht mit der Seele und dem Körper gewonnen.

Die hellen Taktschläge des Zuges klangen fernher in ihr Gehör. Ihr war, als würde sie getragen vom Leben wie ein Stückchen Treibholz, das, von der Strömung in die Mitte entführt, nun in lebendiger Ruhe getragen wird, den großen Strom hinab.

»Sie sollten, verehrtes Fräulein, auch ein Ei essen. Man muß essen, damit man arbeitsfähig bleibt. So spricht man bei uns in Amerika«, sagte in fremdklingendem Deutsch ein Herr.

Sie hatte bisher kaum gemerkt, daß jemand eingestiegen

war, und betrachtete jetzt erst das rote, glattrasierte Gesicht. Der neue Reisegefährte, ein amerikanischer Großhändler, der die europäischen Rauchwarenauktionen besuchte, war eben dabei, das schon mit einer Serviette und glänzendem Reisebesteck gedeckte Klapptischchen mit Schinken, Eiern und Käse zu beladen.

Ob sie zum Vergnügen oder in Geschäften reise. Er hielt eine große schwarze Traube hoch. Und ob auch sie beides zu vereinen verstehe. »Das ist aber sehr liebenswürdig.«

Annette, berührt durch den natürlichen Freimut des Amerikaners, war aufgestanden, ordnete die Eßwaren und erzählte dabei, Angst und Freude in der Stimme, wohin sie fahre. Sie trug ein knappsitzendes Covercoat-Kostüm. Wenn das Licht der Glühbirne das Haar traf, schimmerte es kupferig neben dem zart gelbgetönten Weiß der Wange.

Schweigend beobachtete der Amerikaner die bewegten, fast durchsichtig dünnen Hände und mit leiser Trauer im Blick ihre dem Leben schon zugeneigte Gestalt.

»Wie Sie könnte jetzt mein Töchterchen aussehen. Es ist vor achtzehn Jahren in der Wiege gestorben … Sie sind so schön gewachsen, mein Kind.«

Sie glaubte, nicht richtig verstanden zu haben. Atemabschnürende, ungeheure Erregung ergriff sie.

»Sehr schön gewachsen! Darf ich das sagen? Könnt ja Ihr Vater sein.«

Das Prickeln unter der Haut lief durch ihren ganzen Körper und machte sie bekannt mit ihrem Frauentum. Sie machte eine unwillkürliche Hüftbewegung, gemäßigt schon durch Scham und Scheu. Aus ihren Augen brach der Glanz.

Der Amerikaner war unruhig geworden. Sie begannen zu speisen. Er wisse eine Sache, mit der in Europa viel Geld zu machen sei.

Aber auch während er dann erzählte, in Amerika würden die Häuserfassaden im Laufe weniger Stunden mit Hilfe heißen Sandes gereinigt, der mit großer Gewalt maschinell dagegengespritzt werde, eine Methode, die sogar in London in der Praxis noch unbekannt sei, konnte er sich dem Dufte und der Wärme ihres so plötzlich geöffneten, ihm zustrebenden Wesens nicht entziehen. Der Wechselstrom der Gefühle durchbrach die Nüchternheit seiner Schilderung.

Sie saßen eine Weile schweigend zurückgelehnt. Der Zug zog durch die Nacht.

Man könne die Bänke vorziehen und bequem eine Stunde schlafen, sagte er und stand auf, zog Annettens Bank vor.

Dabei geschah eine ungewollte Berührung, die von ihm eine Sekunde verlängert wurde. Dann streckte sie sich aus, lag fliegend, wie emporgehoben durch des Amerikaners Anerkennung. Er setzte sich neben sie, Hand auf ihrer Hand, die auf dem Leibe lag. Ob er das Licht ausdrehen dürfe.

In der Finsternis wurde es hell. Sie stand in einer leblosen Gegend, in der die Sonne niemals schien. Alles war grau. Nichts regte sich. Nur ein Büschel Löwenzahn lebte. Mit ihm mußte die Träumende sich tief befreunden. Alles andere war unabänderliches Schicksal.

Zwei graue, ganz gleichartige Brücken, dicht nebeneinander, überspannten einen unergründlich tiefen Abgrund. Eine mußte sie wählen zum Überschreiten.

Sie wußte, daß bei der einen Brücke der Mittelbogen fehlte. Ob sie sich auf dieser Todesbrücke befand, konnte sie – so war es bestimmt – erst dann erfahren, wenn sie den Todesschritt über den Rand hinaus in die Luft zum unverhinderbaren Sturz in den Abgrund schon getan haben werde.

Sie ging langsam weiter auf der Brücke, Stille im Herzen und schmerzliche Süßigkeit im Antlitz. Den Löwenzahn trug sie vor sich her als Talisman. Sie glich einer Blinden, die tastend die Hand vorstreckt.

Die Flucht
Novelle

»Hast das Eisen verbrennen lassen? Hundsknochen! Hast das Eisen verbrennen lassen!« Der Meister riß das Eisen aus dem Feuer: Weißglühende Sternchen spritzten in die dunkle Werkstatt und tropften zu Boden. »Soll ich dirs ins Maul stopfen!« Er hieb dem Lehrling die Faust ins Gesicht.

Herr Kolonialwarenhändler Steinacker hatte seinen Sohn, der im Gymnasium nicht mitgekommen war, dem Schlossermeister des Städtchens übergeben und ihn gebeten, alles zu versuchen, aus dem Jungen doch noch einen tüchtigen Menschen zu machen.

In langer Reihe schwankten die hochbeladenen Erntefuhren an der Schlosserwerkstatt vorüber. Schaumflocken tropften von den Mäulern der wiederkäuenden Tiere. An den Häusern schwebten Garben hoch bis zu den Giebeln und verschwanden in den schwarzen Scheuerlöchern. Die Ernte war in vollem Gange.

Auf dem Marktplatze wurden die Bretterbuden schon gestellt für den Erntejahrmarkt. Der verprügelte Sohn des Kolonialwarenhändlers sagte zu dem zweiten Lehrling, einem winzigen Bürschchen, ein richtiger Indianer schlafe nicht einmal in so einem grünen Seiltänzerwagen, sondern ganz einfach in der Prärie. »Dort ist die Freiheit: dort in Amerika.«

»Oh, die Freiheit! Das wär mir auch noch eine Freiheit,

dort in Amerika! Ein Dreck ist dort. Und in England auch. Und überall. Genau so wie bei uns! Nur in Rußland wirds einmal eine Freiheit geben, wenn sich unser Sach dort hält. Und die hält sich, naturgemäß ... Wenn ich durchbrenn, dann brenn ich naturgemäß nach Rußland durch. Denn ich, mein Lieber, ich bin ein Bolschewik, und du, du bist ein Bourgeois, ein Scheißkerl! Das ist der große Unterschied.«

Am nächsten Morgen trugen die Orgeln der Schiffsschaukeln und Karussells die Töne fernhin, daß die Marktbesucher sie schon hörten, wenn Hügel und Bäume die Kirchturmspitze des Städtchens noch verdeckten. Immerzu polterten dichtbesetzte Leiterwagen durch die beiden Turmtore. Die Wirtshäuser waren überfüllt. Die Kinder trugen Masken und lange Nasen aus Pappe.

Um den mit Stricken abgegrenzten Vorstellungsraum der Seiltänzertruppe standen die Zuschauer dicht ineinandergekeilt, in der vordersten Reihe die zwei Lehrlinge.

Neben dem grünen Wagen richtete eine alte Frau ein kleines Mädchen für die Vorstellung her. Das rosa Ballettröckchen hatte es schon an. Sie steckte ihm ein Kränzchen weißer Papierrosen ins Haar, färbte ihm noch die Wangen mit Cichorienpapier und schob es in den Vorstellungsraum. Das Kind erkletterte das Podium.

Darauf stand, von den Füßen bis zum Halse grasgrün, regungslos der starke Mann mit emporgeschwungenem, saftschwarzem Schnurrbart, Hände im Rücken, einen Fuß vorgestellt, neben sich die sechzehnjährige schmale Tochter.

Der weinrote Mädchenkörper glitt am grünen Herkules empor und überschlug sich in der Luft. Sie stellte die

Fußspitzen zurück und rollte, Kopf tief im Nacken, vom Kinn weg weich die Arme auf.

Als der grüne Herkules das Kind im Ballettröckchen um seinen Kopf herumwirbelte, daß die Zuschauer befürchteten, er werde plötzlich nur noch das dünne Ärmchen in der Faust halten, sagte der Sohn des Kolonialwarenhändlers: »Es ist Zeit.«

Sie gingen aus dem Städtchen hinaus, schweigend am Flußufer entlang, bis zu einem großen überhängenden Weidenbusch.

Der Junge sah sich lange um. Es war überall ganz still. »So sei es denn!« Er zog die Weide auseinander. »Wenn du niemand etwas sagst, sonst brauchst du mir lieber gar nicht zu helfen.«

»Ich bin kein Verräter«, sagte verächtlich der Winzige.

Sie trugen zusammen das kleine Boot über den Damm in den Fluß. Der Junge betrachtete es prüfend. Er hatte es selbst gebaut aus Segeltuch und Weidenruten.

Sie holten aus dem Versteck noch die Ruderstangen, ein Laibchen Brot, vier Äpfel, ein Indianerbuch, einen Vogelstutzen und ein Öllämpchen. Das Lämpchen banden sie auf das Querbrett fest.

»Ja, nun werden wir uns wohl nie mehr wiedersehn. Ich verlasse diese Stadt. Für immer!«

Es war dunkel geworden. Die Vögel hatten aufgehört zu singen. Leiser warmer Wind wehte. Das Wasser glitt still dahin.

»Du wirst dich wundern über die Freiheit in Amerika … Schick mir mal 'n Radio!« rief der Winzige noch nach über das Wasser, schob beide Hände in die Hosentaschen und marschierte wieder stadtwärts.

In der Flußmitte schimmerte ein kleines rotes Licht auf: Der Junge hatte das Öllämpchen angezündet.

Andern Tages, bei Morgengrauen, die dreißig Kirchtürme von Würzburg stachen blitzend in den sonnigen Himmel, sauste ein Floß mit dem freigegebenen Wasser durch das Wehr der Brücke an den Fischern vorbei, die auf dem Wehrdamm standen und sich die Arme um die Brust hieben, um sich zu erwärmen, denn es war frisch.

In großer Linie schoß das Floß dahin, und es schien, als würde es den Berg, der in der Ferne den Fluß zu einer Biegung zwang, durchstoßen.

Da sahen die Fischer etwas Kleines, Graues durch das Wehr fliegen: Das Boot, in dem der Junge vorgebeugt saß und das Öllämpchen festhielt.

Plötzlich wurde das Boot gegen den Damm geschleudert und verschwand im weißen Gischt.

Einige Tage nach der Flucht saßen die Honoratioren im »Lamm Gottes«. Hoch empor über den Rittergutsbesitzer, der dreißig Kognaks an einem Abend trank, ragte der kolossale Körper des Justizrates, in dessen Halskragen eine weiße Billardkugel ruhte.

Gegenüber glühten die dunkelroten Schmisse in den Hängewangen des Korpsstudenten, der fortwährend Schmollis zutrank, abgehackt, mit Kraft und so viel Übung, daß das Bier im Glas nicht schwankte. Sein wulstiger, kreisrunder Mund stand weit vor.

Der Doktor des Städtchens sagte zum dritten Male: »Wenn die Last des Tages vorbei ist, dann lob ich mir mein Glas Bier und meine Zigarre abends im ›Lamm Gottes‹. Mehr brauchts nicht! Hab ich nicht recht? ... Solo!«

»Und nachher ein erfrischendes Bad im Main«, scherzte der Justizrat. »Ich hingegen passe.« Die ganze Einwohnerschaft des Städtchens wußte, daß der Doktor, wenn er betrunken war, erst am Flusse spazierenging, bevor er sich nach Hause wagte zu seiner Frau.

Der Doktor und der Rittergutsbesitzer folgten dem Beispiel des vom Markttreiben angeregten Justizrates und setzten ebenfalls Teufelsmasken auf. Der Korpsstudent stülpte einen riesigen Schweinskopf aus Pappe mit rotem Rüssel über und veränderte sich wenig dadurch.

Die drei Teufel und das Schwein spielten Skat.

Da trat die Köchin des Doktors ein und rief ihn zu einem Patienten. Der Hausknecht mußte zum Kolonialwarenhändler Steinacker springen, der immer herangeholt wurde, wenn ein vierter Mann fehlte.

Der Laden war verschlossen. An der Tür klebte ein Zettel mit der Aufschrift »Verreist«. Herr Steinacker suchte seinen Sohn.

Der war schon in Hamburg angelangt. Er hatte den Weg zu Fuß, auf Frachtschiffen und Flößen und wieder zu Fuß zurückgelegt.

Grünbleich, ausgehungert und fröstelnd stand er vor einer Südfrüchtebude zwischen Kisten voll Datteln, Feigen, Orangen und einem Haufen großer Kokosnüsse, die, noch in der braunen, faserigen Schale, am Boden lagen.

Aus einigen Kokosnüssen waren Köpfe geschnitzt mit wildverzerrten Indianergesichtern, zinnoberroten Mündern und kühn aufgerissenen Augen. Hühnerfedern ragten oben aus den Köpfen. Diese Nüsse waren auf Pfähle gespießt.

Der Händler wollte sie nicht verkaufen. Der Junge rührte sich nicht von der Stelle, bis er sie bekam, kaufte noch ein paar gewöhnliche Nüsse dazu und hielt seine Arme hin. Der Händler baute die Nüsse darauf.

Vorsichtig trug er sie die Straße hinunter, stieg in einen Trambahnwagen, auf dem »Zum Hafen« stand, und gab dem tatlosen Schaffner sechzig Pfennige Trinkgeld. Dabei fielen ihm die Nüsse von den Armen, kollerten auf den Boden und hinaus.

Der Wagen hielt an der Ecke. Der Junge lief zurück, konnte noch zwei Nüsse aufheben. Die andern waren schon verschwunden. Er nahm in jeden Arm eine Nuß – es waren zwei bemalte – und ging damit zum Hafen, wo Herr Steinacker seit Tagen am Haupteingang wartete.

Er nahm seinen Sohn in Empfang, reiste mit ihm sofort zurück ins Städtchen und übergab ihn wieder dem Schlossermeister.

Nicht die Mastspitzen der Schiffe hatte der Junge zu sehen bekommen.

Der Winzige begrüßte ihn ärgerlich: »Es gelingt aber schon rein gar nichts. Auch die zwei Putzfrauen vom Hotel – die hatten doch die Arbeit niedergelegt – sind zu Kreuz gekrochen.« Er schleuderte ein Stück Alteisen in die Ecke. »Der Streik ist zusammengebrochen.«

Herr Steinacker hing die Indianerköpfe in sein Schaufenster, die Knaben anzulocken. Sein Konkurrent, der Kolonialwarenhändler Männlein, wollte einen Indianerkopf für sein Geschäft kaufen. Herr Steinacker verkaufte keinen. Da ließ Herr Männlein sich vier aus der Kreisstadt kommen. Die fanden die Kinder aber nicht so schön wie die aus Hamburg.

Ein liederlicher Hund

»Nicht einen Pfennig! Mein Sohn ist ein liederlicher Hund«, hatte Herr Rakewell noch drei Tage vor seinem Tod Frau Smith ins Gesicht gebrüllt. »Wenn Ihre Tochter sich verführen läßt – ihre Sache! Hätten sie besser erziehen sollen!«

»O mein Herr, meinem eigenen Kinde kann so etwas nicht passieren; Elisa ist meine Stieftochter … Sie besitzen Millionen, Herr Rakewell. Wenn Sie ihm nur ein paar Tausend geben, kann er seine Schlechtigkeit wiedergutmachen an Elisa. Sonst gibt's einen Skandal, und er kommt ins Gefängnis. Elisa ist noch nicht sechzehn.«

Schon allein der Gedanke, ein paar Tausend geben zu sollen, hatte Herrn Rakewell, der sich nur das Allernötigste gönnte und einen Anzug sechs Jahre zu tragen pflegte, in Raserei versetzt.

Und nun lag er in dem Frack, den er schon an seinem Hochzeitstage getragen hatte, aufgebahrt im Sarge. Der Dekorateur, der das Zimmer schwarz ausgeschlagen hatte, war eben gegangen.

Der Sohn stand im Nebenzimmer und ließ den Schneidermeister Erich Kutzner Maß nehmen für einen Traueranzug. »Sie können auch gleich Frack und Smoking machen und, sagen wir: sechs Straßenanzüge … Nicht ganz schwarz, einen dünnen grauen Faden dürfen die Stoffe schon haben.«

Herr Kutzner nahm erst die Stecknadeln aus dem Mund, spitzte begeistert die Lippen und warf ein Kußhändchen in die Luft: »Oder Marengo, piekfein!«

Niemand würde geglaubt haben, daß der Schneider schon vierzig Jahre alt war, wenn er sich hinter eine Portiere gestellt und nur das dicke, lustige Bubengesicht gezeigt hätte.

»Wollen Sie mir jetzt endlich antworten!« schrie Frau Smith. Außer sich vor Wut, preßte sie beide Fäuste an die Schläfen, der Hut verrutschte.

»Fünftausend? ... Nicht zu fest im Gürtel, Herr Kutzner.«

»Geld bieten Sie meinem Kinde an? Geld? ... Entweder Sie heiraten Elisa, oder Sie sind ein Schuft. Verstehen Sie, ein Schuft!«

»Ich verstehe.«

Elisa verschluckte schluchzend die Tränen, die über die frischen Wangen herunter zum Munde rollten.

»Müssen nicht weinen, Elisa, nicht weinen. Ihr Stiefmütterchen will ja nur Ihr Bestes. Hat Sie an mich verkauft für einen Hunderter – es war mein letzter damals –, noch vor drei Tagen versuchte sie, von meinem Vater einige Tausend zu erpressen, jetzt will sie die Millionen. Jetzt geht sie aufs Ganze ... Was würden Sie sagen, Frau Smith, wenn ich Elisa trotzdem bitten würde, meine Frau zu werden?«

»Daß Sie ein anständiger Mensch sind. Was denn!«

»Machen Sie es mir doch nicht so schwer!« Ärgerlich verzog er das hübsche, männliche Gesicht.

»Einen Brustkasten haben Sie! Überhaupt eine Figur!« Der Schneider warf seine Kußhand in die Luft, bat Herrn

Ausschnitt aus dem Original von Hogarth

Rakewell junior, sich umzudrehen, und nahm im Rücken
Maß für die Länge des Jacketts.

»Werden Sie auch dann noch versuchen, mich ins Gefängnis zu bringen, Frau Smith«, sagte er zur Wand, »wenn
ich Ihnen gestehe, daß ich an jenem Nachmittag, als Sie mir
Ihre Wohnung und Ihre Stieftochter zur Verfügung stellten,
dieses zauberhafte Kind nicht angetastet habe? Weil ihre
Schönheit und Unschuld mir nämlich ganz erheblich mehr
wert zu sein scheinen als einen Hunderter.«

Er schnellte herum, sah noch den fragenden Wutblick der Alten, der wirkungslos abprallte an dem Glück im Gesicht der Sechzehnjährigen: »Sie erklären jetzt hier vor diesem Zeugen, daß Sie Ihre Stieftochter für einen Hunderter an mich verkuppeln wollten. Wenn nicht – Gefängnis; wenn ja – monatlich einen Hunderter unter der Bedingung, daß Sie sich in gar keiner Weise mehr meiner zukünftigen Frau nähern ... Nun?«

Ihr Kopf nickte, sie wandte sich um und ging hinaus.

Der Schneider stand schon bei der Tür, warf noch eine Kußhand zurück: »Piekfein haben Sie das gemacht.«

Der Sohn ging ins Nebenzimmer zum Sarg, betrachtete erstaunt des toten Vaters Gesicht, das im Leben nie so weich und mild ausgesehen hatte, schlich zurück und führte das Mädchen behutsam aus dem Zimmer.

Zeichnerische Variation von Olaf Gulbransson

Atmen

Zu Hause hatte Annette sich nicht schlechter gefühlt als sonst. Auf der Fahrt zum Arzt spürte sie jeden Stoß des Straßenbahnwagens verzehnfacht. Das Leben wurde kraß. Lauter Schläge! Harte, wuchtige Schläge, denen sie hilflos ausgeliefert war!

Das graue Massiv der Kirche und der hohe spitze Turm neigten sich spielend leicht auf das Wagendach. Der Wagen fuhr vorwärts und rückwärts zugleich.

Schläge! Schläge! Der Wagen drehte sich rasend um sich selbst. Sie erbleichte vor Schwindel und Angst. War das Todesangst? Sie hatte nie Todesangst empfunden. Sie mußte aussteigen. Sie taumelte türwärts. Sie flog hoch.

Der Wagen hielt. Wo war ihr Kopf? Er kreiste und flog hinüber auf die andere Straßenseite. Der Körper rutschte selbsttätig die Stufen hinab. Sie stand noch eine Sekunde im Straßengewühl. Da entfloh alle Kraft. Sie fiel in sich zusammen. Niemand fing sie auf.

Zwei Männer, der eine untersetzt, mit aufgeworfenem Mund und Klemmer, der wie eine Waffe im Bulldoggengesicht saß, trugen sie zur Rettungsstelle. Ein schwarzer Hund lief bellend nebenher. Der Untersetzte trat heftig nach ihm. Sie schlug die Augen auf, nannte Namen und Adresse. Der Hund bellte wütend.

»Was ist mit ihr?« Der Arzt in der Rettungsstation wusch

die blutigen Hände unter der Wasserleitung. Im Nebenraume schrie eine Frau, die überfahren worden war.

»Setzen Sie sie dorthin.« Während er die Hände trocknete: »Wie heißen Sie?« Er trat zu ihr. Das Handtuch, das dicht vor ihren Augen flatterte, verstärkte das Schwindelgefühl. Sie glaubte, in einem wiegenden Eisenbahnwagen lautlos durch eine schmutzige Schneelandschaft zu sausen. Ihr Kopf fiel auf die Schulter. »Rufen Sie 17-45 an. Mein Hausarzt.«

»Wie Sie heißen!«

Sie schloß die Augen und legte die bebenden Fingerspitzen an die große Schlagader des Halses. »Annette Vierkant.« Sie hatte nicht Kraft genug, den Kopf wieder aufzurichten. Ihr volles schönes Gesicht war weiß, tiefbraun unter den Augen. Sie gab ungefragt noch einmal ihre Adresse. »Lassen Sie mich nach Hause bringen.«

»Da ist es meine Pflicht, Sie erst darauf aufmerksam zu machen, daß Sie den Krankenwagen bezahlen müssen, falls Sie nicht in einer Kasse liegen ... Sind Sie verheiratet?«

Ihr Kopf nickte tiefer.

»Und Ihr Mädchenname?« Das Telephon klingelte. »Ihr Mädchenname?« Er warf den Personalblock auf den Tisch. »Rettungsstelle!«

Die Überfahrene hinter der geschlossenen Tür des Nebenraumes brüllte pausenlos. Am Türpfosten lehnte ein vierjähriges Mädchen, das Rotz und Wasser heulte.

»Wie? Wie sieht sie aus? ... Groß? Was heißt groß! ... Daß die Leute doch nie angeben können, wie ihre Angehörigen aussehen, mit denen sie ihr Leben verbringen!« sagte er zur

Assistentin, deren Mund ein schnurgerader, schnurdünner Strich war, über dem die ruhigsten, klarsten Blauaugen standen.

»Hallo! Hatte Ihre Mutter ein kleines Mädchen bei sich? … Dann ist sie's nicht.« Er ging ab.

»Wann und wo geboren? … Tut mir leid, ich muß erst wissen, wann und wo Sie geboren sind«, sagte er ruhig zu Annette und schrieb auf.

Das Zimmer schwankte. Neue Ohnmacht nahte. »Meinen Hausarzt an. 17-45.«

»Wie war Ihr Mädchenname?« Er wiederholte ihn und fragte: »Mit fremdem y?«

Der Untersetzte riß die Waffe ab. »Müssen Sie die Personalien denn bis zum I-Tüpfelchen aufnehmen, eh Sie der Frau helfen?« Er warf den Klemmer wieder ins Gesicht und stieß den Mund vor.

Annette kämpfte mit ungeheurer Anstrengung gegen die neue Ohnmacht. Sie fürchtete zu sterben und hatte das Gefühl, dieser Mann mit dem Personalblock ermorde sie.

»Wenn wir das aus irgendeinem Grunde nicht sofort tun, und sei es aus Mitleid, mein Herr, dann kann es vorkommen, daß wir die Personalien der Verunglückten tagelang nicht ermitteln können. Die Angehörigen werden unterdessen vor Ungewißheit verrückt. Das ist die andere Seite … Rufen Sie den Hausarzt an, Fräulein.«

Die Überfahrene änderte plötzlich den Ton: sie schrie jetzt wie ein fremdes Tier. Das Kind heulte auf. Annette wollte den Kopf heben; er fiel wieder zurück.

»Also, wo fehlts?«

»Herz!«

»Der Hausarzt bittet, Sie möchten ihr sofort Digitalis geben und sie heimtransportieren lassen.«

Die Tür wurde aufgestoßen. Zwei Schutzleute trugen einen gutgekleideten alten Herrn herein. Sein Gesicht war grün. Der beschmutzte steife Hut lag auf seinem Leibe.

Der dicke, warme Karboldunst verschlang sofort wieder die frische Luft.

»Haben Sie seine Personalien schon?«

»Er ist noch nicht wieder zu sich gekommen. Als wir gerufen wurden, war er schon bewußtlos.«

Der Arzt ließ die Hand des Alten fallen. »Er ist tot. Schlaganfall! Klingeln Sie die Leichensammelstelle an.«

Er wandte sich zum Untersetzten. »Vielleicht hat er eine Frau, Söhne und Töchter, nicht wahr! Es gibt hier sechsundfünfzig Rettungsstationen. Sechsundfünfzig! Und an jedem einzelnen Tage kommen auf jede Station mehrere Verunglückte. Wir leben in einer Millionenstadt. Jetzt überlegen Sie einmal, welch unentwirrbares Durcheinander entstehen würde, wenn …«

»Ja, aber …«

»Gar nichts aber!«

»Ja, aber geben Sie ihr doch endlich das Medikament!« Gleichzeitig mit dem Arzt sprang er zu Annette, die ohnmächtig vom Stuhle fiel.

»Der gnädigen Frau ist schlecht geworden. Der Hausarzt hat angerufen. Er kommt gleich.« Auch dabei lächelte das kleine, zierliche Dienstmädchen aus Pommern, wie über alles, was es in Berlin sah und hörte. Sie war siebzehn, blond wie ein Apfel, gesund wie ein Apfel, und hatte in den zwei Wochen schon gelernt, Stöckelschuhe und Seidenstrümpfe zu tragen.

Michaels Hand griff selbsttätig nach dem Hörrohr. Noch während der Hausarzt mitteilte, was er wußte, hörte Michael schon die schweren Schritte im Stiegenhaus. Zwei grau uniformierte Krankenträger trugen sie auf einer Bahre herauf, Füße voran.

Haarsträhnen waren ins wächserne Gesicht gefallen. Die durchsichtig dünnen Hände lagen übereinander auf dem Leibe, wie für den Sarg gefaltet. Sie sah aus wie eine noch bewußtlose Frau, die nach der Operation vom Messer weggetragen wird.

Sein Schreck war so gewaltig, daß er nicht länger als eine Sekunde währen konnte. »Decken Sie das Bett auf.« Er stürzte ihr entgegen.

Sie öffnete die Augen und schloß sie wieder: Ein kurzer Blick, dem nicht einmal die Kraft eines Blickes innewohnte, ein Augenöffnen nur, das ganz im Einklang war mit ihrem Zustand; tiefernst, fatalistisch und gefaßt zugleich: ein Mensch, wie berührt schon vom Finger des Todes.

Auch im Bett konnte sie nicht sprechen, sah ihn nur noch einmal an. Wieder ging die Erschütterung wie ein Riß durch ihn durch. Er mußte ihre Wünsche von den blaublassen Lippen ablesen.

Sie fühlte seine Zärtlichkeit, als er ihr das Haar aus der Stirn strich, und versuchte zu lächeln. Das war mehr, als wenn eine gesunde Frau für ihren Geliebten alle Last der Welt auf sich genommen hätte.

Der Arzt, ein Freund des Ehepaares, zog schon im Stiegenhaus den Mantel aus, drehte beim Durcheilen des Vorzimmers das Hörrohr zusammen, wartete den Bruchteil einer Sekunde vor der Schlafzimmertür und trat ruhig ein.

Schon vor längerer Zeit hatte er ihr fest versprechen müssen, sie auch im äußersten Falle über ihren Zustand rückhaltlos aufzuklären, und er war selbst der Meinung gewesen, hier ausnahmsweise sein Versprechen halten zu dürfen. Sie war eine kluge Frau, sehr schwer zu täuschen und in ihrer Seele schon seit langem dem Tode so nahe wie dem Leben.

Wie er dann, seine Überraschung über ihr Aussehen verbergend, auf dem Bettrand saß, den viel zu langsamen und kaum noch fühlbaren Puls zwischen den Fingern, öffnete sie wieder die Augen. Ihr Blick wußte vom Tode. Sie blieb gefaßt. Aber hinter diesem Wissen entstand in der Tiefe die Angstfrage.

Der Arzt gab Antwort, indem er unauffällig ruhig sagte: »Eine Herzschwäche! Anfall von Herzschwäche! Das kommt vor und geht vorüber. Nur dürfen Sie sich in der nächsten Zeit keinerlei Aufregung leisten.«

Jetzt erst fragte sie mit Worten: »Werde ich sterben, Doktor?« Und zeigte dabei schon ein reizendes Lächeln, das von Hoffnung und Glauben gebildet war.

»Nein!« Er lachte überzeugend. »Zum Sterben sind Sie noch viel zu jung. Wenn Sie fünfzehn Jahre älter wären! Aber so –!«

»Bitte, gib mir den Kamm, Michael ... Auch den Spiegel!«

Sie bekam eine Injektion. Der Puls wurde stärker. Sie ordnete selbst ihr Haar. Dann schlief sie beruhigt und ruhig atmend ein.

»Ich bin überrascht. Einen so schweren Anfall hatte ich nicht erwartet. Gefahr besteht aber nicht«, sagte er zu Michael. Und das war seine Meinung. Er schrieb einige Rezepte.

»Mir sagen Sie doch die Wahrheit?«

»Die volle Wahrheit! … Ich bin heute abend eingeladen. Wenn nötig, rufen Sie mich dort an.«

Michael saß in seinem Studierzimmer am Schreibtisch. Drüben lag eine Frau, die krank war. Das war nicht unangenehm, dieses Bewußtsein. Ein Bezirk seiner Natur und seiner Liebe zu Annette verlangte danach, sie pflegen und über sie wachen zu dürfen. Nichts würde versäumt, ihre leisesten Wünsche würden erfüllt werden.

Angst um sie hatte er jetzt nicht mehr. Annette war seit Jahren leidend. Daran hatten beide sich gewöhnt, wie der Mensch sich an das Elend und an Luxus allmählich gewöhnt.

Schon seit langem hatte Michael das viel schnellere Tempo seiner gesunden, zähen Natur den Möglichkeiten der Kranken angepaßt, auch auf Genüsse und Vergnügungen verzichtet, mit Annette still gelebt und seine Lebenskraft, wenn sie vorschießen wollte, in die Leistung am Schreibtisch hineingepreßt.

Er war vierzig. Die Stirn war über den Brauen weit vorgebaut. Diese Höcker waren in den Jahren schwerer Schreibtischarbeit immer größer geworden. Die Stirn beherrschte das schmale Gesicht, und ihr Fanatismus kehrte wieder im dünnen, festen Mund. Nur die Augen verrieten seine

Empfindsamkeit. Das Haar war ergraut. Sein sportlich durchtrainierter, schlanker Körper erlaubte ihm, in zehn Sekunden vier Stockwerke hinaufzuspringen und vor der Tür so ruhig zu atmen wie unten.

Es war vollkommen still in der Wohnung. Michael schrieb. Das Dienstmädchen, das als Wache vor der angelehnten Schlafzimmertür saß, zog den Rock über die Knie hoch und betrachtete mit großem Wohlgefallen die tadellos geraden Beine, streckte sie immer wieder vor, fest aneinandergepreßt. Sie hatte drei Tage nach ihrer Ankunft in Berlin ihren Rock um zwanzig Zentimeter gekürzt und ihre Beine jetzt erst kennengelernt.

Lächelnd zog sie ein Spiegelchen aus der Schürze, bleckte die Zähne, die weiß und schön waren, und puderte mit einer winzigen Quaste zum dritten Male in ihrem Leben die apfelfrischen Wangen.

Um zehn Uhr ging sie schlafen. Michael legte sich in Annettens Ankleideraum auf den Diwan, lauschte und dachte, lauschte und dachte: an Annette, an seine Arbeit, an Annette. Und schlief ein.

Ein Stöhnen weckte ihn. Sie hatte in ihrer Not den Oberkörper in den Sessel gelegt, nur die Beine im Bett gelassen, und bewegte langsam den Kopf hin und her. Das Herz arbeitete nicht. Das Gesicht war fahl.

»Was ist! Was machst du!« Der Schreck fuhr ihm bis in die Füße. Er hob sie mühsam ins Bett zurück. Sie war vollkommen kraftlos.

Plötzlich schluchzte er auf und heulte los. Von einer Sekunde zur andern hatte er gefühlt, daß sie in Lebensgefahr war. Dieses Gefühl kam wie ein Erdbeben von weit her und verschwand sofort wieder. »Ich rufe den Doktor.« Er flößte ihr die Medizin ein und sprang zum Telephon.

Nein, er fürchte gar nichts. Michael solle ihr auch noch einen kalten Umschlag aufs Herz geben. Michael glaubte wieder, weil er glauben wollte.

Sie erholte sich etwas. Sie schien einzuschlafen. Der Atem flatterte schwach. Michael wachte schwere Stunden am Bett. Herzensangst und Zorn auf den Doktor wechselten mit der Hoffnung, daß der Doktor recht habe.

Um acht Uhr früh vernahm er den eiligen Schritt. Annettens volles Gesicht war grünlich und blutleer. Nur die Augen waren lebendig und voll verhaltener Angst.

»Jetzt mache ich mir Vorwürfe. Ich hätte die Nacht dableiben sollen.«

»Sagen Sie mir die Wahrheit!«

»Recht ernst! Wir müssen eine Schwester kommen lassen. Euer Mädchen versteht zu wenig.«

Von Stund an konnte Michael nicht mehr essen. Er rasierte sich nicht mehr, wusch sich nicht mehr, zog sich nicht mehr an. Im Schlafrock wanderte er auf und ab, tagelang. Und wenn er zu ihr ans Bett trat, lächelte er seelenruhig und zärtlich besorgt. Er spielte gut. Eine Woche trug er die Hoffnung in seinem Arbeitszimmer hin und her.

Ein Professor wurde gerufen. Der sah für Michaels starre Herzensangst zu jung aus. Erst nach der Untersuchung, als er ins Arbeitszimmer kam, merkte Michael dem bartlosen, faltenreichen Gesicht an, daß dieser Mann in seinem Leben viel gesehen hatte.

Der Professor gab ein paar Worte, still wie sein Gesicht, Worte, die Michaels Angst und Hoffnung bestehen ließen.

Gegen Abend, vierundzwanzig Stunden vor ihrem Tode, sagte Annette in Michaels Beisein zur Schwester: »Es ist schön, krank zu sein, wenn man so gut gepflegt wird.«

Das war Annette. So hatte sie immer und bei allem dem Leben tiefe Treue bewahrt, immer auch im Schweren das Schöne empfunden und mit einem Worte, kommend unmittelbar aus ihrem gütigen Wesen, andern Freude gemacht.

Michael mußte schnell ins Arbeitszimmer flüchten. Seine Starre war zerflossen. Schluchzend, gestoßen von Schluchzen, Hand auf den Mund gepreßt, damit sie ihn nicht hörte, fiel er in den Schreibsessel, Kopf auf den Armen.

Am frühen Morgen kam die Schwester in Michaels Schlafzimmer. Sie blieb im Türrahmen stehen. Er fuhr empor in den Schrecken. Die Schwester sah erregt aus. »Es geht schlecht.«

»Was ist?« Er sprang heraus.

»Die Nacht war so gut. Hat ruhig geschlafen. Plötzlich, vorhin … Sie müssen gleich den Herrn Doktor rufen.«

Da hörte er schon dessen eiligen Schritt im Stiegenhaus.

Die Schwester hielt Annettens Kopf und versuchte, sie zu beruhigen, sagte immerzu: »Ja, ja«, trotzdem sie Annettens Worte nicht verstand.

Annette lallte aufgeregt und sprach hastig mit den dünnen Händen mit. Sie hatte die Sprache verloren.

»Schlaganfall!« sagte der Arzt. Sie bekam eine Spritze.

Michael stand am Bett wie ein vom Schuß ins Herz Getroffener, der noch stehen kann. Jedes Gefühl war plötzlich verschwunden. Da war ein Schnitt.

Nach Minuten schlief sie ein. Als sie erwachte, war sie ruhiger. Das Gesicht war ruhiger. Sie versuchte, Worte zu formen, und sah dabei Michael an, wie eine sich bemühende, brave Schülerin den Lehrer. An ihren Wimpern hingen die Tränen.

Schon gegen Mittag konnte sie wieder sprechen. Sie war wunderbar schön. Das klare Gesicht. Erregt und dabei lächelnd, beklagte sie sich über den Arzt in der Rettungswache. »Diese Stunde hat mir so geschadet. Es würde mir jetzt schon wieder viel bessergehen.«

Noch einmal zogen Freude und Hoffnung stürmisch in Michael ein. Der Doktor blieb da. Das verschüchterte Dienstmädchen saß untätig in der Küche und lebte erst wieder auf, als Michael um Kaffee für den Doktor bat.

Da draußen ging die Kaffeemühle. Das war Leben. »Ach, Doktor, sie stirbt doch nicht?«

»Es war nur ein ganz leichter Schlaganfall.« Er begann von etwas anderem zu sprechen, um Michael abzulenken, der nicht mehr abzulenken war.

Es wurde still in der Wohnung. Der Doktor war bei Annette. Michael schnitt ein Rähmchen aus grauer Pappe, klebte einen beweglichen Pappstreifen zum Aufstellen an die Rückseite und schob Annettens lächelndes Bild hinein. Selbst auf diesem kleinen Bild war zu sehen, wie das Braun der Augen herrlich wurde durch den zartgetönten Elfenbeinteint, und wie dieser seine seltene Reinheit gewann durch das tiefe Goldbraun der Augen.

Michael hatte in unbegreiflicher Freude stundenlang an dem Rähmchen geschnitten und geklebt, war einige Male nur bis zur Schlafzimmertür geschlichen und zurück. Alles war still. Das Bild stand vor ihm. Da war ja schon der Schmerz des Lebens leise eingezeichnet in das bezaubernde Lächeln.

Sie wird sich freuen, wenn ich ihr das Rähmchen zeige, dachte er und schlich wieder zur Schlafzimmertür.

Sie sollte das Rähmchen nicht mehr sehen.

Plötzlich hörte Michael erregte Stimmen und ein furchtbares Röcheln. Die Angst sprang ihn an.

Annette hatte einen neuen Schlaganfall erlitten. Sie saß aufrecht, von der Schwester gehalten. Der Atem setzte aus. Viel zu lange. Augen starr, bis es ihr gelang, wieder Atem zu holen, von weit her.

Strengen Gesichtes, Arm und Zeigefinger straff ausgestreckt, deutete sie auf Michael und forderte, plötzlich ganz klar, mit strenger Stimme: »Komm her!«

Dann preßte und hielt sie seine Hand mit unerwarteter Kraft. »Bleib da! Dableiben!«

Die große Sekunde war gekommen. Und sie wußte es.

Die Pausen zwischen den Atemzügen wurden von Mal zu Mal länger.

Der Doktor machte in höchster Eile hintereinander drei Injektionen in den Oberschenkel, stach rücksichtslos hinein und brüllte dabei: »Atmen! Atmen!«

Michael brüllte: »Atmen! Atmen!«

Sie atmete nicht.

»Das Atemzentrum ist getroffen«, sagte der Doktor.

Noch einmal und noch einmal atmete sie ein, im allerletzten Moment und schwer röchelnd. Dann kam eine lange Pause. Sie atmete nicht ein. Sie atmete nicht aus. Sie starrte. Sie schaute den Tod. Das Leben war Atmen. Sie konnte nicht. In diesem letzten Kampf ließ sie Michaels Hand los. Ganz zuletzt ist der Mensch allein.

Beide brüllten: »Atmen! Atmen!«

Nach einer furchtbar langen halben Minute gelang es ihr noch ein einziges Mal, Luft zu holen, schon von drüben her, das Leben noch einmal einzuatmen. Das reichte für noch eine halbe Minute. Für letzte Sekunden. Sie fiel zurück.

»Tot!« sagte der Doktor.

»Tot? Nein!«

»Sie ist tot.« Der Doktor ging sofort nebenan ins Badezimmer – die Tür blieb offen –, beugte sich über die Wasserleitung, die Hände zu waschen, und blickte dabei ins Sterbezimmer zurück.

Plötzlich brüllte Michael: »Doktor! Doktor! Sie atmet. Sie hat geatmet. Sie lebt.«

Der Doktor sprang herbei, Hände noch voll Seifenschaum.

Einen letzten Seufzer, ein Restchen Luft hatte die Lunge noch abgegeben, mechanisch, als Annette schon tot gewesen war.

»Sie ist tot.«

Michael stürzte erschlagen mit seinem erschlagenen Leben aufheulend am Bett zusammen.

Die Schwester stand dabei. Ihre Arbeit war getan. Wie schon so oft. Sie wollte überlegen, was sie jetzt zu tun habe.

Hände unterm Kinn übereinandergelegt, blickte sie erschüttert und ratlos auf die Gruppe des Todes.

Wie ein Mensch sich aufrichtet! Wie er sich aufrichtet! Vom Boden sich erhebt! Michael stand auf, langsam, im langsamen, schweren, schweren Zug des Lebens, und sagte, Blick auf Annettens todesstarkes Gesicht, mit veränderter Stimme, mit zärtlicher Stimme, hoch im Halse: »Bist du tot, Annette, bist du tot? Jetzt bist du tot. Ach, meine Annette ist tot.«

Die Schwester wollte die Lider schließen.

»Lassen Sie mich. Will ich tun.« Er schloß mit leisem Finger das Auge, schloß das andere. Es öffnete sich wieder.

Er schloß es noch einmal. Es öffnete sich wieder. Das Auge blieb halb offen. Ein glänzendes Auge. Ein glänzender Spalt, glänzend wie das Leben.

»Das Lid ist gelähmt«, sagte der Doktor. »Kommen Sie rüber, Michael, kommen Sie.«

Er ließ sich ins Arbeitszimmer führen. Das Landmädchen aus Pommern, die Siebzehnjährige, begegnete ihnen im Flur. Tränen liefen an ihren Backen herunter.

Gedächtniskirche

Von Wachtmeister Lehmann II, Verkehrsposten
Ecke Kantstraße Kaiser-Wilhelm-Gedächtniskirche

Meldung vom 15. Dezember 1928, 4 Uhr 15 Minuten nachmittags.

Es näherte sich mir in anscheinend großer Eile ein älterer Herr, der sich als Schriftsteller Leonhard Frank, Mitglied der Akademie der Dichtung, wohnhaft in Berlin-Charlottenburg, Bismarckstraße 12, auswies und mir folgendes mitteilte.

Die Redaktion einer Berliner Zeitung habe ihn aufgefordert, etwas über die Gegend um die Kaiser-Wilhelm-Gedächtniskirche zu schreiben, er habe aber leider keine Zeit, da er verreisen müsse, und er bitte mich, diese Beschreibung für ihn zu machen.

Ich versuchte vergeblich, dem Herrn klarzumachen, daß sich dies mit meinem anstrengenden Dienste nicht vereinigen ließe, aber der Herr redete mir zu und verpflichtete mich überdies, ihm das Honorar sofort nach Erscheinen der Beschreibung zugehen zu lassen, und ich möge dies nicht vergessen.

Auf Grund einer Verordnung des Herrn Polizeipräsidenten sollen wir in jeder Hinsicht dem Publikum zu Diensten sein, ich machte mich also unverzüglich an die Ausführung.

Drei Droschken (zweistreifig) fuhren um 4 Uhr 30 Minuten ineinander, die Kotflügel aller drei Droschken wurden beschädigt, und die drei Chauffeure stellten sofort sich

gegenseitig fest, um Anklage wegen tätlicher Beleidigung erheben zu können (Anlage 1). Gegen 5 Uhr hielten etwa dreihundertundzwanzig Autos um die Kirche und konnten nicht weiter; trotz Einschreitens gegen das übermäßige Hupen der dreihundertundzwanzig Autos konnte es nicht verhindert werden, daß ein ohrenbetäubendes Geräusch gemacht wurde. Um 5 Uhr 10 Minuten konnte der Knäuel entwirrt werden. Um 5 Uhr 12 Minuten fuhr mich eine Limousine von hinten an, ich stellte den Insassen (Herrenfahrer, Anlage 2) fest. Um 5 Uhr 15 Minuten mußte der ganze Verkehr angehalten werden, da ein Terrier sich zwischen den Wagen umhertrieb und seine Besitzerin, die von mir festgestellt wurde (Anlage 3), einen Schreikrampf bekam. Um 5 Uhr 18 Minuten ließ ich zwei Löschzüge der Feuerwehr durch. 5 Uhr 20 Minuten fuhren sich zwei Lastwagen fest, Schuld trug der Radfahrer Polecke, Stralauer Straße 6 (Anlage 4). Polecke leistete der Feststellung Widerstand und erging sich in unflätigen Beschimpfungen. 5 Uhr 30 Minuten fiel ein Wagen mit Weihnachtsbäumen um und versperrte auf eine Viertelstunde die Passage. Der Führer ist festgestellt (Anlage 5). 5 Uhr 45 Minuten wurde ich abgelöst. – Weiteres über den Platz um die Kaiser-Wilhelm-Gedächtniskirche auszusagen war nicht möglich.

Bridge

»Es ist merkwürdig«, sagte das Mädchen lachend, indem es die letzte Karte auf den Tisch warf, »aber ich gebe immer die verkehrte Karte weg.«

»Vielleicht kommt das daher«, antwortete der junge Mann, mit dem sie den letzten Robber zusammen gespielt hatte, »daß Sie nicht genug auf das Spiel achten. Sie zählen die Karten nicht, die heraus sind.«

Es schlug zwölf Uhr, und obwohl die Hausfrau ihre Gäste zu einem neuen Spiel aufforderte, standen sie auf und verabschiedeten sich. Der junge Mann und das Mädchen gingen zusammen nach Hause. Es war eine feuchte Nacht, dunkel und kühl.

»Sie haben vielleicht recht«, nahm das Mädchen das Gespräch wieder auf, »ich nehme das Spiel nicht ernst genug. Ich gebe mir natürlich große Mühe, aber ich kann mich so schwer konzentrieren. Ich denke zuviel an andere Dinge, und dann weiß ich am Ende des Spiels nicht mehr, was am Anfang gespielt worden ist. Ich glaube, ich werde es niemals lernen. Sie nehmen das Spiel sehr ernst, nicht wahr?«

»Ich spiele gern«, erwiderte ihr Begleiter, »und darum tue ich es so gut wie möglich. Es ist wirklich nicht so schwer.«

»Ja, Sie spielen gut«, sagte das Mädchen, und in ihrer Stimme lag etwas wie Bewunderung, »so wie Sie werde ich es niemals können.«

Sie gingen eine Weile schweigend nebeneinander her. Unter ihren Füßen raschelten die dürren, abgefallenen Blätter und kahle Zweige, die der Wind abgerissen hatte. Der junge Mann begann wieder zu sprechen.

»Ich habe das Kartenspiel oft mit dem Leben verglichen. Das Leben ist ernst. Warum das Kartenspiel nicht auch? Es kommt auch oft auf die richtige Einsicht an. Die Karten werden gemischt. Jeder kriegt sein Teil. Natürlich hat der eine eine bessere Karte als der andere, aber die Chancen sind gleich. Jeder hat ja dreizehn Karten. Dann kommt das Reizen. Der eine wählt diese Farbe, der andere jene. Es gibt Leute, die ohne Trumpf spielen ... die sind in allen Farben gedeckt. Manche denken lange nach, bevor sie etwas sagen, andere wissen sofort, was sie tun. Auch kommt es darauf an, einander zu verstehen und richtig darauf zu reagieren. Und nun lernt man beim Ausspielen sofort die Charaktere kennen. Derjenige, welcher wenig hat, kann durch Mut und geschicktes Spiel doch etwas erreichen. Derjenige, welcher gute Karten hat, wird leicht übermütig ... wodurch er oft verliert. Es gibt Menschen, die nicht wissen, was sie tun sollen, schwankende Gestalten, die nicht genügend Mut besitzen, etwas zu riskieren. Die erreichen immer die niedrigste Anzahl Punkte. Manche verstehen, alles, was im Spiel ist, herauszuholen ... andere verstehen nicht das geringste davon. Und dann gibt es Spieler wie Sie, die nicht aufpassen und immer die verkehrte Karte weggeben.«

»Die verlieren gewiß auch immer?« meinte das Mädchen nachdenklich.

»Die Menschen, die nicht aufpassen, die Träumer, müssen natürlich vorsichtig sein. Auch im wirklichen Leben.«

»Auch im Leben«, wiederholte das Mädchen.

Sie schwiegen wieder kurze Zeit, und es war der junge Mann, der wieder zu sprechen anfing.

»Ich bin im Begriff, eine hohe Karte auszuspielen«, sagte er ernst. »Ob ich etwas damit erreichen werde, weiß ich natürlich nicht. Es kommt nur darauf an, ob die Gegenpartei stark ist.« Er berührte den Arm des jungen Mädchens. »Ich weiß, daß Sie verlobt sind, ich weiß, daß ich kein Recht habe, Sie zu fragen ... und doch tue ich es. Ich liebe Sie. Wollen Sie mich heiraten?«

Das Mädchen schwieg. Hatte sie die Frage erwartet?

»Habe ich ... habe ich Sie beleidigt?« fragte der junge Mann.

Sie schüttelte den Kopf. Endlich erwiderte sie leise:

»Sie haben soeben gesagt, daß die Menschen, die nicht aufpassen können, die Träumer, vorsichtig sein müssen, sowohl beim Kartenspiel wie im Leben. Ich bin vorsichtig. Ich lehne Ihr Angebot ab. Es tut mir leid.«

»Ist es ... ist es, weil Sie ihn mehr lieben?« fragte er zögernd.

»Ich habe Sie gern. Vielleicht genausogern wie ihn, und wenn er nicht gewesen wäre ... ich kenne ihn schon so lange. Es ist mein Jugendfreund. Ich habe ihm mein Wort gegeben ... ich kann ihn nicht enttäuschen. Ich wage es nicht.«

»Ich habe mir Hoffnung gemacht ... trotz der Tatsache, daß Sie verlobt sind. Es kommt ja mehr vor.«

Sie standen jetzt vor dem Haus, in dem das Mädchen wohnte. Sie reichte ihm die Hand.

»Wenn ich jemand wäre, der mehr Mut hätte … Ich wage meine höchste Karte nicht auszuspielen … Seien Sie mir nicht böse, ich habe meine Farbe gewählt.«

Einige Tage später empfing sie einen Brief von ihrem Verlobten. Hastig öffnete sie ihn. Es war kein langer Brief. Er schrieb, daß er ein Angebot erhalten habe, nach Australien zu gehen. Diese Reise und die Stellung lockten ihn. Aber dann wolle er nicht gebunden sein. Er forderte seine Freiheit zurück.

Das Mädchen starrte lange vor sich hin. Endlich stand sie auf und riß den Brief in viele kleine Stücke, die sie in den Kamin warf. Und während sie zusah, wie die Flammen das Papier verzehrten, sagte sie leise vor sich hin:

»Es ist merkwürdig … aber ich habe wieder die verkehrte Karte weggegeben.«

Die Vorstandssitzung

Nachmittags, als Tal und Hänge sengend in der Sonne lagen, preisgegeben Halm und Blatt, die kein Hauch bewegte, schritt Mathilde, leicht gekleidet, über Feld.

In der Ferne zitterte die Luft – ein farbloser Vorhang, glitzernd, als flösse Öl herab. Selbst die Ziegeldächer, hier und dort ins Laub geduckt, waren unter der Weißglut verblaßt.

Mathildes Freundin, die Lehrerstochter, stand wartend im Schatten des Apfelbaums. Dunkles Rot leuchtete trügerisch auf den tiefgebräunten, vollen Wangen. Ein Jahr später, noch nicht erblüht, starb sie an Tuberkulose.

Wie ein Rad mit Flügeln fegte die Tochter des Notars die glühende Landstraße herab, mit fliegenden Zöpfen, und landete staubtrocken beim Apfelbaum – ein stacksiges, weißblondes Kind mit weißen Brauen und Wimpern.

Die Vorstandssitzung konnte beginnen. Die drei Mädchen hatten einen Blumenverein gegründet und auch einige Großbauerntöchter, die Beiträge und Strafgelder bezahlen mußten, als Mitglieder aufgenommen.

Die Tochter des Notars, die das Geld verwaltete und immer im Brustbeutel bei sich trug, schleuderte ihre geflochtenen Flachstaue in den Rücken und berichtete: »Unser Mitglied Kartoffelkraut hat gestern zwanzig Rappen Strafe glatt bezahlt.«

»Hat sie denn wieder aufgestoßen, Tulpe?« fragte Mathilde träumerisch.

»Auch. Und, Narzisse, sie wollte nicht mehr Kartoffelkraut sein, sondern Lilie. Ich sagte ihr: Jemand, der draußen kaut, kann nicht Lilie sein.«

»Vorstehende Zähne sind aber sehr fein«, sagte die Rose gedehnt. »Englische Herzoginnen zum Beispiel …«

»Ja, ja, auch die kauen alle draußen. Deshalb können sie nämlich nicht küssen. Ha, eine Frau, die nicht küssen kann und Lilie sein will! Ich hab ihr jedenfalls sofort zwanzig Rappen Strafe auferlegt wegen … einfach wegen Unbotmäßigkeit.«

Die Narzisse schlug die Lider auf. »Ich werde zehn Männer heiraten und küssen.«

Sie saßen im Grase, neben dem Balkengehege, hinter dem braunweiß gefleckte Kühe weideten.

»Ich gebe mein Jawort einem Grafen«, sagte die Rose. »Wir fahren in die Oper. Mein Kleid ist nilgrün. Oh, eine ganz einfach herabfallende Robe, nur mit einem Goldfaden abgebunden, hier unter meinem Busen.«

»Busen! Du hast ja noch nichts.«

Aber sie stand unbeirrt auf, ordnete mit leichter Hand rückwärts ihr Knieröckchen, damit die lange Schleppe schönen Fall bekomme, und begab sich hoheitsvoll in die Loge, preßte den Leib gegen den Balken und hob, die kleinen Finger beider Hände weggespreizt, das Opernglas.

Zwei Kühe blickten aufmerksam herüber zur nilgrünen Gräfin und senkten die nassen Mäuler wieder ins Gras.

»Aber vielleicht, Narzisse, bist du zu dünn für zehn«, sagte sachlich die Tulpe.

»Zu dünn? Warum?«

»Nun so!«

Nachdenklich öffnete Mathilde erst ein wenig die Lippen und legte dann langsam die Wange auf die Schulterkugel. »Nicht einmal für fünfzehn!«

Die Gräfin sauste mit zwei Sätzen von der Loge zum Apfelbaum zurück. »Habt ihr gesehen? Alle Operngläser waren auf uns gerichtet. Auf das gräfliche Paar!«

»Wahrscheinlich war dein Dekolleté zu tief ... Soll ich euch etwas zeigen?« Die Tulpe knöpfte resolut die Bluse auf und streckte die flache Knabenbrust vor – sie hatte über das Hemd einen rosa Büstenhalter ihrer Mutter gebunden, der nichts enthielt und tiefe Querfalten warf. »Ich, nämlich, bin schon soweit.«

Die Narzisse, die sich schämte, daß sie allein schon kleine Brüste hatte, senkte den Blick, und die Rose, die bald sterben mußte, sagte träumend vor sich hin: »Ich dekolletierte mich ja nur für ihn.«

Weiße Schleier schwebten über dem Frieden des Tales. Die Glocken ertönten seltener – das Vieh lag wiederkäuend im Schatten der Obstbäume. Am Feldweg schwankte der Löwenzahn im Winde, der den schon abendlichen Duft der Wiesen zu den dreien trug, die schweigend in die Zukunft sannen. Der Büstenhalter war bis zum Hals emporgerutscht.

Ein ortsfremder Eismann und Zuckerbäcker, der seinen vielfarbigen Wagen schwitzend von Dorf zu Dorf zog, hielt an, als er die Mädchen erblickte, tat aber ganz uninteressiert. Er hatte seine Erfahrungen. Wenn er grüßt, brechen die Gänse in Kichern aus, das ihnen zur Hauptsache wird und schließlich sogar noch zum Hindernis, herzukommen und etwas zu kaufen.

»Er hat auch Limonade. Aber sie ist zu süß. Pappsüß!« erklärte die Rose, deren Gaumen schon trocken wurde.

Die Tulpe wandte dem Eismann den Rücken zu und zerrte den Büstenhalter wieder an den leeren Platz.

»Zu süß – das gibt's nicht. Ich kaufe mir auch ein Eis dazu.«

Wie ein Hündchen, das von seinem essenden Herrn nicht beachtet wird, leckte die Narzisse die Lippen. »Hast du denn Geld?«

Die Tulpe streckte die Brust vor wie ein prahlerischer Knabe, während sie ihre Bluse zuknöpfte. Das Beutelchen mit der Vereinskasse hatte sie herausgezogen. »Unser Blumenverein, finde ich, ist ein Blödsinn. Wir wissen ja gar nicht, zu was wir das Geld eigentlich verwenden sollen.«

Der Versucher saß auf dem Grabenrand und blickte über seine sehnsüchtig erwarteten Kundinnen hinweg, gleichgültig, als wäre er ganz allein auf dieser heißen Welt.

»Wir könnten den Verein ja einfach auflösen. Das Recht haben wir dazu – wir sind die Vorstandsdamen«, sagte die Rose gedehnt.

Die Tulpe starrte auf ein stacheliges Gewächs, nahm erst einen Anlauf und warf sich dann so wuchtig in den Sprung über die hohe Distel – Richtung Eismann –, daß der Rockrand über das weiße Höschen emporflatterte, bis zu den Lippen, und das Beutelchen mit der Vereinskasse wie ein Glockenschwengel zwischen den gegrätschten Beinen baumelte.

In großer Haltung, als begebe sie sich in die Opernloge, schritt die Rose um den Distelstrunk herum und sagte leidend und verächtlich: »Ein richtiger Verein sind wir ja gar nicht – wir haben ja keine Statuten.«

Aber die Tulpe, die ihre Methode, sich dem kühlen, süßen Wagen unauffällig zu nähern, für erfolgversprechend hielt, gab keine Antwort. Sie beugte sich so tief hinab, daß ihre Stirn das kurze Gras berührte, und besah sich die Gegend, in der der Eismann saß, durch die gespreizten Beine.

Verschmähend den überreichen weißen Brautschmuck der Wiese, wählte sie eine Margerite, die vereinsamt in der Nähe des Wagens blühte. Nicht ob Er sie von Herzen, mit Schmerzen, über alle Maßen oder gar nicht liebte, sondern »Eis oder nicht Eis« war die Frage. Resolut zupfte die Tulpe, um den Spruch des Schicksals zu korrigieren, am Schlusse zwei Blättchen auf einmal ab, und die erleichterte Rose flüsterte schmachtend: »Über alle Maßen! Jetzt wissen wir's.«

Als habe sie sich beim Schicksal soeben nach »Liebe oder nicht Liebe« erkundigt, schickte die Tulpe ein verschämtes Lächeln hinüber zum Eismann, der aber das Risiko, die beiden durch ein einladendes Wort vielleicht wieder zurückzujagen zum Apfelbaum, nicht auf sich nahm, sondern weiter in die makellose Himmelsbläue sah, sehnsüchtig, als wünsche er, schon dort oben zu sein, um seinen Karren nicht mehr schwitzend und keuchend über die Berge zerren zu müssen.

Wie eine wandelnde Lilie, die sie war, schwebte Mathilde an den beiden vorüber und deutete mit der selbstverständlichen Entschlußkraft der Weichen und Unschuldigen auf den inhaltsvollen Blechzylinder. »Himbeereis?«

Der Eismann krempelte die Hemdärmel auf.

Der Schatten des Baumes, unter dem drei Kühe friedevoll wiederkäuten, war lang geworden. Auch die drei Vorstandsdamen ruhten reglos und verdauten. Schwalben, Futter suchend, zuckten wie schwarze Blitze drüber hin. Der Eismann zog schon durch ein anderes Tal.

Übrig geblieben waren nur eine grüne und eine rote Schlange aus Gummizucker, die Mathilde zusammengebunden und sich um den Hals gelegt hatte, die zwei Köpfchen vorne überkreuzt.

Die Kühe, die gemolken sein wollten, begannen verlangend zu brüllen. Die Tulpe dehnte sich und schnellte empor, preßte beide Fäuste auf ihr steinhartes Hinterchen und sagte schlicht: »Die ganze Vereinskasse ist futsch.« Das Beutelchen am langen Bändel hing schlaff auf ihrem Bauche, der jetzt ein wenig vorstand.

Die Rose, die zur Limonade und zweimal Eis vier große Lebkuchen gegessen und seither nur noch an die verschleckte Vereinskasse gedacht hatte, seufzte tief und richtete sich mühsam auf. »Wir kommen ins Gefängnis. Meine armen Eltern! Ins Frauengefängnis!«

Versunken betrachtete die Narzisse ihr Schlangenkollier im Handspiegel und tupfte die zwei klebenden Köpfchen besser an die zarte Brust.

Die Tulpe flitzte langbeinig hinter den nächsten Baumstamm und hob das Röckchen. Sie hatte drei Flaschen Limonade getrunken. »Wir sagen einfach, die Vereinsauflösung hat so viel gekostet, daß nichts übriggeblieben ist. Es war eine Bruthitze. So eine Vereinsauflösung kostet doch Geld, das weiß ich von meinem Vater.« Die Tochter des Notars sprach überlaut, um von den beiden verstanden zu werden. Ihre Stimme übertönte das Geräusch.

New Yorker Liebesgeschichte

Seine Freunde, ein Ehepaar, hatten gesagt, sie würden für ihn eine Frau einladen, vielleicht gefalle sie ihm. Ihr hatten sie dasselbe gesagt – ein Mann, der ihr vielleicht gefalle.

›Aus Begegnungen, die zu diesem Zweck von Dritten organisiert werden, entsteht selten etwas‹, dachte er, als er im Lift hochfuhr. ›Du siehst dann eine Frau, die dir im Wesen so fremd ist, daß nichts entstehen kann, und wäre sie auch noch so hübsch. Die Wahl kann nicht organisiert werden.‹ Aber er stand allein im Leben, und er war neugierig auf Frauen und suchte, wie jeder, der allein im Leben steht.

Auch sie war allein. ›Wenn er nicht gut aussieht, ist sowieso nichts möglich‹, dachte sie im Lift. Aber noch während sie von den Gastgebern begrüßt wurde, hatte sie, nach einem Blick auf ihn, schon überlegt: ›Mit ihm könnte ich mich überall zeigen. Wenn es darauf allein ankäme. Er sieht auch viel jünger aus, als er ist.‹ Sie hatte im »Wer ist wer« nachgesehen und wußte, wie alt er war.

›Zu dick‹, dachte er. ›Sie sollte fünf Pfund abnehmen. Sieben! Aber diese Haut!‹ Er wußte sofort, daß auch die Haut ihres Körpers makellos weiß war, wie die des Gesichtes. Sie hatte dunkelbraunes Haar. Schon beim ersten Blick waren ihm ihre eigenartigen Brauen aufgefallen – enge, hohe Bögen, die sich fast senkrecht herunterzogen. An ihrer

Unterlippe, ein dünner, rosa Bogen, sah er, daß der kleine Mund weich sein konnte.

Es war eine winzige Wohnung, modern möbliert. Sie saß auf der Couch, das Cocktailglas in der Hand – eine überaus gepflegte Frau, an der alles vor Sauberkeit zu blinken schien. Ihr schwarzes Kleid war einfach und teuer. Er hatte den Eindruck, daß ihre selbstverständlich sichere Haltung auf persönlicher Leistung beruhe und daß materiell in ihrem Leben vollständige Ordnung herrsche. ›Und zwar eine durch Arbeit erkämpfte Ordnung, die sich durch nichts stören läßt‹, dachte er. ›Sie gibt nicht einen Dollar mehr aus, als sie kann. Sie ist eine genaue Frau. Und abends, nach der Tagesarbeit, lehnt sie sich zurück an ihre teuer erkaufte Ordnung. Mir gegenüber sitzt die personifizierte Rechtschaffenheit. Jetzt kann das Leben kommen, wenn es etwas zu bieten hat, sagen ihre bereitwilligen Blicke, das immer wieder schnell entstehende Lächeln, die beweglichen dünnen Finger und die schmalen Füße in Maßschuhen. Ungelackte Nägel! Selbstverständlich ungelackte Nägel!‹

›Man braucht nur seinen Blick zu sehen – abwesend und dennoch im Zimmer‹, dachte sie. ›Er hat Kraft und Hintergründe und hinter jedem Hintergrund noch einen Hintergrund.‹

Über ihre und seine Gedanken ging das Gespräch über Nebensächlichkeiten weiter. Sie beteiligte sich frisch daran und strahlte den Optimismus der arbeitenden Amerikanerin aus, für die abends nichts anderes als die Stunde der Gegenwart wichtig ist.

›Als hätte sie ihre privaten Lebensprobleme auf die Seite gestellt wie ein Stück Möbel, das im Weg ist, um Platz frei zu machen für einen angenehmen Abend‹, dachte er.

Unversehens – keiner der Anwesenden wußte, durch was – hatte das Gespräch zu der Frage geführt, welche Voraussetzungen nötig seien für eine dauernde Liebesbeziehung.

»Liebe«, sagte die Gastgeberin scherzend, und ihr Mann sagte: »Geld.«

Der Freund dachte: ›Wenn nicht er das Geld hat oder verdient, sondern sie, geht es nicht auf die Dauer, falls er ein Mann ist. Und auch wenn es mit dem intimen Zusammenleben nicht stimmt, verdunstet die Liebe, und übrig bleiben nur noch zwei enttäuschte Feinde, die sich schließlich trennen.‹ Erst jetzt begann er zu sprechen.

In gehobener Stimmung hörte die Frau zu, interessiert, was der Mann aus »Wer ist wer«, der ihretwegen hier war, zu dem Thema zu sagen hatte.

Er sah sie dabei an. »Eine Liebesbeziehung ist ja das verwundbarste Ding im Leben und beständig in Gefahr zu zerbrechen. Verglichen mit einer Liebesbeziehung, ist ein venezianisches Glas ein eiserner Kochtopf.«

Sie sagte heiter und herausfordernd: »Gewiß gibt es tausend und zehn Gründe, durch die eine Beziehung zerbrechen kann. Aber unser Thema ist ja, unter welchen Umständen sie hält.« Sie lachte grundlos, nur aus reiner Lebensfreude, während sie ihn fragend ansah.

»Eine Voraussetzung, jedenfalls, ist unbedingt und unter allen Umständen nötig – die Frau muß den Kopf an seine

Schulter legen können. Wenn er den Kopf an ihre Schulter legt, sollte sie am Morgen nach der ersten Nacht zum Scheidungsanwalt gehen.«

Sie hörte einen tiefen Seufzer der Gastgeberin, während sie dachte: ›Mit ihm bestünde nicht die Gefahr, daß er den Kopf an meine Schulter legen und weinen würde.‹

Er blickte an ihr vorbei zum Fenster, als er fortfuhr: »Auch eine starke und geistig selbständige Frau muß sich aus der Gefühlshöhe schluchzend herabfallen lassen können an seine Brust. So muß er sein, der Mann.«

Sie fühlte, daß er das für ihre Ohren gesagt hatte, und senkte die Lider, als er sie ansah und hinzusetzte: »So eine Beziehung spielt sich hoch oben ab, in dünner Luft, wo wenig Auswahl ist, und könnte nur durch beispiellosen Leichtsinn zerstört werden.«

Unter seinem Blick wurde ihr Gesichtsausdruck tief ernst, als hätte sie einstens diesen durch nichts zu entschuldigenden Leichtsinn begangen. Da entdeckte er eine fingerbreite graue Haarsträhne an ihrer linken Schläfe und war plötzlich bewegt. ›Und daß sie die grauen nicht färbt! Wie gut, daß sie sie nicht färbt!‹ dachte er und sagte unwillkürlich: »Ein harter Mann, der nicht auch weich sein kann, ist nicht tauglich für das Spiel da oben.«

›Er weiß alles‹, dachte sie. ›Es fragt sich nur, ob er auch fähig ist, zu tun, was er weiß …‹

Sie hatten im Laufe der folgenden Woche einige Abende in ihrem Wohnzimmer vor dem Kaminfeuer gesessen, auf einem großen Kanapee, jeder in seiner Ecke, und unter lan-

gen Gesprächen über Gott und die Welt woben sich die Fäden zu einer näheren Beziehung, und sie hatten hin und wieder durch einen Blick, ein Lächeln, eine inhaltsvolle Pause
einander eingestanden, daß sie sich des heimlichen Vorgan-
ges bewußt waren. Jeder kannte jetzt die äußeren Lebens-
umstände des andern und auch Dinge, die man nur dem anvertraut, dem man vertraut.

Ihr Wohnzimmer war persönlich eingerichtet, weder
männlich noch ausgesprochen weiblich. Links und rechts
vom Kamin standen zwei Majolikafiguren, auf Säulen, ein
fast lebensgroßer Knabe und ein Mädchen. Auf den Möbeln,
alten und modernen, lagen kuriose Schmucksachen, auch
vergoldete Meermuscheln, und in den Regalen standen die
großen Werke der Weltliteratur und ein Brett voll Detektiv-
romanen. Ein paar sehr gute Bilder, französische Impres-
sionisten, fügten sich ganz selbstverständlich in das Ge-
samtbild. Sie verstand von Malerei alles, was ein Laie noch
verstehen kann, und viel mehr als ein schlechter Maler. Er
hatte zu ihr gesagt: »Kein Innenarchitekt würde imstande
sein, aus diesen verschiedenartigsten Sachen eine so wohl-
tuende lebende Einheit zu schaffen.«

Sie hatte ihn eingeladen, das Weekend in ihrem Landhaus
zu verbringen. Im Taxi bat er sie, bevor es anfuhr, Platz mit
ihm zu wechseln, und erklärte scherzend und meinte es
ernst: »Meine männliche Seite ist rechts. Wenn Sie links von
mir sitzen würden, wäre alles unterbrochen.«

Sie dachte: ›Ist das schon eine Liebeserklärung?‹

Es war eine. Als das Taxi fuhr, Richtung Grand Central,
fühlten beide, daß nichts unterbrochen war: ›Es täte gut,

den Arm um ihre Schultern zu legen.‹ Und welch großes Zugeständnis es wäre, wenn sie es erlauben würde, dachte er noch. Da hatte er es schon getan, unwillkürlich, aus dem Gefühl heraus, und es ergab sich von selbst, daß ihr Kopf an seine Schulter zu liegen kam. »Irgendwo muß man daheim sein«, sagte er.

Im Zug reichte sie ihm eine Anthologie klassischer englischer Gedichte und begann, einen Detektivroman zu lesen, den sie im Bahnhof gekauft hatten. Als er sie nach einer Weile fragte, ob sie schon wisse, wer der Mörder sei, schüttelte sie den Kopf und sagte im Tone des Kenners: »Es ist gut gemacht.« Sie lächelte ihn an, weil es für ihn selbstverständlich war, daß sie Detektivromane las.

Er sagte: »Der beste Detektivroman, der je geschrieben wurde, ist ›Der Mann, der Donnerstag war‹.«

»Von Chesterton«, sagte sie ohne Besinnen. »Oh, ich kenne ihn.«

Der Zug fuhr den Hudson entlang. Sie deutete auf ein holzgraues Giebelhäuschen auf dem Abhang und sagte: »Schön, nicht wahr? Dieses Häuschen liebe ich.« Er fragte sich, warum es so bezaubernd sei, daß sie dieses bescheidene kleine Haus am großen Strom liebte.

Ihr Landhaus, weiß mit Giebeldach, stand unter alten Bäumen, von der Straße und anderen Besitzungen weit genug entfernt für Stille und Alleinsein. Während sie vor ihm darauf zuging, plötzlich viel schneller, sah er, daß durch ihren ganzen Körper eine wellenartige Bewegung lief vor Freude, ihm ihr Landhaus zeigen zu können, das sie sich durch jahrelange schwere Arbeit erkämpft hatte.

Es war sechs Uhr, als sie das Haus betraten. Ein paar Minuten später nahm er in der Küche ein Huhn aus ihren Händen und fragte sie, ob er es braten dürfe. Er sei ein berühmter Koch. Die Welt wisse es.

Angesteckt durch seinen Übermut, küßte sie ihn flüchtig auf die Wange und mixte dann die Cocktails, während er auf übertrieben fachmännische Weise das Huhn zusetzte. Viel Wasser auf einmal dürfe man nicht zugießen. Nur einen Eßlöffel voll. Sonst habe man am Ende eine gekochte Leiche.

Er legte den Arm um ihre Taille und führte sie zurück ins Zimmer. Er nahm ihr Gesicht behutsam in beide Hände. Er sah sie wortlos an und las in ihren Augen die Antwort auf seine Frage.

Als sie zurückkehrte aus der Erschütterung und sich schluchzend an ihn hinwarf, den Kopf an seine Brust, strich er ihr immerzu über Schläfe und Haar und flüsterte: »Weine nur, weine nur, das ist gut. Jetzt ist überhaupt alles gut. Weine nur.«

Sie rührten sich nicht mehr. Es war schon dunkel geworden. Ein scharfer Geruch von verbranntem Fleisch strömte herein. »Das Huhn! Mein Gott, das Huhn!« Schließlich sprang er auf und rannte in die Küche. Das Huhn sah aus wie ein Stück Kohle. Er ging zurück und blieb vor ihr stehen. »Das Huhn ist verbrannt. Viel hast du diesmal nicht von mir gelernt.« – »Oh, sehr viel!« flüsterte sie an seiner Wange. »Sehr, sehr viel!«

Aus der Begegnung in der kleinen Wohnung, von Dritten organisiert, entstand eine Beziehung mit allen beglückenden

Merkmalen der Wahl, die ein nie ganz zu ergründendes Geheimnis ist. Sie erinnerte sich oftmals an sein Wort, daß so eine Beziehung nur durch beispiellosen Leichtsinn zerstört werden könne. Sie waren nicht leichtsinnig.

Nach fünfzehn Monaten kam plötzlich das Ende. Seine Regierung hatte ihn beauftragt, nach Indien zu gehen. Es werde mindestens zwei Jahre dauern und unter Umständen viel länger. Er wisse es nicht. Niemand wisse zur Zeit, auf welche Weise und wann die Loslösung Indiens von England sich vollziehen werde.

Sie war jetzt siebenunddreißig. Es war die Trennung für immer, durch einen Beilhieb.

Die Trennung Indiens von England war schneller vollzogen worden, als die Engländer, die Inder und die Welt geglaubt hatten: Nach einem Jahr telegraphierte er ihr, vom Flugzeug aus, wann er bei ihr sein werde.

Versunken in Gedanken an sie, fuhr er im Taxi zu ihrer Wohnung. Das Endresultat seiner Gedanken war: ›Sie hat während dieses Jahres wahrscheinlich nicht wie eine Nonne gelebt.‹ Allright. Das würde kein Gewicht haben.

Da sie wußte, daß er lieber bei ihr als in einem überfüllten Restaurant aß, hatte sie eingekauft, ein Huhn und was dazu gehört, und eine Flasche Mosel kalt gestellt.

Als er ihr weißes Gesicht sah, war er daheim. Sie waren nicht getrennt gewesen.

Er hatte das Huhn angebraten. Sie saßen auf dem langen Kanapee, jeder in seiner Ecke. Er sah an ihrem weichen, leidenden Gesichtsausdruck, daß sie über etwas unglücklich war. »Was ist mit dir? Was ist dir geschehen? Kannst du es mir sagen?«

Sie bewegte sich nicht, sie hob nur die Lider. »Ich erzählte dir, als wir einander kennenlernten, daß ich zwölf Jahre vorher eine kurze Liebesaffäre hatte« – ›da war sie fünfundzwanzig‹, dachte er –, »die einzige in meinem Leben, die vollständig schmerzlos endete und keinerlei bitteren Nachgeschmack hinterließ … Jetzt war er wieder hier.« Er dachte: ›Man soll so etwas nicht wiederholen mit siebenunddreißig.‹

Sie sagte in einem Ton, als setze sie sein Verständnis voraus: »Du weißt ja, daß in so einem Fall keine lange Ouvertüre nötig ist.«

»Allright! Und?«

»Er ist wieder zurückgefahren nach Paris.« Sie zögerte eine Sekunde. »Ich bin unglücklich. Ich vermisse ihn.«

Das tat ihm weh. Er fragte so ruhig, wie er konnte: »So nah ist er dir? Ist er ein guter Mann, wie man so sagt?« Sie lächelte, trotz ihres Kummers. »Gezeigt habe ich mich nicht mit ihm.«

›Sie ist unglücklich eines Mannes wegen, mit dem sie sich nicht zeigen möchte?‹ Er verstand nichts mehr. »Wie ist er denn? Was denkt er über die Welt und das Leben?«

»Oh, gar nichts! Er ist Maler. Wir hatten gar keine Zeit für Gespräche«, sagte sie plötzlich noch und errötete. Er sah, daß sie die brutale Äußerung bereute, und fragte, ob sie eine Photographie von ihm habe.

»Es ist eine Photographie nach einem Selbstporträt«, sagte sie, als sie ihm das Bild reichte. »Zu eitel!« Es war das akademisch gemalte Porträt eines Mannes mit Palette und einem halben Dutzend exakt gemalter Pinsel, wie es im Kleinkinder-Bilderbuch abgedruckt ist. Was ihm die Fassung nahm, war die vollständige Leere des Gesichtes. Er legte das Bild wortlos auf das Kanapee, zwischen sich und sie. ›Wie ist das möglich?‹ dachte er. ›Alterspanik?‹

Sie sagte: »Ich habe sehr gezögert, es dir zu zeigen.«

»Dieses Bild würdest du also nicht in dein Zimmer hängen«, sagte er, schwach lächelnd.

Die Kennerin schüttelte den Kopf. »Oh, er weiß, daß er kein guter Maler ist. Er war hier, um Porträtaufträge auszuführen.«

»Aber darum geht es ja nicht. Jemand kann ein schlechter Maler sein und doch ein liebenswerter Mensch. Nach seinem Porträt zu urteilen, scheint er, verzeih mir, auch als Mensch ein Niemand zu sein. Ich kann nicht stolz sein auf meinen Nachfolger.«

»Du wirst mich nicht dazu bringen, ihn herabzusetzen. Oh, nein!«

›Es kann zu nichts mehr führen. Alles ist kalt‹, dachte er hoffnungslos und kämpfte dennoch weiter: »Ich erwarte nicht von dir, daß du diesen Mann herabsetzt. Aber da ich nicht unbeteiligt bin, möchte ich dich etwas fragen, obwohl ich weiß, daß es keine größere Dummheit gibt, als den Mann zu kritisieren, nach dem die Frau sich sehnt. Glaubst du nicht selbst, daß du ein bißchen zu tief heruntergestiegen bist? Daß du eine Art Verrat an dir selbst begangen hast? Nicht weil du mit ihm intimste Stunden erlebtest, sondern weil du dich durch dieses Erlebnis so weit von dir selbst entfernt hast, daß du jetzt auch dein Gefühl, dein bestes Gefühl verschwendest an einen Mann, der es offenbar nicht verdient.«

Sie ging entschlossen zum Gegenangriff über und lachte, während sie sprach, zwischendurch das grundlose Lachen, das er so sehr an ihr geliebt hatte. »Was heißt denn Verrat an mir selbst! Ich bin gar nicht die Persönlichkeit, hochgeistig und all das, wie du glaubst. Ich habe tausend Dinge gern. Ich hatte eine wundervolle Zeit mit ihm. Alles, was eine Frau sich wünschen kann. Leichtigkeit, jedes Vergnügen, Luxus! Ich genoß es einfach. Er ist elegant und sehr liebenswürdig und kultiviert. Und er ist ein Mann. Oh, ja! Die Frauen reißen sich um ihn. Er hat Geschmack, oh, und er versteht allerhand. Von französischen Stilmöbeln versteht er viel mehr als ich.«

›Ist auch das ein Grund für eine Frau, einem Manne nachzutrauern – weil er ein Experte in französischen Stilmöbeln ist? Mein Gott, mit welchen Lappalien sie ihn vor sich selbst verteidigt!‹ Er fragte: »Liebst du ihn denn?«

Alles wurde durch eine Pause unterbrochen. Schließlich sagte sie leise und in einem Ton, als fühlte sie den Reflex des Schmerzes, den sie ein Jahr vorher durch die plötzliche Trennung von ihm erlitten hatte: »Dich liebte ich mehr.«

Sie legte die Photographie auf das Tischchen, mit der Bildseite nach unten, und sagte: »Er kommt wieder.«

»Du wirst wieder mit ihm zusammen sein?« – »Nein.«

›Sie weiß nicht, daß sie lügt. Hier sitzt sie und sehnt sich nach ihm. In diesen Fällen belügt auch die wahrheitsliebendste Frau sich selbst. – Warum bin ich noch hier?‹

Da spürte er eine lähmende Kälte in der Gegend des Herzmuskels und hatte, ohne es sich klar bewußt zu sein, unversehens gefragt: »Willst du wieder mit mir zusammen sein?«

Sie lächelte erregt und sagte schnell, als hätte sie seine Frage nicht gehört: »Ich habe einen charmanten Brief von ihm bekommen. So etwas freut eine Frau natürlich.«

»Willst du?«

Sie senkte die Lider und sagte erst nach einer Pause ernst und kaum vernehmbar leise: »Es müßte Zeit vergehen. Auf jeden Fall! Sein Brief hat wieder alles aufgewühlt.«

Er dachte erschüttert: ›Auch darin ist sie sauber und rechtschaffen, wie in allem.‹ Er fühlte keinerlei Eifersucht. Er dachte: ›Die Moral der Geschichte ist – geh nicht nach Indien.‹

Als er aufstand, warf sie sich mit dem Gesicht schluchzend in die Kanapee-Ecke. »Du bist grausam.« Ihr Körper zuckte.

Er sagte zu sich: ›Es gilt dem andern!‹ Als verstände es sich von selbst, ging er zuerst in die Küche und hob den Topf vom Feuer herunter, damit das Huhn nicht verbrenne, wie jenes in ihrem Landhaus. ›Auch ihr Huhn soll sie haben‹, dachte er und ging langsam an ihr vorüber und langsam zur Tür und hinaus.

›Ich habe mich falsch benommen‹, dachte er. ›Weiß Gott! Ich hätte überhaupt nicht argumentieren sollen. Gegen ein Gefühl gibt es kein Argument und keinen Richter und kein Recht. Ihr Gefühl ist ihr Richter und ihr Recht.‹

Er trat auf die Straße und wurde verschluckt von New York, wo die Menschen einsamer sind als überall auf der Welt.

Emil Müller

Das Haus, in dem der Schreiner Emil Müller zwölf Jahre gewohnt hatte, mit Frau und Sohn, war kurz vor Ende des Krieges bis auf den Grund zerstört worden. Sie hatten in der Ruinenstadt keine andere Wohnung gefunden und auch keinen Platz zum Schlafen in einem Keller. Sie wohnten in der Laubenkolonie hinter Charlottenburg, wo kleine Leute früher ihre Sonntage in Bretterhütten und Gärtchen verbracht hatten. Jetzt war da alles zerfallen und verfault.

Emil hatte aus den alten Brettern eine Hütte gebaut, aus Holzmangel nur mannshoch und nur drei Meter lang und breit. Sie stand am Bahngleis, gegenüber dem Grunewald, den die frierenden Berliner zum Teil abgeholzt hatten. Er hatte Dach und Wände außen so dick mit Teer gestrichen, daß selbst während eines Wolkenbruches kein Tropfen durchdrang. Für Betten (sie waren verbrannt) wäre kein Platz gewesen. An drei Wänden standen Holzbänke. Konrad, der dreizehnjährige Sohn, schlief auf der Bank an der Fensterwand. In der Mitte war das dreibeinige Eisenöfchen, dessen Rohr Emil verlängert hatte, damit die Wärme länger in der Hütte zurückgehalten werde. Der Garten – nur ein Beet Kartoffeln, gelbe Rüben und eine Sonnenblume – war so lang und so breit wie die Hütte.

»Es ist ein kleines Plätzchen in der großen Welt«, hatte Emil, der manchmal poetisch wurde, zu seiner Frau gesagt.

Er war vierzig und gesund und muskulös, trotz der un-
genügenden Ernährung und trotz der zwei Verwundungen,
die er im Krieg erlitten hatte. Er hatte die besondere Zähigkeit, die manche blonden Männer haben.

Seine Frau ließ ihn niemals fühlen, daß sie ihm überlegen
war. Sie liebte ihn. Sie war eine warme, körperlich weiche
Frau mit blondem Rundkopf und großen blaugrauen Augen,
schief geschnitten wie die der siamesischen Katze. Sie hatte
auch die verhaltene Spannung der Katze. Elisabeth war fünf-
unddreißig und sah manchmal aus wie fünfundzwanzig. Sie
trug gern weiße Blusen und vor allem Waschkleider. Am Seil
hing immer eines in der Sonne zum Trocknen.

Emil hatte sich gesagt: ›In Berlin gibt's nichts. Was könnt'
ich liefern?‹ In Berlin gab es Millionen durchgelaufener
Schuhsohlen, und Leder gab es nicht. Er besohlte alte
Schuhe mit Buchenholz und schnitzte neue Holzschuhe,
die er an der Straßenecke in Minuten verkaufte. Hinter
der Hütte lagen drei riesige Buchenstämme, die er sich
rechtzeitig im Wald geholt hatte, Holz für Tausende Paar
Schuhe. Aus den Abfällen schnitzte er Wäscheklammern
und Kochlöffel. Gekauft wurde alles.

Schuhe aus zähem, hartem Buchenholz herauszuschnit-
zen war eine mühsame Arbeit. Aber er war nicht zu ent-
mutigen. Er hatte ein Ziel. Wenn Emil, der viele Sprichwör-
ter kannte und für jede Gelegenheit eines wußte, mit dem
Handrücken die Schweißtropfen von der Stirn schleuderte
und dabei zu seiner Frau sagte: »Es ist noch nicht aller Tage
Abend, es kommen auch einmal wieder bessere Zeiten für
Deutschland«, meinte er: Ich werde auch wieder einmal eine

Schreinerwerkstatt haben und Holz für Möbel. Die hellere Zukunft, die er für seine Familie von dem winzigen Plätzchen aus aufbauen wollte, aus den drei Buchenstämmen, und die Zukunft Deutschlands waren für ihn ein und dasselbe.

»Du bist den andern einen Schritt voraus«, hatte Elisabeth gesagt. »Und gerade auf den Schritt kommt's an.«

Der Sohn, ein schlanker Knabe mit milchiger Haut, kurzer Stupsnase und langer Oberlippe, dessen Traumaugen manchmal frech ins Leben blickten, zeichnete den ganzen Tag Häuser, die Dächer hatten. Er hatte eines Tages vom Glockenstuhl eines Kirchturmes aus Berlin betrachtet, die hunderttausend dächerlosen Häuser in der Sonne, scharf gezackt und gelblich unter dem seidenblauen Himmel – eine Stadt im Orient. Dort oben, angesichts der riesigen Stadtruine, hatte er den Entschluß gefaßt, Architekt zu werden.

»Elisabeth, der Junge ist großartig. Architekt! Selbstverständlich – Architekt! Was denn sonst! Berlin muß wieder aufgebaut werden. Was sagst du zu unserm Jungen? Architekt! Diesem Beruf gehört die Zukunft.«

Elisabeth hatte das gelbe Rüben-Gemüse lächelnd auf den Tisch gestellt. Sie freute sich, wenn die zwei von der Zukunft träumten. Das machte auch die Gegenwart warm und gut.

Konrad arbeitete seit einigen Monaten in einem Architektenbüro, als Laufjunge. Er reinigte die Fenster, wischte den Fußboden auf, führte den Hund spazieren, spitzte Bleistifte, putzte eifrig die Reißzeuge, holte Essen, wenn Geld da war, und verehrte glühend die drei jungen Architekten, die sich zusammengetan und das Architekturbüro »Optimismus« gegründet hatten.

Zu tun hatten sie nichts. Sie gingen im Atelier umher, starrten zwischendurch hinaus auf die Ruinen, die Hände in den Hosentaschen, betrachteten hin und wieder ihren geschmackvollen neuen Briefkopf und studierten Werke über die Architektur aller Zeiten und Stile, von der altgriechischen Baukunst bis zum New Yorker Rockefeller-Center. Sie erklärten, froh, einen wißbegierigen Zuhörer zu haben, ihrem Laufjungen »Die Schönheit des sachlichen Bauens«, »Den Goldenen Schnitt«, »Die ästhetische und praktische Bedeutung der Proportion«, sie zeigten ihm ihre exakt ausgeführten Pläne und Grundrisse für Projekte, die sie bauen würden, wenn sie Bauaufträge bekämen, und zeichneten immer wieder neue Pläne für wohlproportionierte moderne Gebäude, für die sie keine Bauaufträge hätten. Sie waren vom Bauen ebensoweit entfernt wie ihr Laufjunge. Baumaterial gab es sowieso nicht. Konrad war begeistert – er gehörte dazu.

Der Älteste war dreißig. Seine Mitarbeiter hielten ihn für den genialsten Architekten Europas. Sie waren der Ansicht, daß Konstantin den Nobelpreis, wenn es für Architektur einen gäbe, sechsmal bekommen müßte.

Konstantin, kornblond, nie gekämmt, zäh und trocken, war mager wie ein abgetriebener Droschkengaul und trug immer denselben blitzblauen Sweater mit Rollkragen und eine abgewetzte Manchesterhose. Er besaß ein dickes Werk über das New Yorker Rockefeller-Center, mit detaillierten Angaben über Materialverwendung, mit allen Grundrissen und vielen Photographien, von allen Seiten und Gesichtspunkten aus aufgenommen. Über seinem Arbeitstisch hing eine vergrößerte Photographie, von der Tiefe aus aufgenommen, auf der ein überirdisch gewaltiger Riese sich weit zurückzulehnen und hinabzublicken schien zu den Ameisen in der Fifth Avenue.

Für Konstantin war das Rockefeller-Center das grandioseste Bauwerk der modernen Zeit, mit dem kein anderes im gleichen Atem genannt werden kann. Seine Sehnsucht war, ein Berliner Rockefeller-Center zu bauen. Er hatte dafür den Potsdamer Platz gewählt und im Laufe zweier Jahre den Plan ausgearbeitet, bis in die kleinsten Einzelheiten. Die Mappen mit dem Plan lagen im Safe seiner Bank, auf der er schon lange kein Konto mehr hatte.

Zu diesem ernsthaften Schwärmer kam eines Morgens ein Mann, der eine Treppe gebaut haben wollte und einen Abort. Sein Haus in der Knesebeckstraße war zerstört. Zwei Zimmer waren unversehrt geblieben. Die Treppe und den Abort hatte die Bombe glatt weggeschnitten. Konstantin unterdrückte ein bitteres Lächeln. Es war sein erster Bauauftrag. Er versuchte, dem Mann wenigstens noch eine Küche aufzuschwätzen. Er wurde schließlich drastisch. »Küche, kochen, essen und … Sie verstehen, der natürliche Kreislauf. Was nützt Ihnen ein Abort, wenn Sie keine Küche haben?« Aber der Mann wollte nur einen Abort.

Sie machten das Beste daraus. Sie zeichneten ein Riesenplakat mit der Aufschrift »Bauausführung – Architekturbüro Optimismus« und nagelten es an die Hausruine in der Knesebeckstraße.

Als Konrad diesen Abend heimkam und über die Schulter zurück nur so nebenbei erwähnte, daß ein interessanter

Bauauftrag eingelaufen sei, sagte Emil: »Es geht vorwärts, das ist klar«, und zeigte seinem Sohn zehn Paar Buchenholzsandalen für Mädchen, weiß, rot und blau gestrichen, die nebeneinander auf der Fensterbank standen. Das war Elisabeths Idee. Sie trug rote, mit elegant gebundenen Schleifen aus einem Stück rot gefärbtem Wäscheseil. In dem kurzen, dünnen Waschkleid, das blau gewesen und jetzt fast farblos war, sah sie aus wie ein rundliches Mädchen.

Emil wollte an die Bretterhütte eine Küche anbauen und für Konrad ein Zimmer. Mit der Hütte dazwischen würde er für jeden Raum nur drei neue Wände brauchen. Aber Bretter gab es auch für viel Geld nicht.

Er hatte in der Nähe der Autostraße »Avus« einen Bretterzaun gesehen, hinter dem nichts als wildbewachsenes Gelände war. Er glaubte, das Grundstück gehöre niemand. Der Zaun, altersgrau und teilweise schon nach innen gefallen, zog hinüber zum Eisenbahndamm.

Es war eine neblige Novembernacht und bitterkalt. Er hatte den Handwagen schon hoch beladen, als der Schutzmann erschien. Zehn Tage später wurde er zu drei Monaten Gefängnis verurteilt, wegen »Diebstahl von Staatseigentum«. Das Grundstück hinter dem Zaun gehörte zur Staatsbahn.

Er kam nach der Gerichtsverhandlung nicht heim. Sie hatten ihn gleich abgeführt. Als die Zellentür zugefallen war, tröstete er sich mit dem Gedanken, daß Elisabeth von den drei kostbaren Buchenstämmen nichts zu verfeuern brauche, da er im Grunewald ein paar riesige Wurzelstöcke herausgehauen hatte, genug Brennholz für den ganzen Winter. Aber Deutschlands Wiederaufbau war unterbrochen, soweit Emil sich daran beteiligt hatte.

Diesen Winter starben in Berlin viele, die unter normalen Zuständen nicht gestorben wären. Ernstlich krank zu sein in den eisigen Zimmern und Kellern und ohne Pflegemittel bedeutete für den Unterernährten in der Regel den Tod. Jeder sagte sich: Alles – nur nicht krank werden. Konrad wurde krank. Lungenentzündung war in der Nachkriegszeit die deutsche Winterkrankheit.

In der zweiten Nacht erreichte das Fieber die Höchstgrenze. Mit dem schnellen Holzfeuer im winzigen Eisenöfchen war es in der Bretterhütte entweder zu heiß oder zu kalt. Elisabeth hatte nichts, den Glühenden zu pflegen. Ein Aspirin war eine Goldmünze, und Goldmünzen gab es nicht in der Apotheke. Kein Arzt war zu bewegen, heraus in die Hütte zu kommen. Die Ärzte waren schwer überlastet. Das Essen herbeizuschaffen würde jeden Tag viele Stunden in Anspruch nehmen, und sie kann ihn nicht allein lassen. In ihrer Herzensangst wandte sie sich an Konstantin.

Die drei Architekten packten Konrad in ihre Schlafdecken ein und brachten ihn ins Atelier. Eine Stunde später führte Konstantin einen erschöpften widerstrebenden Arzt am Arm ins Haus und am Arm die Treppe hinauf.

Trotz stärkster Dosen Chinin, die das Fieber herunterdrücken sollten, zeigte das Thermometer auch während der folgenden Tage ein paar Striche über 40 Grad. Elisabeth war ins Atelier übersiedelt. In den Nächten wachten die vier abwechselnd am Bett.

Konrad baute Dächer. Aber es war Musik. Er komponierte Dächer. Er stand auf Konstantins »Rockefeller-Center« am Potsdamer Platz – alle Häuser bekamen Dächer, und darüber, am strahlend blauen Himmel, schwebten schneeweiße Vögel, singend und klingend, und die neuen Dächer summten dazu den Baß.

Am Weihnachtstag durfte Elisabeth ihren Mann besuchen. Auf dem Weg sagte sie sich: »Für jeden gibt's ein Zuviel. Ich sag's ihm nicht.« Das Besuchszimmer war voll. Es war ein graues Bild der Not. Sie stellte sich ans Fenster und blickte über den Hof hinweg zu den vergitterten Gefängnisfenstern.

»Sozialismus – sonst haben wir in zehn Jahren wieder dieselbe Geschichte«, sagte Emil, kurz bevor der Wärter aufschloß, zu seinem Zellengenossen, einem fünfundsiebzigjährigen Mann, der eine alte Hose und ein Kaninchen gestohlen hatte, in einem Laden, in dem früher Bechsteinflügel ausgestellt gewesen waren und jetzt allerlei altes Zeug gekauft und verkauft und getauscht wurde. »Nichts anderes als Sozialismus kann diese Verbrecher kleinkriegen.« Es war das Ende einer langen und vollständig einseitigen Diskussion. Der Alte hatte immer nur genickt und war zwischendurch auch einmal eingenickt. Er war schon ein bißchen müde vom Leben und interessierte sich nicht mehr sehr für die Zukunft Deutschlands, ob Sozialismus oder wieder dieselbe Geschichte.

Sie hatten einander sechs Wochen nicht gesehen. Beide dachten, in den Zügen des andern sei etwas Neues. Nach dem ersten Wort war es wieder das vertraute Gesicht. Ein paar Sekunden vergaß Elisabeth die Angst um Konrad. Alles war gut. Als er fragte, ob noch genug Brennholz da sei, hob sie beide Hände über den Kopf. »Mehr als genug!« Er trat dicht an sie heran und flüsterte: »Glaub nur ja nicht, daß ich's aufgebe – das Zimmer für Konrad wird angebaut und für dich die Küche.«

Nur Häftlinge, die sich kleinster Vergehen schuldig gemacht hatten, aus Not, durften von ihren Angehörigen besucht werden. Alle standen. Alle besprachen flüsternd die Probleme ihres kleinen Lebens, jedes Paar innerlich vollständig abgetrennt von den anderen und durch die gemeinsame Not mit allen verbunden.

»Und Konrad? Hat er schon viel gelernt?«

»Oh, sicher! Er bekommt jetzt sogar Gehalt – das Fahrgeld für die Elektrische. Und gestern hat er an der Haltestelle, wo er immer einsteigt, sieben Paar Holzschuhe verkauft. Aber was das beste dabei ist – er hat für jedes Paar eine Mark mehr bekommen als du.« Sie lachte herzlich. Sie spielte gut.

Im Gefängnisflur ließ sie die Tränen laufen. Nach zehn Schritten ging alles unter in der würgenden Angst, daß Konrad inzwischen gestorben sein könnte. Sie begann zu rennen.

Während der letzten Fiebervision war Konrad eine enge eiserne und glühend heiße Wendeltreppe hinabgewirbelt und hatte sich unten nackt ins kühle Gras gelegt. Als Elisabeth heim kam, war er fieberfrei. Die fein modellierte Stupsnase schien aus poliertem Elfenbein zu sein, und die Augen glänzten gesund.

Konstantin hatte gesagt: »Wenn vier sich etwas abknapsen, hat der fünfte genug zu essen.« Im Laufe zweier Wochen fütterten sie ihn hoch.

Einen Monat später wurde Emil aus dem Gefängnis entlassen.

Auf dem Heimweg blieb er vor dem Zaun stehen. Seine Bretter lagen noch da, wie er sie damals hingeworfen hatte. Während der drei Wintermonate waren noch mehr Teile des Zaunes nach innen gefallen. Er ging nicht einmal zuerst heim.

Auf der Polizeiwache in der Nähe der »Avus« saßen zwei Schutzleute an einem Doppelschreibtisch einander gegenüber. Der eine schrieb schweigend weiter, als Emil fragte, ob er die alten Bretter da drüben am Eisenbahndamm haben könne. Der andere sagte über die Schulter zurück: »Sie wollen die Sauerei da drüben fortschaffen? Uns kann's nur recht sein, wenn da Ordnung gemacht wird.«

»Aber Sie wissen, daß ich drei Monate bekam, weil er mich angezeigt hat?«

Erst jetzt sah der Schutzmann ihn voll an. »Sie sind Emil Müller, nicht wahr? Ich kenne Ihren Fall. Sehen Sie, Herr Müller, es gibt Schafsköpfe und Schutzleute.«

»Also, dann mach ich da drüben Ordnung.« Draußen zog er energisch die Gürtelhose hoch und eilte heimwärts.

Konstantin hatte seinen Plan für das »Rockefeller-Center« am Potsdamer Platz der städtischen Baukommission eingereicht. »Nur weil man doch wenigstens zeigen will, was man gemacht hat.« Seine Arbeit schien die Kommission beeindruckt zu haben, da ihm Ende April in einem schmeichelhaften Schreiben mitgeteilt wurde, was er selbst wußte: Daß die Ausführung eines bemerkenswert großzügigen Bauplanes wie dieser ein ferner Zukunftstraum sei. Der Vorsitzende hatte handschriftlich hinzugefügt: »Ganz abgesehen von den zahllosen faktisch unüberwindlichen Hindernissen anderer Art, ist zur Zeit an Baumaterial, wie Sie wahrscheinlich wissen werden, nichts vorhanden als ein paar Millionen alter Backsteine, gesammelt im Schutt Berlins. Aber es ist immerhin tröstlich, daß mit dem kühnen Geist junger Architekten gerechnet werden kann für die Zukunft Deutschlands. In zwanzig Jahren kann alles anders sein.«

Auf Konstantin, den Dreißigjährigen, hatte der Brief nicht entmutigend gewirkt. »Schon in zehn Jahren kann alles anders sein«, hatte er zu seinem Mitarbeiter gesagt, einem beständig lächelnden dicklichen Jungen mit spitzer Nase und Hornbrille, der immer so neugierig ins Menschenleben blickte, als wäre er von einem anderen Planeten soeben erst auf die Erde gekommen.

An einem klaren Sonntag im Mai erwartete Elisabeth die drei Architekten zu einem Kartoffelpuffer-Essen im Freien. Der neue Eßtisch mit den zwei Bänken, ebenfalls aus den Brettern des Zaunes geschreinert, stand im vergrößerten Garten vor dem jetzt dreiteiligen Häuschen, das weiß gestrichen war. Emil plante, auch eine Werkstatt anzubauen, hinten an dem Mittelteil, in der er zunächst sein Schreinerwerkzeug anfertigen wollte, vor allem eine Hobelbank. Dann brauche er nur noch Holz für Möbel, und auch das werde er schließlich irgendwo auftreiben. Sein Lieblingssprichwort war jetzt: »Wo ein Wille ist, ist auch ein Weg.«

Auf der Fahrt in der klappernden, dröhnenden Straßenbahn sagte Konstantin zu seinen Mitarbeitern: »Und wißt ihr, warum schon in zehn Jahren alles anders sein kann?« Er überschrie das Getöse.

»Weil es nämlich in Deutschland viele Emil Müller gibt.«

Im Schneesturm

Sophie, vierzehn Jahre alt, hatte ihrer Schulfreundin, die in einem sechzehnhundert Meter hoch gelegenen Bergdorf wohnte, am Heiligen Abend ein handgestricktes Wolljäckchen gebracht, ihr Weihnachtsgeschenk, und befand sich wieder auf dem Rückweg ins Heimatdorf, das zwei Stunden entfernt war und vierhundert Meter tiefer lag.

An der Waldecke setzte sie sich unter die mächtige Tanne auf den Kilometerstein. Versunken in Vorstellungen, was sie wohl zu Weihnachten bekommen werde von der Mutter, achtete sie nicht darauf, daß es zu schneien begann. Sie blickte träumend hinaus in die blendende weiße Landschaft. Unter ihrem Blick verschwand plötzlich das ganze Tal, und auch das reglos sitzende Mädchen hatten die dichtfallenden Flocken lautlos fortgezaubert. Beim ersten Windstoß, der die Flocken im Bogen wieder himmelwärts trug und dicke Schneestücke von der Tanne herunterriß, stand Sophie auf. Der nächste Stoß, der hart gegen ihren Rock klatschte, trug sie vom Kilometerstein weg, den Hügel hinab und in den pfeifenden weißen Wirbel hinein. Sie sah nichts. Aber sie kannte die Richtung. Sie stellte sich schräg gegen den mächtig aufkommenden Sturm, der vielstimmig pfeifend die Flocken waagrecht gegen sie jagte und dann plötzlich wie eine Mauer hinter ihr stand und sie zum Springen zwang. Sie wollte die Brotscheibe, die ihr entfallen war, aufheben und wurde dabei um sich selbst herumgewirbelt und wie ein Leichtes fortgeweht.

Die Füße versanken tief im Schnee – sie spürte, daß sie die Straße verloren hatte, und wußte die Richtung nicht mehr. Aber der zerrende, stoßende Sturm erlaubte ihr nicht stehenzubleiben. Sie preßte die Hand auf die schmerzenden Lider und taumelte weiter. Fauchend bohrte der Sturm einen weißen Trichter in das jagende weiße Gewirbel und stieß beim Aufwärtssprung Sophies Kopf in den Nacken.

Sie warf sich, Kopf und Schulter voran, von neuem gegen die eisige Wand. Aber sie wurde hochgehoben und zurückgeschleudert. Trotzdem nahm sie sich vor, von jetzt an immer diese Richtung einzuhalten, mit dem Sturm und gegen ihn. Da müsse sie ja früher oder später zu einem Bauernhof kommen. Aber sie muß aufpassen, daß sie nicht in den reißenden Wildbach stürzt. Da wär' sie verloren. Auch als sie nach langem Kampf am Fuß eines Hügels auf die Knie stürzte, bog sie nicht ab, sondern bohrte sich in dieser Richtung weiter, wurde wieder hinabgestoßen und kämpfte sich keuchend noch einmal empor. Oben prallte sie plötzlich gegen einen Baumstamm und stürzte wieder in die Knie – unter der mächtigen Tanne, neben dem Kilometerstein, auf dem sie vor einer Stunde gesessen hatte.

Das Bergkind wußte, daß der Wald die rettende Zuflucht war. Mit den singenden, waagrecht sausenden Flockenpfeilen, die an den Stämmen zerbrachen, taumelte sie hinein und im Zickzack zwischen den knarrenden Tannen durch, deren Wipfel im Aufruhr der Natur riesige Bogen schlugen. Als sie zurückblickte, sah sie Tannenwald – schwarzen Stamm neben schwarzem Stamm; als sie weiterlief, sah sie wieder nur weiße Säulen, an denen die Schneepfeile zerstäubten. Aber tiefer im Innern verlor der Schneesturm durch die dichter stehenden Stämme an Wucht, und in der tiefen Schlucht, über der die Sturmpeitsche nur noch die Wipfel traf, regte sich nichts, und Sophie spürte keinen Hauch. Die Wangen glühten. Sie hatte Hunger und dachte an das Brot. »Das fressen jetzt die Raben«, sagte sie fröhlich und marschierte gleich los. Der Weg durch den Wald war viel weiter als der über die Wiesen, auf dem sie vielleicht nie mehr heimgefunden hätte.

Drei Rehe standen auf dem Hange gegenüber. Sie fraßen nicht, sie blickten nur, sie bewegten sich nicht. Sophie ging unwillkürlich auf den Fußspitzen, bis der Pfad sie von den Tieren, die sie seit langem kannte, fortgeführt hatte. »Die drei stecken doch wirklich immer zusammen«, dachte Sophie.

Als sie nach Stunden – es dunkelte schon – endlich aus dem Walde trat, sah sie tief unten im Heimatdorf, das nur aus sieben Häusern bestand, sechs strahlend leuchtende Christbäume, die reglos über der Schneefläche zu schweben schienen.

»Die Mutter hat unseren Christbaum noch nicht angezündet, weil sie wartet, bis ich komme«, dachte Sophie. Sie leckte ein klein wenig die Lippen, im Vorgefühl der Freude, und stieg hinunter.

Das Porträt

Der Keller, in dem sie seit dem 2. Mai wohnten – seit dem Fall von Berlin, dem Ende des Krieges –, war im amerikanischen Sektor.

Da die noch stehenden, fünf Stockwerk hohen Außenmauern den größten Teil des Tages die Sonne abhielten, war der tiefe Keller auch im Sommer kühl. Sie hatten aus zerschmetterten Zimmertüren einen Tisch zusammengenagelt, Stühle, vier Schlafpritschen mit kleinen Dächern, aus Holzmangel nur so lang und breit wie die Pritschen, und quer durch den Keller eine Rinne gegraben, durch die, wenn es regnete, das Wasser abfloß in den tieferen Bombentrichter nebenan.

Es war ein trockener, kühler, komfortabler Keller, über dem als Dach der Himmel hing. Nur in einer der Ecken lag Schutt, ein riesiger Haufen, mehr als zehn Meter hoch, aus dem jede Nacht und manchmal auch am Tag eine Ratte herauskam, immer dieselbe, eine armlange, fette Ratte, die diesen Keller allen benachbarten Kellern vorzuziehen schien, aus unerfindlichen Gründen.

Willi, der als Schlosser bei Siemens und Halske gearbeitet hatte, stand seit Minuten sinnend vor dem Schutthaufen, auf dem schon ein paar Grashalme gewachsen waren, hier und dort an feuchten Stellen.

Als Herr Otto, ein dreiundsiebzigjähriger Doktor der

Philosophie, ihn lächelnd fragte, über was er so tief nachdenke, versuchte Willi, sich zu erinnern, an was er gedacht hatte, und sagte schließlich: »Ich weiß es nicht.« Er hatte manchmal eine plötzliche Blutleere im Gehirn und war dann geistesabwesend. Von der sechsundsiebzig Mann starken Gruppe der Untergrundbewegung seines Bezirkes waren siebzehn enthauptet worden und siebenundzwanzig in Konzentrationslagern umgekommen.

Willi hatte sich voller Hoffnung sofort der amerikanischen Militärbehörde zur Verfügung gestellt und war, wie andere Nazigegner, abgewiesen worden. Daß Nazis, gegen die er dreizehn Jahre unter beständigem Einsatz seines Lebens gekämpft hatte, auch nach der Besetzung des Landes in leitenden Stellungen verbleiben konnten, war für ihn zuviel gewesen. Er war nicht einmal mehr verbittert. Er war innerlich zerfallen. Seitdem war ihm alles, was sich in Deutschland ereignete, vollständig gleichgültig.

Willi, klein und stämmig, hatte O-Beine und ein blondes, tief durchfurchtes Gesicht. Er war erst zweiunddreißig. Er hob den Kopf und sagte: »Ah, jetzt weiß ich es wieder. Ich dachte, mit ein paar Fuhren Erde auf dem Schutthaufen könnten wir einen Gemüsegarten haben. Tomaten! Gelbe Rüben! ... Essen muß man ja schließlich.«

Doktor Otto, der auf seiner Pritsche lag, mit einem fettigen Band von Schopenhauer, »Die Welt als Wille und Vorstellung«, sagte, ohne aufzublicken: »Nein.«

»Was heißt da – ›Nein‹?«

»Man muß offenbar nicht.« Er las weiter.

Der Philosoph hatte alles Lesenswerte studiert und ver

daut und niemals selbst eine philosophische Abhandlung geschrieben. Er hatte sein Leben im Berliner Romanischen Café und in Paris im Café de Dôme verbracht und mit unfehlbarer Logik die Gegner geschlagen in nachtlangen Diskussionen, deren Ergebnisse hin und wieder, manchmal erst Jahre später, in philosophischen Zeitschriften erschienen waren unter den Namen seiner Gegner. Für seinen verfeinerten Ehrgeiz war diese Art der Veröffentlichung seiner Gedanken vollauf befriedigend gewesen. Er war ein äußerst bedürfnisloser Mann, und auch zu leben nach der Idee des Moralischen im Menschen bereitete ihm keinerlei Schwierigkeiten.

Auf der Pritsche nebenan saß der Maler G. Wollstein, versunken in seine Arbeit. Er zeichnete Doktor Otto. Wollstein zeichnete jeden Tag von früh bis in die Nacht hinein. Er war eine vor vielen Jahren in Gang gesetzte Zeichenmaschine, die alles zeichnete.

Während des Krieges war in der Auslandspresse ein Artikel erschienen über eine Gruppe deutscher antinazistischer Maler, die nicht ausstellen durften. Dieser Gruppe hatte er angehört. Die fuchsroten Haare hingen ihm in die Stirn. Ein Gesicht schien er nicht mehr zu haben – nur noch eine Nase und zwei fanatische grünblaue Augen. Er war zäh wie Stahldraht.

In der vollständigen Stille huschte ein länglicher grauer Schatten über den Boden und verschwand in der entfernten Ecke unter der Pritsche, auf der Sophie lag.

»Gottverdammte Scheiße!« Aber sie sagte es ohne die geringste Aufregung, in abgründiger Gleichgültigkeit, und blieb liegen, reglos wie zuvor. Sophie war Wochen vorher in einer Regennacht in den Keller gekommen, bis auf die Haut durchnäßt, und hatte sich in der Ecke auf den Boden gelegt. Seitdem wohnte sie hier.

Der Kopf der Ratte erschien unter der Pritsche. Sie bewegte sich ein paarmal hin und her wie in einem Käfig, huschte plötzlich wieder quer durch den ganzen Keller, zurück zum Schutthaufen, und krabbelte im Zickzack langsam hinauf. Wollstein zeichnete sie mit ein paar Strichen neben das Porträt des Philosophen.

Sophie durchquerte den Keller mit langen, ziehenden Schritten. Sie goß zuerst etwas auf den Schutthaufen, hob dann mit einer Selbstverständlichkeit ohnegleichen den Rock bis zur Brust und zerrte ein gürtelartiges, zerfetztes Gebilde hoch. Ein Hemd hatte sie nicht an. Sie besaß kein Hemd.

Der Philosoph, der in seinem dreiundsiebzigjährigen Dasein nie mit einer Frau geschlafen hatte, lächelte verlegen und sah weg.

Mit beiden Händen zerrend, strampfte sie sich, den Rockrand zwischen den Zähnen, noch ein bißchen besser in den Gürtel und ließ den Rock wieder fallen.

Wollstein, der den Anblick schon zum Porträt und zur Ratte gezeichnet hatte, sagte ernsthaft zu sich selbst: »Das wird allmählich ein interessantes Blatt«, und arbeitete ohne Aufenthalt weiter an dem Porträt des Philosophen.

Sophie, zweiundzwanzig, war gesund und biegsam wie ein Leopard und schien vierundsechzig Zähne zu haben. Das Gesicht, geschnitten wie eine Gemme, war verwüstet. Sie amüsierte sich über die »Damen der Gesellschaft«, die jetzt den Straßenhuren Konkurrenz machten. Sie konkurrierte nicht. Sie war keine Hure. Sie war gar nichts. Es war ihr vollständig gleich, wenn keiner sie haben wollte, und es war ihr auch ganz gleich, wenn einer sie wollte. Alles war ihr gleich. Willi schlief manchmal mit ihr. Da er Lust dazu hatte, verstand sich das für sie von selbst. Es war ihr gleich. Hin und wieder kam sie mit etwas Eßbarem oder mit ein paar Mark von der Straße zurück und legte ihren Beitrag zum gemeinsamen Haushalt wortlos auf den Tisch.

Die Ratte lief ruhelos auf dem Schutthaufen hin und her, aufgeregt schnuppernd, als suche sie etwas, und stieß dünne Pfeiftöne aus. Es war schon dunkel geworden. Beleuchtung gab es nicht. Gegen neun Uhr waren alle eingeschlafen. Der Keller gehörte der Ratte wieder allein.

In dieser Nacht brach über der Stadt der Sturm los, an den die obdachlosen Berliner sich noch lange erinnerten. In mehreren Bezirken stürzten ungestützte Außenmauern in die Keller und begruben die schlafenden Bewohner.

Der Sturmwind kam von Norden. Die vier, trotz der Schutzdächer schon durchnäßt, hatten ihre Pritschen schließlich schräg gegen die Mauer gelehnt, wie Leitern, und sich darunter gestellt. Sie hörten nur das alles übertönende Dauergebrüll – die fünf Stockwerk hohe Außenmauer brach scheinbar ganz lautlos in sich zusammen, weich wie eine schaumgekrönte Meereswelle. Sie stürzte nach außen. Es war die Südwand.

Den folgenden Tag brannte die heiße Julisonne zum erstenmal auf den Schutthaufen in der Ecke, viele Stunden lang. Aber erst nach weiteren zwei heißen Tagen entströmte dem Schutthaufen ein verdächtiger Gestank.

Willi sagte, er habe schon öfter gedacht, wo eine Ratte sei, müsse heutzutag auch eine Leiche sein. Er begann, mit Pickel und Schaufel den Schutthaufen abzutragen. Zuerst stieß er auf einen mehrere Zentner schweren Kassenschrank, bald danach auf die Lehne eines Sessels und Minuten später auf einen Kopf.

Die Entdeckung war interessant genug, um auch die anderen von den Pritschen herunterzulocken. Sie sahen nicht ohne eine gewisse Neugier zu, wie Willi die Leiche freischaufelte.

Sie saß dicht neben dem Kassenschrank in einem hochlehnigen Renaissancesessel. Es war eine alte, weißhaarige Frau, ziemlich dick und anscheinend wohlgenährt gewesen. Sie hielt mit beiden Händen die Armlehnen umklammert, als säße sie beim Zahnarzt im Sessel. Die Schädeldecke war eingedrückt. Die Augen waren schon ausgelaufen. Sie trug ein langes schwarzseidenes Kleid, schwarze Seidenschuhe und weiße Glacéhandschuhe. Wollstein sagte, wieder nur zu sich selbst: »Es ist ein echter und besonders schöner Renaissancesessel.«

Sie sprachen, ohne dabei die Leiche zu beachten, ausführlich darüber, ob die Frau sich schon einige Zeit vor dem Luftangriff in den Keller gesetzt habe und hier erschlagen und verschüttet worden sei oder ob sie, als die Bombe einschlug, in ihrem Zimmer gewesen und mit dem Zimmer, dem Kassenschrank und den Stockwerken in den Keller gestürzt sei, sitzend in ihrem Sessel. Diesmal beteiligte sich auch Wollstein an dem Gespräch. Er sagte: »Kostbare Renaissancesessel stehen nicht im Keller. Und wer zieht eigens ein seidenes Kleid an und weiße Glacéhandschuhe, um sich in den Keller zu setzen.«

Der Philosoph lächelte zuerst unsicher und fragend, wie jemand, der zögert, sich über eine Sache zu äußern, die andere besser verstehen. Aber schließlich überwand er seine Scheu. Er stieß die Hand vor und sagte kampfbereit: »Gut, nehmen wir einmal an, sie hat in ihrem Zimmer gesessen. Aber kann sie denn mitsamt dem Sessel durch die Stockwerke herunterstürzen und dann hier, als wäre nichts geschehen, immer noch im Sessel sitzen wie oben in ihrem Zimmer?«

Sie konnten das Problem nicht lösen. Sophie, uninteressiert wie immer, hatte sich nicht an dem Gespräch beteiligt. Sie sah nur hin und wieder die schwarzen Seidenschuhe an.

»Jedenfalls muß die Behörde sofort benachrichtigt werden«, sagte Willi, plötzlich überrumpelt von seinem aus unergründlicher Tiefe neu aufflammenden Ordnungssinn.

Wollstein hatte ins Nichts gestarrt. Sein Gesicht, tief in den Schädel zurückgefallen, wurde bläulich-weiß, als die Vision in ihm entstand. Er streckte die Hand abwehrend gegen Willi aus. »Die Leiche bleibt hier!«

Minuten später stand der Keilrahmen mit der zwei Meter hohen Leinwand, der einzigen, die er besaß, auf der Staffelei. Er malte bis zum Einbruch der Dunkelheit.

In der Nacht – er hatte seine Schlafpritsche dicht neben die Leiche gestellt – schlug er in fast regelmäßigen Zeitabständen mit einer Eisenstange nach der Ratte, die immer wieder am Sessel emporkrabbelte zum Kopf, dem einzigen unbekleideten Körperteil. Schließlich richtete er sich auf und blieb sitzen, die Eisenstange in der Hand. Sein Modell durfte nicht angefressen werden. Vor allem mußte der ungeheuerliche Gesichtsausdruck der Leiche erhalten bleiben.

Um fünf Uhr begann er wieder zu arbeiten. Alle schliefen noch. Er war so gut wie allein mit seinem Modell, das die Geduld des Todes hatte. Die Ratte erschien erst gegen Mittag wieder. Die Leiche im schuttübersäten schwarzseidenen Kleid saß in der glühenden Sonne.

Viel Zeit hatte Wollstein nicht. Er malte ununterbrochen den ganzen Tag. Gegen Abend fiel er in einen Erschöpfungsschlaf. Schon nach einer Stunde stand er wieder vor der Staffelei. Es war noch nicht dunkel. Er entdeckte sofort, daß die schwarzen Seidenschuhe verschwunden waren, und blickte suchend umher und immer wieder zurück auf die Füße, die jetzt verbogen übereinanderlagen wie die genagelten Füße von Jesus auf dem Altarbild von Matthias Grünewald.

Sophie kam heran und deutete an sich hinunter auf die schwarzen Seidenschuhe. »Es ist meine Größe, und sie braucht keine Schuhe mehr.« Gelassen nahm sie ihre Handtasche vom Nagel und verließ in den schwarzen Seidenschuhen den Keller. Sie kam erst den folgenden Morgen zurück.

In drei Tagen hatte er das Bild vollendet. Der Hintergrund war Berlin: die hunderttausend dächerlosen Häuser mit den toten Fensterlöchern, die riesige Stadtruine, auf der – eine für Millionen – die Leiche thronte. Es war nicht nur ein Porträt der Toten. Es war seine Vision – der zweite Weltkrieg.

Willi hatte die Behörde schon benachrichtigt. Vier Männer kamen. Zuerst öffneten sie den Kassenschrank mit einem Schweißapparat. Er enthielt nur eine große Anzahl dicker Bündel Quittungen für Gaben an »Kraft durch Freude« und die Winterhilfe, auf den Namen der Toten lautend, der auch das Haus gehört hatte.

Der Philosoph deutete auf die Bündel, mit der Hand, deren Finger als Lesezeichen in dem Band von Schopenhauer steckten, und sagte freundlich lächelnd: »Unsere Hausherrin scheint ja ihren Führer bis auf ihren letzten Pfennig finanziert zu haben.«

Die Männer berieten, auf welche Weise sie die Leiche fortschaffen sollten. Der Lastwagen konnte nicht vorfahren, in der Straße waren tiefe Bombentrichter.

Willi sagte: »Wenn ihr die Dame heraushebt aus dem Sessel, zerfällt sie vielleicht in Stücke. Es ist besser, ihr tragt die Dame mitsamt dem Sessel zum Lastwagen.«

Auf dieselbe Weise, wie der Papst, wenn er die Menschheit segnet, durch die Straßen getragen wird, trugen die vier Männer mit Stangen, die auf ihren Schultern ruhten, die Leiche im Sessel durch die Straße – durch die Schutthaufen, die sich zu beiden Seiten zwischenraumlos fortsetzten und einstens Häuser und eine Straße gewesen waren.

Bei jedem Schritt, den die vier Träger taten auf dem Geröll, schwankte die Leiche, verwachsen mit dem Sessel, steif hin und her, und auch für dieses Bild wurde Berlin zum

Hintergrund – die ausgebombten Häuser mit den toten Fensterlöchern, die lautlos »Hitler« brüllten.

»Dieses Loch hier, da, wo die Dame gesteckt hat, müßte ich ja sowieso wieder zuschaufeln. Da möchte ich die ganze Sauerei lieber gleich so einebnen, daß ich einen Gemüsegarten anlegen kann«, sagte Willi zu dem Philosophen. »Ich möchte ihn terrassenförmig anlegen. Was meinen Sie?«

Der Philosoph, der auf seiner Pritsche »Die Welt als Wille und Vorstellung« las, sagte, ohne aufzublicken: »O. K.«

Berliner Liebesgeschichte

Der Arzt, schon zitternd vor Überarbeitung, hatte Carola schließlich schreiend erklärt, warum in keinem Berliner Hospital ein Bett zu finden sei für einen Patienten, der nur Lungenentzündung habe. Und sie solle ihn nur richtig verstehen – er sähe jetzt ganz davon ab, daß sie nicht bezahlen könne. Tausende mit schweren Kriegsverletzungen und Tausende schwerverletzter Opfer der Luftangriffe lägen auch jetzt noch in Kellern, und jeden Tag stürben Dutzende, die bei Hospitalpflege gerettet werden könnten. »Gehen Sie mit geschlossenen Augen durch die Welt?«

Sie hatte ihren Bruder, der zusammen mit drei alten Männern in einem Keller in Wilmersdorf wohnte, so gut es ging gepflegt. Der Siebzehnjährige war mit Hilfe des Arztes in sechs Wochen genesen. Aber während ihres Dankbesuches hatte der Arzt zu ihr gesagt: »Ich sah, daß Sie eine vernünftige Person sind. Deshalb mache ich Ihnen nichts vor. Ihr Bruder war schon einmal als Kind tuberkulös und ist jetzt, nach der Krankheit, geschwächt und deshalb besonders anfällig. Es ist auszurechnen, wann er hoffnungslos schwindsüchtig sein wird, wenn er noch länger im Keller lebt und weiter so ungenügend ißt wie bisher. Nur von einer Gefahr zu sprechen, wäre in diesem Falle leichtfertig. Vielleicht ist er zu retten, wenn Sie ihn jetzt aufs Land schicken, zu einem Bauer, wo er gute Luft und vor allem viel Sonne hat und hin und wieder auch ein Glas Milch und ein Ei bekommen kann.«

Carola, die in den sechs Wochen alles Verkäufliche verkauft hatte, zuletzt auch noch ihren Hut, einen Kochtopf aus Aluminium und zwei Handtücher, war vom Arzt ratlos und verzweifelt wieder in den Keller gegangen. Angesichts des hautüberzogenen Skeletts auf der Matratze hatte sie plötzlich einen Entschluß gefaßt. Um nicht mehr zurückzukönnen, hatte sie den Bruder sofort getröstet mit der Lüge, sie habe im Schutt des Elternhauses den Schmuckkasten der Mutter gefunden. Die drei Halsketten – nur aus farbigem Glas, er werde sich wahrscheinlich erinnern – seien ja wenig wert. Aber für den kleinen Brillantring bekomme sie sicher so viel, daß er den Sommer auf dem Land verbringen könne.

Carola entstammte einer alten Berliner Beamtenfamilie. In ihrem Geburtshaus, in der Nähe des Savignyplatzes, hatte ihr Großvater einmal im Jahr Kaiser Wilhelm empfangen.

Das Haus war zerstört. Die Bombe hatte auch die Kellerdecke durchschlagen. Carolas Eltern waren im Keller getötet worden. Der Vater, der als hoher Beamter im Auswärtigen Amt gearbeitet hatte, auch während der Naziherrschaft, war ein Antisemit gewesen und nur aus Standesdünkel nicht Mitglied der Partei geworden. »Kein Unterschied«, hatte Carola einmal während des Mittagessens in der Erregung zum Vater gesagt. Das war zu der Zeit – nach der entscheidenden Niederlage in Stalingrad –, als schon ein beträchtlicher Teil der deutschen Jugend zu denken begonnen hatte, beeindruckt und belehrt von Hunderttausenden Kriegsverletzten und von rabiaten Frontsoldaten auf Urlaub.

In dem Bruchteil des Hauses, der noch stand, war die Vorratskammer, in die man nur von der Küche aus hatte gelangen können, erhalten geblieben. Die Küche war glatt weggeschnitten worden. Carola konnte die winzige Kammer nur von außen über eine Leiter erreichen. Da die Decke – drei zersprungene Zimmertüren, nebeneinandergelegt – den Regen durchließ, wurden die Wände nie trocken, auch wenn es längere Zeit nicht regnete. In der Frontwand war ein glasloses rundes Luftloch, das aussah wie eine Schiffsluke. Darunter stand die Waschschüssel mit der Wasserkanne. Für einen Stuhl war kein Platz. Die Matratze lag auf dem Boden.

Seit jenem Tage, da Carola den Entschluß gefaßt hatte, das einzige, das sie noch besaß, zu verkaufen, um den gefährdeten Bruder retten zu können, waren schon zwei Wochen vergangen. Sie war immer wieder zurückgeschreckt und vor Entsetzen erstarrt unter der Vorstellung und hatte ihr Opfer jedesmal auf den nächsten Tag verschoben. Der Blick des Bruders verfolgte sie.

Carola kniete auf der Matratze, vor dem Spiegel an der Wand. Sie breitete den schwarzen Schleier, mit Punkten aus silbergrauem Seidenfilz, über das Haar und band hinten eine Schleife. Die Enden hingen über den Nacken hinunter, zusammen mit dem länglichen Haarknoten, dunkelbraun und dicht geflochten. Ihre Lippen waren blaß, und die felsgrauen Augen in dem zu schmal gewordenen Gesicht schienen sich vergrößert zu haben.

Zuerst wich sie, wie immer, wenn ein Mann sie auf der Straße ansprach, abwehrend zur Seite, unwillkürlich. Sie hatte den Impuls, schneller zu gehen. Aber die Qualen dieser zwei Wochen des Hinausschiebens hatten gewirkt. Sie widerstand dem Impuls. Diesmal war ja alles ganz anders.

Er hatte gefragt, was da gefragt werden konnte. Ob sie erlaube. Da sie neben ihm blieb, ist sie offenbar einverstanden. Er hatte das Gegenteil befürchtet und war überrascht und erfreut.

Michaels Frau war 1940 in Frankreich in einem Konzentrationslager umgekommen. Es war der schwerste Schicksalsschlag seines Lebens gewesen, und er hatte erfahren müssen, daß ihm in seiner trostlosen Vereinsamung nichts anderes helfen konnte als Zeit. Erst nach Jahren hatte er Frauen wieder als Mann angesehen, in der Hoffnung, zu finden, was er suchte. Und obwohl er sich unzählige Male gesagt hatte, Suchen helfe nicht, es müsse »Die Begegnung« sein, war er trotz vieler Enttäuschungen weiter suchend durchs Leben gegangen.

Carolas Erscheinung hatte ihn beeindruckt. Aber er fragte sich vergebens, was es sei, das ihn so besonders berühre. Nach einer Weile sagte er schließlich: »Wollen Sie den Mann, dem Sie erlauben, Sie zu begleiten, nicht zuerst einmal ansehen?«

Sie tat es. Das Übermaß an Entsetzen und Angst in ihrem starren Blick veranlaßte ihn stehenzubleiben. »Fühlen Sie sich nicht wohl? Was ist Ihnen?«

Sie sah nur wieder zu Boden und ging weiter neben ihm her. Da sagte er: »Ich, jedenfalls, tue Ihnen nichts.«

An manchen Stellen war das Gedränge so dicht, daß sie nur im Zickzack durchkommen konnten. Er faßte sie leicht am Oberarm und bog ab in eine Querstraße. Vor einer winzigen Konditorei, in der er – vor hundert Jahren, dachte er lächelnd – Teile seiner Doktorarbeit geschrieben hatte, blieb er stehen und deutete. Ob es ihr recht sei. Es wurde ihr erst Sekunden später bewußt, daß sie genickt hatte.

Die Wirtin sagte: »Nur Limonade«, und brachte zwei kleine Flaschen voll giftgrüner Flüssigkeit. Sie waren allein in der Konditorei und saßen einander gegenüber. Carola starrte, den Kopf zur Seite gedreht, wie eine Geisteskranke zu Boden. Er fragte: »Sagen Sie mir, Kind, warum erlauben Sie mir, mit Ihnen zu gehen, wenn es Sie so verstört?«

Niemals wird sie es über ihre Lippen bringen. Ihr Gesicht wurde starr wie eine Gipsmaske.

»Möchten Sie lieber allein sein?«

Es war das erste Wort, das sie sprach, sie fragte zurück, plötzlich bis ins Herz gelähmt, warum er sie angesprochen habe.

Er antwortete erst nach einer Pause. »Weiß man das? Wenn ich ehrlich sein darf – ich weiß es noch nicht. Sie sind ein ernstes und ein sehr schönes Mädchen. Ich wollte Sie kennenlernen.« Und da sie Kopf und Schultern wie im Krampf von ihm abwandte: »Sind Sie mir jetzt böse?«

Sie saß schon wieder straff aufrecht, die Arme an sich gepreßt. Sie schüttelte den Kopf. Er fragte sich erneut, was es sei, das ihn so berühre. ›Weil sie schön ist? Die Anmut, wie der Hals aus dem Ausschnitt steigt? Wie sie den Kopf trägt? Oder sind es die Gesichtszüge?‹

Das Tischchen war hellrot lackiert und nur dreißig Zentimeter breit. Sie preßte die gefalteten Hände auf die Kante. Die Unterarme fielen senkrecht ab.

Er konnte nicht widerstehen, er strich über die verkrampften Hände und suchte dabei ihren Blick. Sie vergaß ein paar Sekunden alles. Sie wich unwillkürlich zurück, als dächte sie: ›Wie kann er sich das erlauben, er kennt mich erst zehn Minuten.‹

Michael sagte, in der vagen Hoffnung, daß sie es sein könnte: »Wir sollten einander öfter sehen, dann werden Sie mehr Vertrauen zu mir bekommen. Soll ich Sie jetzt heimbringen?«

Da wurden ihre Lippen grau. Alles Blut hatte das Gesicht verlassen. Die Augen, auf ihn gerichtet, waren blicklos wie die gebrochenen Augen des Todes. »Sie können mit mir kommen, wenn Sie mir Geld geben.«

Er stürzte herab, überschwemmt von einer Welle der Enttäuschung und des Abscheus. Michael erkannte erst jetzt, wie tief er von ihr beeindruckt gewesen war. Daß er Gefühl an sie verschwendet hatte, schnürte ihm den Hals ab. Es nützte ihm nichts, daß er sich sagte, vielleicht tut sie es aus Not und hat es vielleicht schon oft aus Not getan. Er war kein sentimentaler Mann. ›Sie können mit mir kommen, wenn Sie mir Geld geben. Allright, die Erde dreht sich. Sie hat sich auf den Rücken gelegt.‹

Zwanzig Dollar, in Mark umgewechselt, waren mehr, als sie brauchte. Er schob sie in ihre Handtasche. »Gehen wir?«

Hier standen, zwischen Ruinen, einige Häuser, die unbeschädigt waren. Sie hatten nur ein paar hundert Schritte zu gehen. Niemand begegnete ihnen.

›Sie hat es ihm gesagt. Jetzt wird es geschehen. Es ist Selbstvernichtung.‹ Aber sie fühlte nichts mehr. Sie war schon gefühlstot.

Der Schutthaufen – auch die Außenmauern standen nicht mehr – sah im Dunkeln aus wie ein krepiertes Riesentier. Sie deutete auf die Leiter. Er fand es komisch, daß er eine Leiter hinaufzusteigen hatte. ›Und warum steigt sie nicht vor ihm hinauf? Ein Rest von Schamgefühl?‹

Carola hatte in letzter Sekunde gedacht: ›Fortrennen, wenn er oben ist.‹ Sie stieg hinauf.

Es wurde kein Wort gesprochen. Die Kerze hatte sie angezündet und die Tür geschlossen. Ihre Glieder waren starr, wie mit Stahlketten zusammengepreßt. Etwas in ihr, über das sie keine Macht hatte, verschloß ihren Körper.

Plötzlich taumelte sie auf die Matratze. Die Muskeln entspannten sich. Der ganze Körper erschlaffte. Der Kopf fiel haltlos ins Profil. Das Gesicht war leichenfahl geworden.

Zuerst glaubte er, sie sei tot. Er horchte das Herz ab. Es klopfte. Über der Wasserkanne lag ein zusammengefaltetes Handtuch. Er drückte die Kompresse auf die Stirn, sein nasses Taschentuch auf die Brust über dem Herzen und zog den Rock tiefer über ihre Knie herunter. ›Ein Arzt ist jetzt nicht zu finden. Es würde Stunden dauern, und ich kann sie nicht allein lassen.‹ Er wartete länger als zwanzig Minuten, mehrmals die Kompressen wechselnd. Die Ohnmacht war tief.

Die Tür hatte er aufgezogen, so weit es die Matratze zuließ. Es war eine helle Mondnacht. Die totenstille, riesenhafte Stadtruine war in ihrer Schauerlichkeit von erhabener Schönheit. Der Vergleich mit dem leichenfahlen Gesicht auf der Matratze stellte sich von selbst ein, als er es ansah.

In derselben Sekunde wußte er, daß sie noch unberührt war. ›So einfach, wie ich gedacht habe, ist es also nicht, Gott sei Dank.‹ Er setzte sich neben sie und nahm ihre Hand. Das Gefühl für sie war eigenmächtig wieder eingezogen. Er wehrte sich nicht.

Die Lider zitterten. Sie schlug sie auf und blickte ihn so ruhig an, als dächte sie: ›Wenn man tot war, fürchtet man sich nicht mehr vor den entsetzlichen Dingen.‹ Aber die Geste, die jetzt das Leben tat, erschütterte sie – er hatte ihr übers Haar gestrichen.

Sitzend hob er sie ein wenig hoch und bettete ihren Kopf zu sich. Sie erklärte ihm alles mit einem Satz und lag dabei schon gut und weich bei ihm, den Scheitel unter seinen Lippen.

Sie dachte noch, schon entrückt: ›Jetzt könnte ich ihm angehören‹, und schlief bei ihm ein.

Drei Wochen später waren sie verheiratet.

Der Heiratsvermittler

Der kleine Hof – nur ein paar Äcker und Wiesenland für die drei Kühe – lag zwischen Aschaffenburg und Würzburg, auf einem Hügel, der in weichen Wellen abfiel zum Ufer des Mains. Die ganze Nacht waren motorisierte Abteilungen der amerikanischen III. Armee vorbeigezogen, in schnellem Vormarsch gegen Würzburg. Aschaffenburg stand in Flammen. Als die letzten Proviantwagen um die Waldecke gebogen waren, gegen fünf Uhr morgens, spannte Martin an und fuhr aufs Feld, um Kartoffeln herauszustechen.

Martin war 1943 einer schweren Verwundung wegen aus der Armee entlassen worden. Die ganze linke Gesichtshälfte, von der Braue bis zum Kinn und vom Ohransatz bis zur scharfen Hakennase, war eine einzige Narbe, heller als die sonngebrannte rechte Hälfte und gefasert wie zersplittertes Holz. Er ließ die Peitschenschnur auf dem breiten Rücken des Pferdes spielen und pfiff eine Melodie, die er erfand, während er sie pfiff.

Katharina saß am Rande des Feldweges auf dem Sockel eines Barockbildwerkes. Ihr kleiner Kopf mit den festen, rotbraunen Backen – alles glatt, Haut und Haar – sah aus wie eine farbige Plastik. Als sie den Hufschlag vernahm, strich sie, aufstehend, mit einer Gebärde der Entschlossenheit über ihren Rock hinunter und ging Martin ein paar Schritte entgegen. Sie stieg zu ihm auf den Bock.

Ihr Vater, der vor dem Kriege mit der Verbindung der beiden einverstanden gewesen war, wollte jetzt nichts mehr davon hören, daß seine Tochter einen Burschen heirate, der unten im Dorf »Die Narbe« genannt wurde.

Katharina begann, als setze sie ein Gespräch fort: »Einen Enkel, natürlich, will er. Das will er – einen Enkel. Aber ich heirate dann einfach überhaupt nicht. Soll er sehen, wie er einen Enkel kriegt.«

Martin, fünfundzwanzig, sehnig und trocken und trotz der entstellenden Narbe seelisch ausbalanciert wie eine Goldwaage, schlang die Zügel um die Bremskurbel und legte den Arm um Katharina. Das Pferd fand allein den Weg. Er sagte vergnügt: »Dann muß er sich schon selber einen Enkel machen.«

Hinter der Waldecke, am Rande des Kartoffelackers, stand ein amerikanischer Proviantwagen, ein Anhänger, stabil aus Stahlplatten gebaut. Sie stiegen ab. Martin ging um den Wagen herum. »Die Hinterradachse ist gebrochen. Das ist es … Was meinst du? Wenn sie ihn nicht holen – das wär ein Wagen. Ein Glück, daß er an meinem Acker steht!«

Eine Schlehdornhecke, die sich bis zum Flußufer hinunterzog, trennte die zwei Äcker. Katharina ging zuerst ein großes Stück gebückt die Hecke entlang, schlüpfte schließlich durch und stapfte dann, als käme sie soeben von daheim, in einem scharfen Winkel wieder zurück über den Acker nebenan, auf ihren Vater zu, der Runkelrüben herauszog.

Martin spannte sein Pferd vor den Proviantwagen und fuhr ihn im langsamsten Schritt-Tempo heim.

Die Sonne stand schon hoch, als er wieder zurückkam. Die zwei Verfeindeten stachen Kartoffeln und Rüben aus, bis die Sonne unter war, und begannen erst dann, die Ernte des Tages in die Wagen zu schütten. Unterdessen war es abendstill geworden. Die Vögel schliefen schon.

Plötzlich begann es. Die zahllosen Explosionen der Brandbomben, gedämpft durch die große Entfernung, folgten einander so vollständig pausenlos, daß es klang, als wäre es nur eine einzige fünfundzwanzig Minuten dauernde Explosion. In der Ferne, über Würzburg, das in Flammen stand, schien selbst der Himmel zu brennen, und auch über Aschaffenburg, das noch brannte, leuchtete der Himmel glührot. Dazwischen war tiefblaue Abenddämmerung.

Die zwei Verfeindeten, die sich ungefähr mittwegs zwischen den zwei brennenden Städten befanden, hatten während der Explosion mehrmals über die Schlehdornhecke geblickt, einander ins Gesicht, jeder in der Erwartung, daß der andere das erste Wort sage über das Ereignis.

Auf den Brief des Bürgermeisters an die amerikanische Militärbehörde in Würzburg war keine Antwort gekommen, und auch nach dem Ende des Krieges hatte sich niemand um den Proviantwagen gekümmert. Unten im Dorf galt es für ausgemacht, daß der Wagen jetzt Martins Eigentum sei.

Der Volksschullehrer Scharf aus Frankfurt am Main, der aus seinem Haus herausgebombt worden war und gleich Millionen Obdachloser Unterschlupf auf dem Land gesucht hatte, stand in Martins Hof vor dem Proviantwagen, gestützt auf seinen Spazierstock aus Weichselholz, an dem, in einer Messingöse, eine dünne Lederschlinge hing. Er war lang und mager und hatte einen fuchsroten Vollbart und kleine grünlich-blaue Augen.

Viehhändler Heilig, ebenfalls aus Frankfurt, ein grauhaariger kleiner Mann, dessen riesiger Bauch hoch oben unter dem Halse zu beginnen schien – sein Atem rasselte –, stand auf der anderen Seite. Sie unterhielten sich über den Proviantwagen hinweg, unter dem Martin lag und die gebrochene Achse untersuchte, die er jetzt durch eine neue ersetzen wollte.

Der Lehrer deutete mit dem Spazierstock. »Man braucht nur diesen Wagen zu sehen, dann weiß man, warum Deutschland den Krieg verloren hat.«

»Herr Scharf«, sagte der Viehhändler, »das müssen Sie mir erklären.«

»Diesen Wagen zurückzulassen, nur, weil eine Achse gebrochen ist! – Bei uns wäre das nicht vorgekommen. Wir hätten ihn auf der Stelle repariert.«

»Und weil wir ihn repariert hätten, haben wir den Krieg verloren?«

»Herr Heilig, wir konnten es uns nicht leisten, einen noch kriegsfähigen Wagen ohne weiteres am Weg liegenzulassen.«

»Wir konnten uns den ganzen Krieg nicht leisten, Herr Scharf.«

»Das will ich damit ganz gewiß nicht gesagt haben, Herr Heilig. Ich wollte sagen, daß von meinem Gesichtspunkt aus der deutsche Soldat beileibe nicht durch Tapferkeit und Heldenmut des Feindes niedergerungen wurde, sondern durch die gewaltigen Mengen an amerikanischem Kriegsmaterial.«

Der Viehhändler ging um den Wagen herum, hinüber zum Lehrer. Er faltete zuerst die Hände auf seinem Riesenbauch. »Herr Scharf, Amerika ist bekanntlich ein Erdteil, und da drüben ist sozusagen jeder ein Mechaniker: Heldenmut jetzt einmal ganz beiseite – haben Sie geglaubt, daß die Amerikaner nur Spielzeug machen können und noch mit Pfeil und Bogen schießen? Ein verdammt einseitiger Gesichtspunkt, Herr Scharf!«

Da schob der Lehrer die Hand energisch durch die Lederschlinge und stieg die Leiter empor zum Heuboden. Der Spazierstock baumelte an seinem Handgelenk. Der Viehhändler brauchte Minuten, bis er seine zwei Zentner hinaufbefördert hatte.

Er blickte senkrecht hinab auf den braunglänzenden Rücken des Pferdes, das dicht an der Scheunenmauer stand, und sagte über die Schulter zurück zum Lehrer: »Von hier oben sieht der Gaul aus wie eine Baßgeige.« Er blickte noch einmal hinab. »Wahrhaftig – eine Baßgeige! ... Man sollte eben jede Sache von allen Gesichtspunkten aus ansehen, Herr Scharf.«

Der Lehrer lag schon im Heu. Er hing seinen Klemmer an den Nagel und blickte, reglos auf dem Rücken liegend, empor zum Dachstuhl, an dem Spinnwebnetze und lange Fäden hingen. Seine Augen wurden starr, als er sagte: »Ich habe viele Generationen Knaben erzogen und geistig wohlvorbereitet ins Leben geschickt.«

Der Atem des Viehhändlers rasselte stärker, während er sagte: »Lauter kleine Nazis! Wenn Sie das Vorbereitung für das Leben nennen –. Die meisten sind jetzt tot.«

»Dafür ist kein Mensch auf dieser Erde verantwortlich, Herr Heilig. Gottes Wege sind unerforschlich.«

»Aha, so ist das!«

Der Lehrer richtete sich noch einmal auf im Heu. »Mein Leben war nichts als Mühe und Arbeit gewesen. Wahrlich, ich habe meine Pflicht getan. Wie kommt man dann dazu, jetzt in einer Scheune wohnen zu müssen.«

Der Viehhändler, der noch stand, wickelte sich keuchend in seine Decke ein und sagte dabei: »Das kann ich Ihnen erklären, Herr Scharf. Man fängt einen Krieg um die Weltherrschaft an, zerstört ganz Europa, bringt auf möglichst schauerliche Weise zwanzig bis dreißig Millionen Menschen um, dann wohnt man in der Scheune.«

An einem strahlenden Sonntagmorgen im Juli stand der Proviantwagen unten im Dorf vor dem Gasthaus »Zum kühlen Grund«, in dessen Anbau sich die Schmiede befand. Die neue Achse und auch eine Deichsel mit zweckmäßig geschwungenem Hals, die Martin aus einem zähen Buchenstämmchen geschnitzt hatte, waren schon montiert.

Die Bauern kamen aus der Wirtsstube heraus, einige mit dem Bierglas in der Hand. Nur Herr Scharf und Katharinas Vater blieben sitzen. Schließlich trat der feindselige Bauer ans Fenster. Die ganze Einwohnerschaft des Dorfes stand um den Wagen herum.

Hin und wieder trat einer aus der Reihe und drückte prüfend auf einen der Hartgummireifen, die noch fast neu waren und so dick wie Elefantenbeine. In den vier Ecken des Kastens waren, wie an einem Himmelbett, hohe Stangen, oben durch Querstäbe verbunden – der Wagen konnte mit dem rotbraunen Segeltuch vollständig geschlossen werden.

Während Martin und viele helfende Hände ihn schlossen und ihn zusehends in ein rotbraunes Häuschen auf Rädern verwandelten, kam Katharinas Vater heraus. Er stellte sich neben seine Tochter. Für Martin, der vergnügt die Gratulationen entgegennahm, war er Luft.

Alle sprachen auf Martin ein. Der Müller, ein kurzbeiniger Mann mit Glatze und weißem Flatterhaar, der aussah wie Goethe, deutete erregt auf den Wagen. »Mit dem Wagen könnt' ich auf einen Sitz fünfzig Sack Mehl fahren, auch wenn's regnet. Da geht kein Tropfen durch.«

»Auch acht Rinder auf einen Sitz«, sagte der Viehhändler lächelnd.

Der Bürgermeister, der in den langen Ohrlappen Goldplättchen trug, die seine entzündeten Augenlider heilen sollten, wandte sich an alle. »Es ist ein Vorteil für jeden von uns, daß wir den Wagen im Dorf haben.«

Erst als das Zwölfuhrläuten zum Mittagessen rief, löste die Versammlung sich allmählich auf. Martin hatte das Pferd schon angespannt. Er fuhr an Katharina vorüber. Ihr Vater, der noch kein Wort gesprochen hatte, sagte gradaus, in die Luft: »Kannst ihn meinetwegen heiraten.«

Acht Wochen nach der Hochzeit – Katharina war schon in der Hoffnung – fuhr ein amerikanischer Sergeant auf einem deutschen Motorrad in Martins Hof. Er bezahlte die neue Achse. Den folgenden Morgen wurde der Heiratsvermittler abgeschleppt.

Der Blockwart

Der Blockwart hatte an einem Montag im Winter 1944 der Gestapo gemeldet, daß der Münchener Automechaniker Hochholz am Sonntag in seiner Wohnung, Landsberger Straße 57, einen ausländischen Sender gehört habe. Den folgenden Morgen um fünf Uhr hatten sie den Mechaniker geholt und auf dem Weg durch den Englischen Garten in der Nähe des Baches erschlagen. Da keiner der Bewohner des Hauses Nummer 57 bereit gewesen war, den Kopf freiwillig auf den Richtblock zu legen, hatte keiner ein abfälliges Wort zum Blockwart gesagt.

Seitdem waren zwei Jahre vergangen, und auch für die Bewohner des Hauses Landsberger Straße 57 hatte sich einiges geändert. Der Blockwart, der nach Belieben jeden in den Tod hatte schicken können, war spurlos verschwunden, und auch die Landsberger Straße gab es nicht mehr. Sie war ein kilometerlanger Schutthaufen, in dem auch jetzt noch, im Sommer 1946, die Ratten verschüttete Leichen suchten und fanden.

Die Witwe Genoveva Hochholz wohnte nach wie vor in der Landsberger Straße, jetzt allerdings im Keller Nummer 57. Die Kellerdecke, auf der noch der Schutt des zerstörten Hauses lag, war unversehrt geblieben. Der Keller, tiefliegend und auch tagsüber finster, war nur drei Meter lang und breit. Aber durch das vergitterte Fenster fiel abends das Licht der Straßenlaterne herein. Genoveva, die weder Kerzen hatte noch Öl für die Lampe, sagte jeden Abend: »Die Laterne ist ein Geschenk des Himmels.«

Ihr Bett war verbrannt. Sie schlief jetzt auf dem rostbraunen Sofa, auf dem ihr Mann jeden Sonntagnachmittag gelegen und Radio gehört hatte. Ihr gegenüber, tief unter dem vergitterten Fenster, schlief Fritz auf einem Feldbett, das er für seine alten Militärstiefel eingehandelt hatte. Er war zweiunddreißig und wohnte seit zwei Monaten bei Genoveva.

Fritz war aus Stalingrad mit erfrorenen Füßen zurückgekehrt. Seine Zehen waren amputiert. Das störte ihn am meisten, wenn er Lust hatte, langsam durch die Straßen zu schlendern. Er mußte die Füße blitzschnell hochreißen wie ein Huhn und dadurch schneller gehen, als er wollte. In seiner Brusttasche, in der vor dem Krieg an den Sonntagen ein seidenes Tuch gesteckt hatte, elegant gefaltet und hängend wie eine zarte, weiße Blüte, steckten jetzt immer eine Zahnbürste, ein schwarzer Kamm und ein Suppenlöffel. »Meine ganze Existenz«, hatte er mit einem strahlenden Lächeln zu Genoveva gesagt. Fritz, der schlank und breitschultrig war, gewachsen wie fehlerlos gebaute Neger, und einen großen Mund und besonders schöne Zähne hatte, lächelte immer, auch mit den dunklen Riesenaugen, deren Weiß bläulich schimmerte. Sein schwarzes Strubbelhaar war ganz gleichmäßig von grauen Fäden durchzogen.

Zwei Dinge konnte Fritz nicht verstehen: Warum es in München, das in Trümmern lag, für ihn, einen gelernten Maurer, keine Arbeit gab, und wie es unter den derzeitigen Zuständen Genoveva gelingen konnte, immer so sauber und appetitlich auszusehen. Genoveva Hochholz, sechsundzwanzig, maisblond und dicklich, roch immer ein wenig wie kuhwarme Milch.

Sie hatten sich soeben niedergelegt. Es war stockfinster im Keller. Fritz schnellte mitsamt der Pferdedecke auf dem Feldbett hoch, reckte sich zu seiner ganzen Länge und zog das Vorhängchen, das Genoveva jedesmal zuerst sorgfältig schloß, bevor sie sich in Fritz' Gegenwart auskleidete, mit einem Ruck wieder zurück. Das Licht der Straßenlaterne fiel herein.

Ein Paar Mädchenbeine überquerten das vergitterte Fenster, kurz danach ein Paar Männerbeine und dann die dick geschwollenen Beine einer Frau, die einen Kinderwagen schob.

Genoveva richtete sich halb auf. »Nicht ein Wort haben die gesagt. Sie haben ihn gleich mit dem Gummiknüppel über den Kopf geschlagen. Er lag noch neben mir im Bett. Es war ja erst fünf Uhr. Der Blockwart stand unter der Tür und sah zu.«

Fritz zeigte lächelnd alle Zähne. Sein ganzes Gesicht strahlte, als er sagte: »Eins ist sicher – wenn ich ihn finde, hat er ausgelebt.«

»Wo hast du ihn denn heut gesucht, in welchem Viertel?«

»In ganz München, und von früh bis abends. Er hält sich natürlich versteckt. Er läßt sich nicht blicken, weil er weiß, was ihm blüht. Dein Mann war ja nicht der einzige, den er der Gestapo in den Rachen geworfen hat.«

Sie sagte überzeugt: »Eines Tages läuft er dir in die Hand.«

»Hoffentlich! Dann ist er hin.«

Genoveva lächelte ihn warm an. »Wenn er hin ist, können wir heiraten.«

Das war ein alter Streit. Fritz verzog das Gesicht, als schmerzte ihn plötzlich ein Zahn, und auch dabei lächelte er. »Ich seh wirklich nicht ein, warum wir mit unsrer Heirat darauf warten müssen. Ich bring ihn ja auf jeden Fall um, ganz gleich, ob wir schon verheiratet sind oder nicht.«

Genoveva wartete, bis der barfüßige Junge, der vor das Gitterfenster hinkniete, wieder aufstand. Er verschwand lautlos.

»Zuerst muß er hin sein.«

»Jetzt sag einmal – kannst du mir erklären, warum er unbedingt schon vor unsrer Heirat umgebracht werden muß?«

»Weil ich noch meine Ideale hab. Ich bin's meinem Mann schuldig. Und überhaupt – Ordnung muß sein.«

Der barfüßige Junge kniete wieder vor dem Gitterfenster und blickte lächelnd herein. Fritz schnellte hoch und zog das Vorhängchen zu. Es wurde stockfinster. Er hörte die Musik der verrosteten Sprungfedern – Genoveva hatte sich zur Wand gedreht.

Der Blockwart stand in der zerstörten Ludwigstraße, in der Nähe des Siegestores, und beobachtete zwei Buben, die auf einem riesigen Schutthaufen umherstiegen. Es handelte sich darum, wer den Gipfel zuerst erreichte. Fritz ging die Ludwigstraße hinunter, ahnungslos auf den kurzbeinigen, stämmigen Mann zu, der Röhrenstiefel trug und einen verwilderten Vollbart hatte.

Der Blockwart, offensichtlich entschlossen, abzuwarten, welcher von den zwei Buben der Sieger sein werde, nahm sein grünes Jägerhütchen ab – es war ein heißer Tag – und stützte sich auf seinen Spazierstock, ein spanisches Rohr, das sich fast zum Halbkreis bog.

Fritz ging an ihm vorbei. Erst bei der nächsten Querstraße blieb er stehen, veranlaßt durch ein Gefühl, das er sich zunächst nicht erklären konnte. Ihm war, als hätte er sich soeben an einen Traum erinnert, nur an eine Einzelheit des Traumes. Er sah zuerst nur ein gebogenes spanisches Rohr. Plötzlich gesellte sich der Blockwart zu dem gelben Halbkreis. Er steht in der Abenddämmerung vor dem Hause Landsberger Straße 57.

Vor Aufregung riß Fritz ein paarmal die Füße hoch, als stünde er auf glühendem Eisen. Er blickte zurück. Die zwei Buben standen auf dem Gipfel des Schutthaufens und hielten die Arme siegreich himmelwärts gestreckt.

Der Blockwart schritt schon auf ihn zu. Das spanische Rohr, das er jetzt gleichgewichtig in der Mitte hielt, nur mit den Fingerspitzen, segelte waagrecht hin und her und segelte Sekunden später vorüber an dem Baumstamm, hinter dem Fritz stand und lächelnd flüsterte: »Der scheint sich ja ganz sicher zu fühlen.«

Er kam erst drei Stunden später zurück in den Keller, ermüdet und verstaubt. »Ich hab ihn. Er wohnt außerhalb der Stadt, weit draußen, in einer Bahnwärterhütte, die nicht mehr benutzt wird.«

Genoveva saß unter dem Gitterfenster auf dem Feldbett, mit einer Schüssel zwischen den Knien, und schabte gelbe Rüben ab. Sie schnitt, bleich vor Erregung, zuerst das Grünzeug von einer Rübe herunter, bevor sie den Kopf hob. Sie suchte seinen Blick.

Aber Fritz ging in Gedanken auf und ab. Schließlich sagte er ärgerlich: »Er war immer so glatt wie ein Ferkel. Jetzt hat er einen Vollbart. Ich sah immer nur die Rasierten an. Auch heut war ich schon an ihm vorbeigelaufen.«

»Du hast ihn umgebracht?«

»Er war mit einem Mädchen.«

»Hast du?«

Fritz schüttelte den Kopf und fragte freundlich lächelnd, wann die Rüben fertig sein würden.

Zu der Nachmittagsstunde, da er dem Blockwart begegnet war in der Ludwigstraße, saß er den folgenden Tag schon hinter dem Brombeerbusch, vor dem die Bahnwärterhütte stand. Es war eine verrostete Wellblechhütte an einem schmalspurigen Gleis, das zur Backsteinfabrik und dem dazugehörigen Lehmbruch führte. Die Kleinbahn und die Fabrik waren seit Jahren außer Betrieb.

Hier war der Boden arm. Nur Brombeer- und Buchengestrüpp wuchs in der flachen verödeten Gegend, in die selten jemand kam. Die Wellblechhütte war ein gutes Versteck für einen Mann, der die Angehörigen seiner Opfer zu fürchten hatte. Der Blockwart hatte hier länger als ein Jahr ruhig geschlafen.

Fritz, der schon Stunden hinter dem Brombeerbusch saß, halb liegend, nahm sein Taschenmesser heraus. Es war lang, und als er es öffnete, knackte die Feder, und die Klinge stand fest im Griff, wie die Klinge eines Dolches. Er halbierte einen Apfel und kitzelte mit der scharfen Messerspitze die Kerne heraus, vorsichtig, damit er vom Fleisch des Apfels nichts verliere.

Es war schon dunkel, als Schritte ertönten, rhythmisch begleitet von einem klappenden Geräusch. Der Blockwart schlug mit seinem spanischen Rohr bei jedem Schritt auf den Schaft des Röhrenstiefels und pfiff dazu den Susa-Marsch. Er pfiff weiter, während er aufschloß.

»Sogar Licht hat er«, flüsterte Fritz, als das winzige Fenster anheimelnd rot aufleuchtete in der Finsternis. Bald danach sprühten Funken aus dem kurzen und nur armdicken Abzugsrohr auf dem Dach. »Er kocht.«

Es war eine warme Nacht. Der Blockwart hatte die Tür weit offengelassen. Auf dem dreibeinigen Eisenöfchen, in dem ein schnelles Holzfeuer krachte, stand ein Topf mit Kartoffeln. Er lag auf dem Kanapee und las in einer illustrierten Weltgeschichte den »Brand von Rom«.

»Du hast den Mechaniker Hochholz der Gestapo ausgeliefert. Hast du?« Er stand vor dem Kanapee. Der Blockwart wollte nach dem Revolver greifen, der neben ihm auf dem Wandbrett lag.

Fritz und Genoveva waren schon verheiratet, als die Leiche fünf Wochen später gefunden wurde, von einem Bahnarbeiter, der während eines Gewitters Unterschlupf in der Wellblechhütte gesucht hatte.

Liebe im Nebel

John, ein junger Techniker, arbeitete in einer Londoner Fabrik, in der elektrische Apparate gebaut wurden – Höhensonnen, Staubsauger, Toaster, Bügeleisen, elektrische Öfchen. Harriet war Verkäuferin in einem Geschäft, in dem unter anderem auch die Apparate dieser Firma verkauft wurden.

Eines Tages rief Harriet in der Fabrik an – eine Höhensonne funktioniere nicht. Sie wurde mit John verbunden, der sagte, er selbst werde sofort kommen und die defekte Höhensonne reparieren oder sie durch eine andere austauschen. Er sagte noch: »Sie haben eine melodische Stimme und sind gewiß auch so schön, wie Ihre Stimme klingt.«

»Und Sie sind gewiß auch so frech, wie Ihre Höhensonne schlecht ist«, entgegnete Harriet und hängte ab, erheitert lächelnd.

Eine Stunde später kam John. Er brachte eine andere Höhensonne mit, für den Fall, daß die defekte nicht an Ort und Stelle repariert werden konnte. Die Begrüßung war sachlich, aber durch beiderseitiges Lächeln ein wenig gefühlsbetont.

John schob den Stecker in die Anschlußdose – die Höhensonne, die er mitgebracht hatte, leuchtete auf. An der Zuleitung liege es also nicht. Er untersuchte die defekte Höhensonne und fand sofort heraus, daß nur ein Schräubchen lose war. Er hätte es nur fester anzuschrauben brauchen und nach zwei Minuten wieder gehen können. Da aber die junge Verkäuferin – ein blondes Wesen mit makelloser Haut, den schönsten Beinen und einer vorbildlichen Figur, dazu dem wissenden Gesichtsausdruck der arbeitenden Londoner Mädchen – wirklich so schön war, wie ihre Stimme im Telefon geklungen hatte, begann er, die »defekte« Höhensonne auseinanderzunehmen.

Harriet hatte bemerkt, daß nur ein Schräubchen lose gewesen war. Sie ließ sich seine große Liebeserklärung – daß er ihretwegen die Höhensonne ganz auseinandernahm – lächelnd gefallen und nahm auch seine Einladung an, diesen Abend mit ihm in einem kleinen Restaurant zu speisen.

Das Essen war schlecht. Aber sie bemerkten es nicht und hätten auch nicht bemerkt, wenn das Essen gut gewesen wäre, denn sie waren schon ineinander verliebt, und außerdem sind die Engländer gewöhnt an schlechtes Essen, da sie einstens, vor Jahrhunderten, auf ihren Reisen über die Weltmeere, den Geschmack an gutem Essen offenbar für immer verloren haben.

Der Abend verlief harmonisch, trotz Harriets Zurückhaltung, die für sie so selbstverständlich war wie ihr Atem, und da selbst eine stundenlange Fahrt im Autobus für die Londoner nicht lang ist, stand sie mit John gegen zehn Uhr zufrieden vor ihrer Haustür.

Ob er zum Abschied ihren schönen Mund küssen dürfe?

»Aber ohne Umarmung!« sagte Harriet lächelnd.

Und da erlebten beide, daß es schon eine große Intimität ist, wenn ein unschuldiges Mädchen seine Lippen von den Lippen eines Mannes nur berühren läßt.

Die Liebesgeschichte Harriets und Johns verlief wie die Liebesgeschichten aller innerlich sauberen jungen Mädchen und Männer, die einander auch im Herzen lieben. Nach einem Monat allabendlichen Wiedersehens ließ Harriet beim Abschied vor der Haustür ihren schönen Mund von Johns Lippen nicht mehr nur berühren. Aber den verbindenden Schritt, den beide ersehnten und in ihren Träumen erlebten, tat Harriet nicht.

An einem Sonntag im Februar aßen sie wieder in ihrem kleinen Restaurant und verabredeten vor Harriets Haustür, daß sie am Montagabend um sechs Uhr einander wiedersehen würden, in der Regent Street, bei dem Lampenmast gegenüber dem großen Blumengeschäft.

Damit er den richtigen Lampenmast nicht verfehle, ging John am Montagabend zuerst zum Schaufenster des Blumengeschäftes, überquerte dann die Regent Street und lehnte sich an den Lampenmast.

Es war so nebelig, daß er vom Lampenmast aus nur noch die vagen Umrisse des Blumengeschäftes sehen konnte, und auch die Riesenomnibusse mit Unter- und Oberstock fuhren wie kaum noch sichtbare Phantome aus einer anderen Welt donnernd an John vorbei.

Übergangslos wurde die Luft zu nebelgrauer Watte. Häuser gab es plötzlich nicht mehr. Auf dem Gehweg stießen die Fußgänger aneinander, und die jetzt sehr langsam fahrenden Omnibusse glitten, fortwährend hupend, unsichtbar an John vorbei. Nur wenn John das Motorgeräusch und das Hupen hörte, wußte er, daß ein Omnibus vorüberfuhr.

Die Nebelhörner einfahrender Schiffe heulten, und die Nebelhörner der im Hafen verankerten Schiffe antworteten. Es gab nur noch Nebel in und über London, das nicht mehr vorhanden zu sein schien.

John hatte nicht gesehen, daß Harriet gekommen war und rechts am Lampenmast stand, und Harriet konnte nicht sehen, daß John links am Lampenmast stand.

Der Big Ben schlug viertel sieben. Harriet und John, die nur zwanzig Zentimeter voneinander entfernt standen, sie rechts, er links am Lampenmast, wurden ungeduldig und schließlich ärgerlich, als der Big Ben halb sieben schlug. Schließlich dürfe Harriet, ein angeblich so pünktliches Mädchen, ihn nicht eine halbe Stunde in der Kälte warten lassen. Schließlich dürfe John, der sie angeblich liebte, sie nicht eine halbe Stunde warten lassen.

Schließlich gingen beide verärgert fort, sie in ihrer, er in seiner Richtung. Beide hielten die Hände in den dicken Nebel vorgestreckt, tastend wie Blinde, und stießen oftmals an tastend vorgestreckte Hände und manchmal auch mit den Köpfen an Köpfe von Fußgängern, die aus der entgegengesetzten Richtung kamen.

Am folgenden Tage rief John sie nicht an, und Harriet rief ihn nicht an. Als er den Tag darauf anrief, antwortete sie nicht auf seine Frage, warum sie nicht gekommen sei, sondern knallte das Hörrohr sofort wieder auf die Gabel. Am dritten Tage rief er wieder an. Aber er hörte wieder nur, wie Harriet das Hörrohr auf die Gabel knallte.

Am vierten Tage kam er, grüßte kurz wie ein Fremder und sagte, übertrieben geschäftsmäßig, die Fabrikleitung lasse fragen, ob Harriet auch den Verkauf elektrischer Rasierapparate übernehmen wolle.

Harriet hatte seinen Gruß nicht erwidert. »Danke, nein!« Sie wandte sich um zum Regal und kramte, als wäre sie allein im Laden, in einem Fach herum.

Er sagte in nicht zu unterdrückendem Zorn zu dem Rücken am Regal: »Es war nicht übertrieben freundlich von Ihnen, daß Sie am Montagabend nicht gekommen sind zu dem Lampenmast, wie wir verabredet hatten.«

Harriet schnellte herum. Ihr Gesicht war zornrot. »Ein Gentleman pflegt sich wenigstens zu entschuldigen, wenn er so unhöflich war, nicht zu kommen.«

John schrie: »Ich habe Punkt sechs Uhr am Lampenmast gestanden. Aber Sie nicht!«

»Ich, ja! Aber Sie nicht!«

»Jawohl, ich habe links am Lampenmast gestanden.«

»Und ich rechts!«

»Dann war es der dicke Nebel, weshalb ich nicht sah, daß Sie gekommen waren.«

Sie sagte spitz: »Da hätten Sie ja nur die ungeheuere Anstrengung zu machen brauchen, um den Lampenmast herumzugreifen, dann würden Sie bemerkt haben, daß ich gekommen war.«

»Dasselbe hätten ja auch Sie tun können.«

Die Lippen des Liebespaares öffneten sich, als hätten beide das erste Mal in ihrem Leben erkannt, daß dicker Nebel kein strahlender Sonnenschein ist. Blick in Blick, verwandelte Zorn sich in Verblüffung und schließlich in glückliches Lächeln. Der erste Ehekrach war vorbei.

Zwei Monate später waren sie verheiratet.

Besuch im Kloster

Als Michael Vierkant in New York wieder einmal in seinem Stammcafé am Centralpark saß, um 10 Uhr abends, kam ein alter Mann, ebenfalls ein deutscher Emigrant, zu Michael und fragte höflich, ob er sich zu ihm setzen dürfe – der Kellner habe ihm gesagt, daß Michael ein deutscher Schriftsteller sei. Nachdem er sich gesetzt hatte, sagte er lächelnd, er möchte etwas erzählen, das er als junger Mann erlebt habe. Vielleicht würde es Michael interessieren, dieses Erlebnis aufzuschreiben. Aber es sei ein unerklärliches Erlebnis. Michael bat ihn, zu erzählen, und hat ihn dann nicht ein einziges Mal mit einer Frage unterbrochen.

Noch in derselben Nacht schrieb Michael – er lag schon im Bett – das Erlebnis des Alten, zwar nicht so ungeformt und durcheinander, wie er es Michael erzählt hatte, aber dem Inhalt nach genau – ohne etwas hinzuzufügen oder wegzulassen. Der Alte hatte, zwischendurch nachdenkend, sehr langsam folgendes erzählt:

»Meine Mutter sagte mir, ich sei als kleiner Junge – zwischen meinem achten und zehnten Lebensjahre – oftmals während des Abendessens von einer Sekunde zur anderen plötzlich eingeschlafen, am Tische sitzend, den Suppenlöffel noch in der Hand und die Augen weit offen, und da hätte ich, nachdem ich erwacht sei, jedesmal zu meiner Mutter gesagt, heute nacht brenne es in der Stadt, und jedesmal sei in der Nacht ein Brand ausgebrochen. Meine Heimatstadt hatte damals nur 50 000 Einwohner … Später, als ich erwachsen war, sagte ich mir natürlich, daß mein Voraussagen der Brände nur rein zufällig mit dem Ausbrechen dieser Brände übereingestimmt hatte. Denn ich glaube nicht daran, daß der Mensch fähig ist, derartige Ereignisse vorauszusagen. Ich bin nicht abergläubisch. Ich glaube nicht an übernatürliches Geschehen. Das Ihnen zu sagen, halte ich für nötig, damit Sie wissen, daß ich so normal bin wie jeder gesunde Mensch, der seine Arbeit tut … Und nun mein unerklärliches Erlebnis! Ich hatte zwischen meinem siebzehnten und meinem zweiundzwanzigsten Lebensjahre siebenmal und manchmal acht- und neunmal im Jahr immer genau denselben Traum. Also zwischen fünfunddreißig- und fünfundvierzigmal in diesen fünf Jahren! Ich sah im Traum ein gotisches Kloster und ging in der Dämmerstunde zwischen Tag und Abend im Kreuzgang langsam hin und her. Ich betrachtete die mit Krabben geschmückten gotischen Säulen, die das Dach des Kreuzganges trugen, den gotischen Hund aus Stein, der ein wenig schief aus der Mauer herausragte, die rot und blau bemalte Muttergottes mit dem Kinde, den mit nur handhohem Buchsbaum eingesäumten rechteckigen Rasen, der länger als breit war, und den Rosenbusch, der in der Mitte stand. Der Boden des Kreuzganges war mit großen hellgelben Steinplatten ausgelegt. An einer dieser Steinplatten fehlte eine Ecke. Ich dachte im Traume jedesmal, diese beschädigte Platte sollte durch eine neue ersetzt werden. Alles in diesem Kreuzgang war mir schon so vertraut wie die Einrichtung meines Schlafzimmers. Auch die Verteilung des Lichtes und der Schatten im Kreuzgang war immer genau dieselbe ... Als ich dreiundzwanzig Jahre alt war, fuhr ich das erste Mal in meinem Leben nach Florenz. Ein Zimmer im Hotel hatte ich telegrafisch bestellt. Nachdem ich ausgepackt hatte, ging ich ins Museum und trat dann, da es ein sehr heißer Tag war, in eine der kühlen Kirchen, in der zu dieser Stunde kein Gottesdienst abgehalten wurde. Aber Hunderte junger Italienerinnen saßen in den Bänken und fächelten sich. Der Anblick von Hunderten kleiner, bewegter Fächer in der dämmerigen Kirche war ein unerwartetes, reizendes Bild. Die Mädchen unterhielten sich halblaut, und hin und wieder ertönte ein kurzes, glockenhelles Lachen ... Den folgenden Tag unternahm ich einen Spaziergang in einem Außenbezirk von Florenz. Und da sah ich, als ich um eine Gruppe alter Bäume herumbog, plötzlich das gotische Kloster, das ich so oft im Traume gesehen hatte. Ich dachte, wahrscheinlich habe ich früher einmal eine Abbildung dieses Klosters in einer illustrierten Zeitschrift oder in einem Kunstbuch gesehen und war von der Schönheit dieses Bauwerkes so beeindruckt, daß ich es deshalb so oft im Traume sah. Ich wollte mich mit dieser Erklärung schon zufriedengeben, war aber doch neugierig, ob auch der Kreuzgang der meines Traumklosters sei. Ich stand schon vor der Eingangspforte. Aber ein unerklärlicher innerer Widerstand veranlaßte mich, nicht einzutreten. Ich ging weiter. Erst auf dem Rückweg, es war schon gegen Abend, siegte meine Neugierde über meinen inneren Widerstand ... Der Pförtnermönch, ein vertrocknetes, vollständig zahnloses Männchen – er konnte nicht viel weniger als neunzig Jahre alt sein –, blickte mich zuerst lange prüfend an, bevor er mich in den Kreuzgang eintreten ließ, offensichtlich sehr ungern ... Es war mein Traumkreuzgang. Genau dieselben mit Krabben geschmückten gotischen Säulen, die das Dach des Kreuzganges trugen, der ein wenig schief aus der Mauer herausragende gotische Hund aus Stein, die rot und blau bemalte Muttergottes mit dem Kinde, in der Mitte des mit nur handhohem Buchsbaum umsäumten rechteckigen Rasens der Rosenbusch. Und an einer der großen Steinplatten, mit denen der Boden des Kreuzganges ausgelegt war, fehlte eine Ecke, wie in meinem Traume ... Der alte Pförtnermönch ging schweigend neben mir her. Seine Lippen bewegten sich im stummen Gebet. Schließlich blieb ich stehen und fragte ihn scherzend, gibt es Gespenster, gibt es Geister hier in Ihrem Kloster? Da blickte er mich zuerst kurz von der Seite an und antwortete dann widerwillig: ›Sie müssen es ja am besten wissen. Sie sind ja oftmals in unserem Kreuzgang hin und her gegangen. Ich habe Sie oft gesehen ...‹ Es ist mir auch heute, nach vierundfünfzig Jahren, nicht möglich, das Grauen zu schildern, das mich durchrieselte. Ich konnte kein Wort mehr sprechen. Ich eilte sofort zurück nach Florenz, packte meinen Koffer und fuhr ab. Im Abteil des Zuges suchte ich lange vergebens nach einer Erklärung. Schließlich glaubte ich, sie gefunden zu haben. Ich dachte, wahrscheinlich hat der Pförtnermönch mich verwechselt mit einem anderen Besucher dieses Klosters, der mir äußerlich so ähnlich war, daß der Mönch glaubte, ich sei der junge Mann, der oftmals in diesem Kreuzgange hin- und hergegangen ist. Erst Stunden später, als ich im Speisewagen des Schnellzuges Kaffee trank, fragte ich mich, aber wieso und woher wußte ich im Traume, obwohl ich vorher nie in Florenz gewesen war, daß an einer der Steinplatten des Kreuzganges eine Ecke fehlt? Ich fand keine Antwort ... Ich wiederhole, daß ich weder als junger Mann noch jemals in meinem späteren Leben an übernatürliches Geschehen geglaubt habe. Und auch jetzt, ich bin jetzt siebenundsiebzig Jahre alt, glaube ich an nichts dergleichen. Aber dieses Erlebnis steht meiner eher nüchternen Lebensauffassung als unumstößliche Tatsache gegenüber. Ich kann mir dieses Erlebnis um so weniger erklären, da ja nicht nur ich es hatte, sondern gleichzeitig auch der alte Pförtnermönch, der oftmals gesehen hat, wie ich in dem Kreuzgang hin- und herging zu einer Zeit, als ich noch nicht einmal daran gedacht hatte, jemals nach Florenz zu fahren.«

Der Alte schwieg. Weiß einer meiner Leser, der gleich diesem alten Manne nicht an übernatürliches Geschehen glaubt, eine natürliche Erklärung, die es ja geben muß, auch für dieses absonderliche, jedoch tatsächliche, wenn auch kaum zu erklärende Geschehen, das dieser vertrauenswürdige alte Mann in der Sphäre irdischer Wirklichkeit erlebt hat? War alles nur eine Reihe von Zufällen, wie das Leben sie verursacht? Oder hat Shakespeare recht, der Hamlet sagen läßt: »Es gibt mehr Ding' im Himmel und auf Erden, als eure Schulweisheit sich träumen läßt«?

Leonhard Frank
Zeichnung von Rudolf Schlichter zu Franks Filmnovelle
Die Entgleisten, 1929

Nachwort

Leonhard Frank (1882–1961) ist ohne Zweifel einer der bedeutendsten deutschen Schriftsteller der ersten Hälfte des 20. Jahrhunderts, und zumindest in den Zwischenkriegsjahren war er auch einer der erfolgreichsten Autoren seiner Zeit, vergleichbar mit Heinrich Mann, Lion Feuchtwanger oder Hans Fallada. Bereits mit seinem ersten Buch, dem halbautobiographischen Roman *Die Räuberbande*, in dem er vor dem Hintergrund seiner haßgeliebten Heimatstadt Würzburg das am Ende vergebliche Aufbegehren einer Gruppe jugendlicher Lehrlinge gegen die Unterdrückungen und Demütigungen seitens ihrer kleinbürgerlich-autoritären Umwelt schilderte, gelang ihm 1914 der literarische Durchbruch. Bis heute ist dieses Erstlingsbuch, das zusammen mit den tragikomischen Romanen *Das Ochsenfurter Männerquartett* (1927) und *Von drei Millionen Drei* (1932), in denen die weiteren Schicksale einiger der ehemaligen Lehrlinge in den Jahren der Inflation, Weltwirtschaftskrise und Massenarbeitslosigkeit erzählt werden, die sogenannte Würzburger Trilogie bildet, Franks bekanntestes Werk geblieben. Diesen Erfolg, der sogleich augenfällig wurde durch die Verleihung des renommierten Fontane-Preises, begründete nicht allein das Thema einer juvenilen Initiation innerhalb einer repressiv erstarrten Gesellschaft, in dem sich eine ganze Jugendgeneration wiedererkennen konnte, sondern ebensosehr die harte und reduzierte, scheinbar voraussetzungslose Sprache. Mit ihr gelang es dem Autor, eine geradezu sinnlich spürbare authentische Atmosphäre zu schaffen und mit wenigen, beinahe holzschnittartigen Strichen lebendige Charaktere zu gestalten.

In der *Räuberbande* ließ Leonhard Frank sein Alter ego erstmals unter dem Namen »Michael Vierkant« auftreten, den er später noch mehrfach benutzte, so in den großen Erzählungen *Deutsche Novelle* (1954) und *Michaels Rückkehr* (1957), in der romanhaften Autobiographie *Links wo das Herz ist* (1952) und zuletzt in der in seinem Todesjahr erschienenen mysteriösen Novelle *Besuch im Kloster* (1961). Wie Frank 1952 in einem Interview erläuterte, sollte sich in diesem Namen die Härte des Vierkantstahls, den er aus seiner Zeit als Schlosserlehrling kannte, mit dem weichen Gemüt des »deutschen Michel« verbinden: »Wenn man zu weich ist, kommt man unter die Räder, wenn man zu hart ist, ist man kein Mensch. Es muß also immer eine Balance zwischen weich und hart sein.« Etwas von dieser Ambivalenz, die Frank zu seinem Lebensprinzip erhob, trägt bereits der junge Michael Vierkant der *Räuberbande* in sich. Zwar ist er das kleinste und kindlichste Mitglied der Bande, doch nennt er sich nach Karl Mays omnipotentem Ich-Helden »Oldshatterhand«, und während die anderen schließlich resignieren und in der verhaßten Bürgerlichkeit versinken, ist er der einzige, der dem Traum von Freiheit und Selbstverwirklichung treu bleibt, indem er sich für eine Künstlerlaufbahn in München entscheidet. Am Ende freilich scheitert auch er und begeht Selbstmord.

In seiner ersten Zeit als hungernder Bohemien in München und dann in Berlin scheint sich auch vor Frank mancher Abgrund aufgetan zu haben. Was ihn vor dem Schicksal »Oldshatterhands« bewahrte, war allein die beglückende Erfahrung, daß es ihm gegeben war, sich durch das buchstäbliche Nieder-Schreiben seiner traumatischen, aus einer liebesleeren Gegenwart resultierenden Erlebnisse psychisch zu entlasten. Eine endgültige Befreiung aber war auch schreibend nicht zu erreichen, was besonders eindrucksvoll in der Erzählung *Die Ursache* (1915) zum Ausdruck kommt, in der ein »Dichter« in seine Heimatstadt zurückkehrt, um seinen sadistischen Lehrer zu ermorden. Nur kurz nach der *Räuberbande* griff Frank damit ein Thema auf, das er bereits dort behandelt hatte, ohne daß es ihm aber offenbar gelungen war, es auch innerlich zu bewältigen. Der Drang nach seelischer Entlastung begleitete Franks Schreiben bis zuletzt, so daß sich viele seiner Romane und Erzählungen auch autobiographisch lesen lassen. Mitunter neigte er dabei, besonders in seinen Liebesgeschichten und in seiner Romanbiographie, zu Selbststilisierung und Larmoyanz, insgesamt aber ist es gerade die innere Wahrhaftigkeit der Schilderungen, die Franks beste Arbeiten authentisch wirken lassen und unvergeßlich machen.

Entlastend war das Schreiben für Leonhard Frank aber auch deshalb, weil er seine Probleme durch die Übertragung auf fiktive Figuren entpersonalisieren konnte: »Oldshatterhand« in der *Räuberbande* stirbt stellvertretend für den Autor einen Tod, der diesem das Leben rettet, und auch der Dichter in der *Ursache* handelt als stellvertretender Erlöser seines Autors, wenn er das Todesurteil für seinen Tyrannenmord auf sich nimmt. Darüber hinaus wird spätestens mit der Erzählung *Die Ursache* ein weiteres, mit den Selbstbefreiungstendenzen einhergehendes Schreibmotiv deutlich. Neben der bereits aus der *Räuberbande* vertrauten Kritik an autoritären Gesellschaftsstrukturen, an destruktiver Schulzucht, physischer und psychischer Gewalt und heuchlerischer Frömmelei entwickelt Frank in der Darstellung des unerträglichen Wartens auf die Hinrichtung durch das Henkerbeil ein flammendes Plädoyer gegen die Todesstrafe im juristischen Sinne. Die Herkunft aus einem ärmlichen, fremdbestimmten Milieu und frühe Versehrungen sensibilisierten ihn für fremde Not, und so darf man ihm, aufs Gesamtwerk blickend, recht geben, wenn er 1960 resümierend im Vorwort zu einer geplanten Fortsetzung der Biographie *Links wo das Herz ist* schrieb, er habe »zeit seines Lebens in jedem seiner Bücher gegen Unrecht und unnötiges Leid geschrieben«.

Einen entscheidenden Impuls erhielt Leonhard Franks lebenslanges moralisches, soziales und politisches Engagement durch die desaströse Erfahrung des Ersten Weltkriegs. Obwohl er sich den Greueln des Krieges bereits 1915 durch die Flucht in die Schweiz entzogen hatte, fühlte er sich zur geistigen Tat aufgerufen und verfaßte 1916/17 eine Reihe von Novellen (*Der Kellner* bzw. *Der Vater*, *Die Kriegswitwe*, *Die Mutter* und *Das Liebespaar*), die, zunächst in Zeitungen und Zeitschriften veröffentlicht, 1917 zusammen mit der längeren Erzählung *Die Kriegskrüppel* unter dem programmatischen Titel *Der Mensch ist gut* erschienen. Im Mittelpunkt jeder Novelle steht ein pazifistischer Läuterungsprozeß, in dem sich auch der persönliche Erkenntnisgewinn des Autors abbildet, der sich jetzt offen zu revolutionären sozialistischen Ideen und Idealen bekannte. Wesentlicher aber ist, daß Frank diese Antikriegstexte, in denen sich naturalistische Beschreibungen gegenwärtiger Greuel mit leidenschaftlichen Visionen einer künftigen Menschheitsverbrüderung verbinden, sehr bewußt als Mittel einer positiven Agitation konzipierte, als Manifeste, die einen Gesinnungswandel in breiten Bevölkerungsschichten bewirken sollten. Zumindest in den intellektuell aufgeschlosseneren Kreisen scheint ihm das auch gelungen zu sein. *Der Mensch ist gut* gilt heute als ein seltenes Beispiel wirkender Literatur, das trotz seiner pathetisch überhöhten Sprache und trotz der letztlich illusionären Liebesutopie zu den wichtigsten Prosawerken des frühen 20. Jahrhunderts gehört.

Wer nach Franks pazifistischen Novellen angenommen hatte, er werde den eingeschlagenen Weg konsequent weitergehen und sich der proletarisch-revolutionären Bewegung anschließen, sah sich enttäuscht. Auch wenn er weiterhin die Ideale eines humanistischen Sozialismus vertrat, der trotz dezidiert antiklerikaler Haltung mit Prägungen seiner katholischen Sozialisation verbunden blieb, so war er doch viel zu sehr Individualist und ein Gegner jeder autoritären Fremdbestimmung, um sich einer politischen Doktrin zu unterwerfen und in die Reihen der radikalen Klassenkämpfer einzugliedern. Der Zwiespalt zwischen ideologischer Überzeugung und psychischer Befindlichkeit läßt sich im weiteren Werk, das mit je unterschiedlicher Gewichtung um Fragen der persönlichen Individuation und sozialer Gerechtigkeit kreist, gut verfolgen und wird besonders deutlich in dem Roman *Der Bürger* (1924). Zwar werden hier seitenlang marxistische Postulate referiert, aber sie sind nur sehr oberflächlich in die Handlung integriert, in der es eigentlich um die Entwicklungsnöte eines sensiblen Bürgersohnes und um den Verrat des reich gewordenen, aber innerlich verhärteten Mannes an seiner Jugendsehnsucht geht. Strukturell wirksam sind eher psychische Konstellationen wie der Vater-Sohn-Konflikt, während das eng mit einer Liebesgeschichte verbundene Bekenntnis des Protagonisten Jürgen Kolbenreiher zur sozialistischen Partei nicht mehr als eine Scheinlösung ist, wobei die marxistische Lehre ohne weiteres durch eine andere Ideologie ausgetauscht werden könnte.

Leonhard Franks eigene soziale Entwicklung dürfte mitverantwortlich gewesen sein an solchen Widersprüchen. Seit Mitte der zwanziger Jahre, spätestens seit der 1926 in der *Vossischen Zeitung* veröffentlichten und 1929 überaus erfolgreich dramatisierten erotischen Heimkehrernovelle *Karl und Anna* (1927), die in alle Weltsprachen übersetzt wurde, gehörte der Schreinersohn zu den wohlhabendsten Autoren der Weimarer Republik. Ein Massenpublikum garantierte ihm Höchsthonorare, die es ihm erlaubten, in einer repräsentativen Villa im Berliner Grunewald zu wohnen, extravagante Sportwagen zu fahren, teure Maßanzüge zu tragen, seiner Spielsucht zu frönen und sich nicht zuletzt in zahlreiche Liebesaffären zu stürzen. Als Kompensationsversuch einer rigiden Sozialisation und einer verletzten Psyche verständlich, hatte dieser Lebensstil seinen Preis, forderte er doch Konzessionen an die Erwartungen des Publikums. Abgesehen von den beiden Würzburger Romanen *Das Ochsenfurter Männerquartett* und *Von drei Millionen Drei*, bevorzugte Frank in dieser Zeit psychologische und erotische Themen und setzte dabei auf die Wirkung greller Handlungseffekte und einer hochemotionalen Sprache. Der gelegentliche Vorwurf kalkulierter Kolportage erscheint jedoch übertrieben. Zwar mag es befremden, wenn in den Romanen *Bruder und Schwester* (1929) und *Traumgefährten* (1936) der Inzest als die vollkommenste Form der Geschlechtsliebe gefeiert wird oder geistesgestörte Liebende sich in innigster Vereinigung in der Natur auflösen, doch ist selbst diesen Extremsituationen eine innere Wahrhaftigkeit nicht abzusprechen. Nicht allein um der Sensation willen sind sie erfunden, sondern in der Gewißheit, daß die Grundeinsamkeit des Menschen, von der schon die ganz frühen Erzählungen handeln, nur durch die Liebe zwischen Mann und Frau aufgehoben werden kann und daß die Urgewalt in der Verbindung von Eros und Sexus noch die äußersten Hindernisse zu überwinden vermag, die gesellschaftliche und sittliche Konventionen errichtet haben.

Wie ernst es Leonhard Frank mit seinem Glauben an die Erlösungskraft der Liebe war, zeigt sich auch darin, daß er *Traumgefährten* zum großen Teil im Exil schrieb, nach seinem Absturz in Verfolgung und Not, und daß er dieses Thema auch in dem nächsten größeren Werk, dem über Jahre hin entwickelten Roman *Mathilde* (1948), weiterführte, diesmal freilich aus der Perspektive einer heranwachsenden Kindfrau und daher anfangs stärker idyllisch und auch später, nach dem Hereinbrechen des Zweiten Weltkriegs, weniger extrem. Das Hauptwerk der Exiljahre wurde jedoch der 1947 geschriebene antifaschistische Roman *Die Jünger Jesu* (1949), mit dem Frank noch einmal nach Würzburg und in gewisser Weise auch zu seinen literarischen Anfängen zurückkehrte. Wie in der *Räuberbande* steht eine Jugendbande im Mittelpunkt, die aber nicht mehr von einer letztlich ziellosen Abenteuersehnsucht angetrieben wird, sondern sich in den zerbombten Kulissen der Stadt sehr konkret und couragiert mit den Schatten der Nazi-Vergangenheit auseinandersetzt.

Leonhard Franks reale Rückkehr in seine fränkische Heimat indes mißlang, nicht zuletzt wegen des Romans *Die Jünger Jesu*, der ihm den Vorwurf der Nestbeschmutzung eintrug, so daß er sich schließlich in München niederließ. Aber auch dort mußte er erfahren, daß die Jahre der braunen Diktatur nicht nur die Straßen und Häuser, sondern auch die Köpfe und Herzen der Menschen verwüstet hatten und daß sein einst vielgenannter Name während der langen Exiljahre in Vergessenheit geraten war. Die Desillusionierung seiner hochgesteckten Erwartungen wich einer wachsenden Resignation, zu der die restaurativen Tendenzen im Westen Deutschlands beitrugen. In öffentlichen Aufrufen wandte er sich gegen die Wiederaufrüstung oder die atomare Bedrohung, ohne daß seine Stimme Gehör fand. Für einen literarischen Neuanfang fehlte ihm die Kraft. Zurückgeworfen auf sein eigenes Ich, zog er in der bereits in New York begonnenen Romanbiographie *Links wo das Herz ist* und in autobiographischen Erzählungen wie *Michaels Rückkehr* die Bilanz seines Lebens und Schreibens, bevor er verstummte und sich im wesentlichen darauf beschränkte, seine Romane, Erzählungen und Dramen für Neuausgaben zu überarbeiten. Dennoch antwortete er noch 1959 zukunftsfreudig auf die Frage nach seinen weiteren Plänen: »Ich möchte einen großen (umfangreichen) Zeitroman schreiben – die weltpolitische Spannung zwischen Amerika und der Sowjetunion – geschildert an menschlichen Schicksalen. Eine verdammt schwierige Aufgabe!«

Seine Autobiographie *Links wo das Herz ist* ließ Leonhard Frank mit einem sozialistischen »Glaubensbekenntnis« enden, das noch einmal in der idealistischen Überzeugung ausklingt, daß der Mensch ursprünglich gut sei und nur durch die Verhältnisse zum Bösen gedrängt werde: »Michael glaubt, daß der Mensch erst menschlich zu sein vermag und sein wird, wenn er durch nichts mehr gezwungen wird, unmenschlich zu sein. Er glaubt an den Menschen, denn er glaubt dem Blick des unschuldigen Kindes.« Aber dieses Bekenntnis zu einem Sozialismus des Herzens ist nicht das letzte Wort; es wird übertrumpft von einem anderen, intimeren Bekenntnis, das an die geliebte Frau gerichtet ist: »Ich verrate dir jetzt, was das größte Glück für einen Mann ist. Sein größtes Glück ist, wenn die Frau, die er liebt, ihn liebt. Wer das nicht erlebt, hat nicht gelebt.« Beide Prinzipien, die Liebe zu den Menschen und die menschliche Liebe, hat Leonhard Frank in seinem Leben und Schreiben zu verbinden gewußt.

Noch zu Lebzeiten erhielt Leonhard Frank in beiden deutschen Staaten Werkausgaben und Ehrungen, und auch nach seinem Tod, der in das Jahr des Mauerbaus fiel, wurde er hüben wie drüben weiterhin verlegt. Insofern konnte er, ähnlich wie Thomas Mann, als einer der ganz wenigen gesamtdeutschen Autoren gelten, wobei es in der Rezeption naturgemäß Unterschiede gab. Während im Westen vor allem Franks humanistische und pazifistische Haltung gewürdigt wurde, bezog man im Osten sein idealistisches Bekenntnis zum Sozialismus sehr konkret auf dessen realexistierende Version im eigenen Land und sah sich in dem offiziellen Glaubenssatz, den besseren Teil erwählt zu haben, auch durch seine Kritik am westlichen »Wirtschaftswunder-Oberflächentaumel« bestätigt. Aus der unterschiedlichen Rezeptionshaltung resultierte zwangsläufig eine unterschiedliche Wertschätzung einzelner Werke. So wurden von den vier Würzburg-Romanen im Westen nur die beiden ersten, *Die Räuberbande* und *Das Ochsenfurter Männerquartett*, wohl auch wegen ihrer atmosphärischen Schilderungen des Kleineleute-Milieus, populär, während im Osten auch die kapitalismuskritischen Romane *Von drei Millionen Drei* und *Die Jünger Jesu* viel gelesen wurden. Im Jahre 1982 wurde der 100. Geburtstag Leonhard Franks in beiden Teilen Deutschlands feierlich begangen, und in Würzburg konstituierte sich sogar eine Leonhard-Frank-Gesellschaft. Dennoch ist nicht zu übersehen, daß Franks Wirkung in der DDR breiter und intensiver war. Die bis heute umfangreichste Gesamtausgabe erschien 1957 im Berliner Aufbau-Verlag. Sie wurde 1959 ergänzt durch einen Band mit den *Schauspielen* und im Todesjahr 1961 durch eine kleine, nur in geringer Auflage gedruckte Sammlung mit *Sieben Kurzgeschichten*. Zudem erreichten die Bücher Franks, gerade auch seine Liebesromane, im Osten wesentlich höhere Auflagen als im Westen, befriedigten sie doch bei aller Tendenz ein legitimes Unterhaltungsbedürfnis, das in der westlichen Medienlandschaft längst anderweitig in großem Umfang bedient wurde.

Mittlerweile hat Leonhard Frank zwar einen festen Platz in der Literaturgeschichte, auf dem Buchmarkt ist er aber kaum noch oder allenfalls mit immer denselben Titeln präsent. In dieser Situation beschreitet die vorliegende Edition einen neuen Weg, um dem unverdienten Vergessen Leonhard Franks entgegenzuwirken. Sie stellt mit kleinen Texten einen großen Schriftsteller vor, den in dieser Form selbst die meisten Frank-Kenner noch nicht kennen dürften.

Bekannt ist Leonhard Frank, sieht man einmal von seinen Kriegsnovellen ab, vor allem durch seine Romane; auch seine längeren, zum Teil ebenfalls sehr populären Prosatexte *Die Ursache*, *An der Landstraße*, *Im letzten Wagen*, *Karl und Anna*, *Deutsche Novelle* und *Michaels Rückkehr* sind eher Kurzromane und Novellen als Erzählungen im engeren Sinn. Begonnen aber hatte er mit kurzen Prosatexten für die Tagespresse und für avantgardistische Journale wie *Die Neue Kunst* und *Revolution*. Diese Publikationsform versprach besonders für seine aktivistischen Texte eine unmittelbare Wirkung, nicht zuletzt diente sie dem kärglichen Broterwerb. Der frühe Erfolg der *Räuberbande* enthob Frank bald der Notwendigkeit, für die Presse zu schreiben, und so findet sich sein Name in den Feuilletons der zwanziger Jahre weit seltener als der anderer, auch renommierterer Autoren. Oft handelt es sich bei diesen Veröffentlichungen – exemplarisch sind hier die im Zusammenhang mit dem *Bürger* stehenden Prosastücke *Die Gesangvereinsprobe*, *Kindheit*, *Jünglinge* und *Der Streber* – um Vorstufen oder Varianten von Romanepisoden, ganz zu schweigen von regelrechten Romanauszügen im Vorab- oder Nachdruck. Nicht bei diesen unveränderten, von den Redaktionen zu verantwortenden Auszügen, wohl aber bei jenen Texten, die erst später in eine Romankonzeption integriert wurden bzw. deren Keimzelle bildeten, wird man von eigenständigen Erzählungen sprechen können. Symptomatisch für Franks schwierige Exilsituation ist das fast völlige Fehlen von Feuilletonerzählungen in den dreißiger und vierziger Jahren; eine der wenigen Ausnahmen ist *Die Vorstandssitzung*, eine Episode aus dem 1939 (zunächst unter dem Titel *Das Mädchen ohne Hände*) begonnenen Roman *Mathilde*, den er erst 1948 abschließen konnte. Nach dem Krieg und der Heimkehr nach Deutschland, in den fünfziger Jahren, als Frank auch materiell zurückgeworfen war, veröffentlichte er wieder einige Erzählungen in der Presse; die meisten dieser am amerikanischen Vorbild orientierten »Kurzgeschichten«, in denen er sich vor allem mit der jüngsten Vergangenheit und der deutschen Nachkriegsgegenwart auseinandersetzte, waren jedoch schon 1946 in New York entstanden. Lediglich die Erzählungen *Liebe im Nebel* und *Besuch im Kloster* dürften aus späterer Zeit stammen.

Für unsere Edition wurden im Laufe mehrerer Jahre zahlreiche Zeitungen und Zeitschriften gesichtet, in denen Frank-Texte zu vermuten waren. Auf diese Weise konnten viele Titel ermittelt werden, von denen die Forschung bisher nichts wußte und die in keiner Bibliographie erfaßt sind. Überwiegend handelt es sich um Romanauszüge, Nachdrucke oder essayistische Beiträge, es fanden sich aber auch unbekannte Erzählungen wie *Ein liederlicher Hund* oder *Bridge* und unbekannte Erstfassungen bekannter Texte wie *Schauspielerin* (*Zwei Mütter*), die nun zum erstenmal in Buchform vorgestellt werden können. Neuigkeitswert besitzen aber auch all jene bibliographisch bereits bekannten Erzählungen, die Frank später für Neudrucke sprachlich und oft auch inhaltlich derart radikal überarbeitete, daß sie nur noch entfernt an die Urfassungen erinnern. Besonders gilt dies für die frühen expressionistischen Texte *Der Hut, Fünf Pfennige, Gotik (Katholizismus)* und *Der Erotomane und die(se) Jungfrau*, die Frank noch kurz vor seinem Tod, nachdem ihn ein Doktorand auf sie aufmerksam gemacht hatte, in das Bändchen *Sieben Kurzgeschichten* aufnahm. Im Vorwort beteuerte er, sie »vollständig vergessen« zu haben, zudem seien sie »in einer unsäglich grauenvollen Sprache geschrieben«: »Ich habe viele Wochen täglich zehn Stunden geschuftet, um sie sprachlich zu säubern.« Daß er sich an diese Erzählungen, in denen er psychisch deformierte Menschen in ihrer Unfähigkeit zum Mitleiden, Lieben und Leben, in ihrer Daseinsbedrückung, Angst, Sexualgier und Todessehnsucht dargestellt hatte, nicht mehr erinnern konnte, ist wenig glaubhaft. Eher ist anzunehmen, daß er mit ihnen die eigenen frühen Deformationen »vergessen« und sie auch aus diesem Grund nicht ohne vorherige »Säuberung« wieder vorlegen wollte.

Aus heutiger Sicht ist Franks generelle Überarbeitungspraxis sehr zu bedauern. Wenn es seine Absicht war, diese Texte durch ihre Angleichung an den nüchternen Realismus der Kahlschlagliteratur der Nachkriegszeit in die Gegenwart hinüberzuretten, so ist ihm dies gründlich mißlungen. Die vom tragischen Schicksal des expressionistischen Lyrikers Georg Heym inspirierte Skizze *Der Hut* etwa verliert nicht nur jeden originären Reiz, sondern auch ihren Sinn, wenn sie ausgerechnet jener expressionistischen Verve entkleidet wird, die einst beiden Dichtern gemeinsam war. Auch die anderen, nunmehr zu »Kurzgeschichten« mutierten Erzählungen wirken in ihren Urfassungen wesentlicher farbiger, lebendiger und packender. Spätere Texte, sofern sie Frank überhaupt wiederveröffentlichte, erlitten zwar weniger starke Eingriffe, aber auch hier hat die künstlerische Nivellierung geschadet, so daß für einen Neudruck nur die kaum bekannten Erstfassungen in Frage kommen.

Abgesehen von den Erstfassungen der Novellen des Bandes *Der Mensch ist gut*, die nur geringe Varianten zu den späteren Abdrucken aufweisen, und den bereits erwähnten Kurzromanen, enthält unsere Sammlung alle erzählenden Texte von der frühesten literarischen Veröffentlichung *Der Hut* aus dem Jahre 1912 bis zu den im Todesjahr 1961 erschienenen (aber wohl früher entstandenen) Kurzgeschichten *Liebe im Nebel* und *Besuch im Kloster*. Der Abdruck nach den unveränderten Erstdrucken erlaubt es nun erstmals, in *einem* Band die fast ein halbes Jahrhundert während schriftstellerische Entwicklung Leonhard Franks vom symbolistischen Naturalismus und Expressionismus über die Neue Sachlichkeit und die Exildichtung bis hin zu den späten Kurzgeschichten der Nachkriegszeit zu verfolgen. Zugleich spiegelt sich in diesen Erzählungen auch die Mentalitätsgeschichte einer Epoche in seltener Deutlichkeit, wird durch die individualisierende Darstellung eine bewegende und zum Teil katastrophale, durch zwei Weltkriege geprägte Phase der deutschen Geschichte auch für die Nachgeborenen nacherlebbar. Vor allem aber soll unsere Ausgabe an einen Schriftsteller erinnern, der es verdient hat, mitgenannt zu werden, wenn nach den großen literarischen Humanisten des vergangenen Jahrhunderts gefragt wird, deren Stimme auch heute noch vernehmbar sein soll.

Mein Dank für vielfältige Unterstützung gilt den Herren Gregor Ackermann (Aachen), Willi Dürrnagel (Würzburg), Bernhard Echte (Zürich) und Prof. Dr. Hartmut Vollmer (Paderborn) sowie der Lektorin Frau Magdalena Frank (Berlin) für ihre sorgfältige Betreuung des Projekts.

Paderborn, im Juni 2006   *Dieter Sudhoff*

300

Zeittafel

1882 Leonhard Frank wird am 4. September als viertes Kind des Schreinergesellen Johann Frank und seiner Frau Marie geb. Bach in Würzburg am Main geboren. Er besucht in Würzburg die Volksschule und erlernt anschließend das Schlosserhandwerk.

1904 Frank verläßt Würzburg und geht über Frankfurt a. M. und Dresden nach München, um sich dort als Kunstmaler ausbilden zu lassen. Das nötige Geld hat er sich als Klinikdiener, Anstreicher und Chauffeur verdient. Er verkehrt im Kreis des Psychologen Otto Groß in der Münchener Boheme.

1910 Übersiedlung nach Berlin.

1912 Veröffentlichung seiner ersten literarischen Arbeit, der Erzählung *Der Hut*.

1913 Im Münchener Delphin-Verlag erscheint unter dem Titel *Fremde Mädchen am Meer und eine Kreuzigung* eine Mappe mit sechs farbigen Lithographien, das einzige erhaltene Zeugnis seiner malerischen Bemühungen.

1914 Frank erhält für seinen ersten Roman *Die Räuberbande* (München, Berlin: Müller) den Fontane-Preis.

1915 *Die Ursache. Eine Erzählung* (München: Müller). Am 4. Februar heiratet Frank in Berlin die Wienerin Lisa geb. Ertel (Erdelyi). Als überzeugter Pazifist verläßt er mit seiner Frau Deutschland und geht nach Zürich.

1917 *Der Mensch ist gut* (Zürich: Rascher).

1918 Im November Rückkehr nach Deutschland. Bis 1933 lebt Frank in Berlin und zeitweise in München.

1920 Frank erhält für den Novellenband *Der Mensch ist gut* aus der Hand Heinrich Manns den Kleist-Preis 1918.

1923 Am 16. März stirbt Lisa Frank an einem Herzleiden.

1924 *Der Bürger. Roman* (Berlin: Malik).

1925 *An der Landstraße. Erzählung* (Berlin: Rowohlt). *Die Schicksalsbrücke. Drei Erzählungen* (Berlin: Rowohlt). *Im letzten Wagen. Novelle* (Berlin: Rowohlt).

1926 *Im letzten Wagen. Erzählungen* (Berlin: Rowohlt).

1927 *Karl und Anna. Erzählung* (Berlin: Propyläen). *Das Ochsenfurter Männerquartett. Roman* (Leipzig: Insel).

1928 Am 10. Januar Wahl in die Preußische Akademie der Künste, Sektion für Dichtkunst. *Der Streber und andere Erzählungen* (Berlin: Deutsche Buch-Gemeinschaft).

1929 Am 2. Oktober heiratet Frank Elena Marquenne geb. Penswehr. Der gemeinsame Sohn Andreas G. Frank ist am 24. Februar in Berlin geboren worden. *Bruder und Schwester. Roman* (Leipzig: Insel). *Die Entgleisten. Filmnovelle* (Berlin: Hobbing). *Karl und Anna. Schauspiel in vier Akten* (Leipzig: Insel). *Die Ursache. Drama in vier Akten* (Leipzig: Insel).

1930 *Hufnägel. Schauspiel* (Leipzig: Insel).

1932 *Von drei Millionen Drei. Roman* (Berlin: S. Fischer).

1933 Nach der Machtübernahme der Nationalsozialisten scheidet Frank aus der Akademie der Künste aus und geht über Zürich und London nach Paris in sein zweites Exil.

1934 Am 3. November Aberkennung der deutschen Staatsbürgerschaft. Bis zur Rückkehr nach Deutschland bleibt Frank staatenlos.

1935 Teilnahme am Internationalen Schriftstellerkongreß zur Verteidigung der Kultur in Paris, u. a. mit Heinrich Mann, Bertolt Brecht, Robert Musil und André Gide.

1936 *Traumgefährten. Roman* (Amsterdam: Querido). *Gesammelte Werke in Einzelausgaben* (Amsterdam: Querido).

1937 *Der Außenseiter. Komödie in drei Akten* (Basel: Reiß).

1939 *Maria. Schauspiel in vier Akten* (Amsterdam: Querido). Frank wird zweimal in Frankreich interniert, kann jedoch vor dem Eintreffen der deutschen Truppen nach Marseille flüchten.

1940 Über Portugal Emigration in die USA (Ankunft in New York am 18. Oktober), wo Frank sich in Hollywood als Drehbuchautor für Warner Brothers niederläßt.

1945 Übersiedlung nach New York.

1948 *Mathilde. Roman* (Amsterdam: Bermann-Fischer/Querido).

1949 *Die Jünger Jesu. Roman* (Amsterdam: Querido, Wien: Bermann-Fischer).

1950 Am 4. Oktober Rückkehr nach Deutschland. Da Frank in Würzburg zwiespältige Reaktionen erfährt, übersiedelt er nach München. Am 14. Oktober Wahl zum Mitglied der Deutschen Akademie für Sprache und Dichtung in Darmstadt.

1951 Am 27. April Wahl zum Mitglied der Bayerischen Akademie der Schönen Künste in München.

1952 Nach der Scheidung von seiner zweiten Frau Elena heiratet Frank am 29. Mai die Schauspielerin Charlott (Lotte) London geb. Jäger, die er 1948 in Amerika kennengelernt hat. *Links wo das Herz ist. Roman* (München: Nymphenburger Verlagshandlung). Silberne Plakette der Stadt Würzburg.

1953 Kulturpreis der Stadt Nürnberg und Literaturpreis der Stiftung zur Förderung des Schrifttums.

1954 *Deutsche Novelle* (München: Nymphenburger Verlagshandlung).

1955 Die DDR verleiht Frank für sein Gesamtwerk den Nationalpreis I. Klasse für Kunst und Literatur. Wahl zum Korrespondierenden Mitglied der Deutschen Akademie der Künste Berlin (Ost).

1957 *Michaels Rückkehr. Novelle* (Leipzig: Reclam). *Gesammelte Werke in sechs Bänden* (Berlin: Aufbau). Anläßlich seines 75. Geburtstags Verleihung des Großen Verdienstkreuzes der Bundesrepublik Deutschland. Die Humboldt-Universität ernennt ihn zum Ehrendoktor.

1959 *Erzählende Werke in fünf Bänden* (München: Nymphenburger Verlagshandlung). *Schauspiele* (Berlin: Aufbau).

1960 *Ruth. Drama in drei Akten* (München: Desch). Tolstoi-
Medaille der UdSSR.

1961 Leonhard Frank stirbt am 18. August in München. Urnen-
beisetzung auf dem Nordfriedhof. *Sieben Kurzgeschichten*
(Berlin: Aufbau).

Quellennachweis

Als Textgrundlage diente, wenn nicht anders vermerkt, der jeweils erste Abdruck. Orthographie und Zeichensetzung blieben im wesentlichen unangetastet, jedoch wurden offensichtliche Druckfehler korrigiert, einige veraltete Schreibweisen (»Goulasch«) und ungebräuchliche Getrenntschreibungen (»spazieren gehen«) nach den Regeln vor der Rechtschreibreform von 1999 modernisiert und in wenigen Fällen überflüssige Kommasetzungen getilgt.

Folgende chronologisch angeordnete Kurztitel finden bei den Quellenangaben Verwendung:

Der Bürger
Leonhard Frank: *Der Bürger. Roman.* Berlin: Malik, 1924; Reprints Nendeln/Liechtenstein: Kraus, 1973, und Kiel: Neuer Malik-Verlag, 1988.

Die Schicksalsbrücke
Leonhard Frank: *Die Schicksalsbrücke. Drei Erzählungen* [*Die Schicksalsbrücke, Der Beamte, Zwei Mütter*]. Berlin: Rowohlt, 1925.

Im letzten Wagen 1926
Leonhard Frank: *Im letzten Wagen. Erzählungen* [*Im letzten Wagen, An der Landstraße, Die Schicksalsbrücke, Der Beamte, Zwei Mütter*]. Berlin: Rowohlt, 1926.

Der Streber und andere Erzählungen
Leonhard Frank: *Der Streber und andere Erzählungen* [*Der Streber, Der Hut, Atmen*]. Mit 24 Zeichnungen von Wilhelm Dreßler. Berlin: Deutsche Buch-Gemeinschaft, 1928.

Gesammelte Werke in Einzelausgaben
Leonhard Frank: *Gesammelte Werke in Einzelausgaben* [5 Bde.].
Amsterdam: Querido, 1936.

Im letzten Wagen 1954
Leonhard Frank: *Im letzten Wagen. Erzählungen* [*Karl und Anna,
Im letzten Wagen, An der Landstraße, Der Beamte, Zwei Mütter*].
Berlin: Aufbau, 1954.

Im letzten Wagen 1955
Leonhard Frank: *Im letzten Wagen. Erzählungen* [*Im letzten Wagen,
New Yorker Liebesgeschichte*]. Stuttgart: Reclam, 1955.

Gesammelte Werke in sechs Bänden
Leonhard Frank: *Gesammelte Werke in sechs Bänden*. Berlin: Aufbau, 1957.

Sieben Kurzgeschichten
Leonhard Frank: *Sieben Kurzgeschichten* [*Der Hut, Fünf Pfennige,
Katholizismus, Der Erotomane und die Jungfrau, Die Flucht, Liebe
im Nebel, Ein unerklärliches (?) Erlebnis*; hrsg. von der Pirckheimer-Gesellschaft im Deutschen Kulturbund]. Berlin: Aufbau, 1961.

Die Summe
Leonhard Frank: *Die Summe*. Hrsg. von Martin Gregor-Dellin.
München: Nymphenburger Verlagshandlung, 1982.

Selbstzeugnisse und Aussagen
Leonhard Frank. *Selbstzeugnisse und Aussagen*. Hrsg. von Gerhard
Hay. Würzburg: Leonhard-Frank-Gesellschaft 1982 [Nr. 1 der
Schriftenreihe der Leonhard-Frank-Gesellschaft].

Ausgewählte Werke in vier Bänden
Leonhard Frank: *Ausgewählte Werke in vier Bänden*. Berlin: Aufbau, 1991.

Der Hut

Flut. Die Anthologie der jüngsten Belletristik. Heidelberg: Saturn-verlag Hermann Meister, 1912, S. 52–59.

Eine im wesentlichen identische Fassung der Erzählung erschien ebenfalls 1912 im 2. Jahrgang der von Alfred Kerr herausgegebe-nen Berliner Zeitschrift *Pan* (Nr. 33, S. 920–924).

Wo der tatsächliche Erstabdruck erfolgte, ist nicht zweifelsfrei zu sagen, doch wurde dem Abdruck in der Anthologie *Flut* der Vor-zug gegeben, da er nahezu unbekannt ist. Die überarbeitete Fas-sung der Erzählung in der Sammlung *Sieben Kurzgeschichten* (s. u.) trägt den Zusatz »Georg Heym gewidmet«. Tatsächlich ist das Vor-bild Melchior Schulters der frühexpressionistische Lyriker Georg Heym (*1887), der am 16. Januar 1912 beim Schlittschuhlaufen auf der Havel ertrunken war.

Nachdrucke:

Prager Presse, 1. Jg., 7.8.1921, Nr. 131, Beilage, S. 11 f.

Leipziger Neueste Nachrichten, 19.5.1926, Nr. 137, S. 2 f.

Berliner Börsen-Courier, 58. Jg., 21.7.1926, Nr. 333, 1. Beilage, S. 5 f.

Kasseler Volksblatt, 7.1.1927, S. 2 f.

Bearbeitungen:

Der Streber und andere Erzählungen, S. 43–58.

Sieben Kurzgeschichten, S. 8–18.

Jahrmarkt

Die Schaubühne, Berlin, 8. Jg., 1912, Nr. 24/25, S. 672–675.

Nachdruck:

[*Der Jahrmarkt*] *Prager Presse*, 5. Jg., 8.12.1925, Nr. 336, S. 4 f.

Fünf Pfennige

Die Neue Kunst, München, 1. Jg., 1913/14, Nr. 2, S. 65–68.

Bearbeitungen:

Prager Presse, 2. Jg., 15.10.1922, Nr. 283, S. 5 f.

Sieben Kurzgeschichten, S. 19–22.

Gotik

Die Neue Kunst, München, 1. Jg., 1913/14, Nr. 3, S. 170–173.
Nachdruck:
Selbstzeugnisse und Aussagen, S. 12–17.
Bearbeitungen:
[*Katholizismus*] *Sieben Kurzgeschichten*, S. 23–29.
[*Kilian und der Katholizismus*] *Deutsche Woche*, München, 11. Jg.,
1961, Nr. 35, S. 14.

Der Erotomane und diese Jungfrau

Revolution, München, 1. Jg., 1913, Nr. 1, S. 3 und Nr. 2, S. 6.
Bearbeitung:
[*Der Erotomane und die Jungfrau*] *Sieben Kurzgeschichten*, S. 30
bis 39.

Die Gesangvereinsprobe

Neue Zürcher Zeitung, Zürich, 137. Jg., 23. 4. 1916, Nr. 647, S. 2.
Motive der Erzählung benutzte Frank 1924 im achten, dem letzten Kapitel des Romans *Der Bürger*, zu dessen Stoffkreis auch
einige der folgenden Texte gehören.

Der Irre

Das Forum, Potsdam, Berlin, 3. Jg., Oktoberheft 1918 [abge-
schlossen 20. 11. 1918], Nr. 1, S. 33–37.
Nachdrucke:
Prager Presse, 2. Jg., 24. 9. 1922, Nr. 262, Beilage »Dichtung und
Welt«, Nr. 39, S. I.
Selbstzeugnisse und Aussagen, S. 28–30.

Kindheit

Insel-Almanach auf das Jahr 1919. Leipzig: Insel-Verlag, 1919,
S. 45–63.
In einer bearbeiteten Fassung verwendete Frank die Erzählung spä-
ter als erstes Kapitel des Romans *Der Bürger* (S. 5–31).

Nachdruck:

[Auszug, erster Abschnitt] *Prager Presse*, 8. Jg., 3.6.1928, Nr. 153, S. 4.

[*Der Knabe Jürgen*, Auszug] *Prager Presse*, 8. Jg., 2.9.1928, Nr. 244, Beilage »Dichtung und Welt«, Nr. 36, S. III.

[*Aus einer Kindheit*, Auszug] *Prager Presse*, 12. Jg., 2.9.1932, Nr. 239, S. 4.

Jünglinge

Prager Presse, 2. Jg., 3.9.1922, Nr. 241, S. 18; 6.9.1922, Nr. 244, S. 9; 7.9.1922, Nr. 245, S. 9; 9.9.1922, Nr. 247, S. 9.

Größere Teile der Erzählung verwendete Frank im zweiten und dritten Kapitel des Romans *Der Bürger* (S. 31–33, 38–43, 90–93, 97).

Der Streber

Prager Presse, 2. Jg., 1.11.1922, Nr. 300, S. 9; 2.11.1922, Nr. 301, S. 9; 3.11.1922, Nr. 302, S. 9; 7.11.1922, Nr. 306, S. 9; 8.11.1922, Nr. 307, S. 8 f.

Frank verwendete die Erzählung im zweiten Kapitel des Romans *Der Bürger* (S. 48–52, 58–62, 71–76, 86–89).

Bearbeitung:

Der Streber und andere Erzählungen, S. 5–42.

Schauspielerin. Erzählung

New Yorker Volkszeitung, 14.12.1924, Sonntagsblatt.

Diese Fassung, der vermutlich ein bisher unbekannter Erstdruck in einer deutschen Zeitung vorausging, unterscheidet sich von allen späteren Veröffentlichungen dadurch, daß statt der Sängerin Johanna die Schauspielerin Annette auftritt; ausschlaggebend für die Änderung war wohl der Umstand, daß auch die Heldin der Erzählung *Die Schicksalsbrücke* (s. u.) Annette heißt und Schauspielerin werden will. Vermutlich gehören beide Erzählungen zu einem nicht realisierten Romanprojekt. In den Zeitungsveröffentlichungen fehlen einige von den Redaktionen offenbar als heikel empfundene Stellen, die hier nach der Buchausgabe von 1925 in eckigen Klammern ergänzt wurden.

Nachdrucke:

[*Sängerin*] *Berliner Börsen-Courier*, 56. Jg., 25.12.1924, Nr. 605, 2. Beilage.

[*Zwei Mütter*, Auszug] *Prager Tagblatt*, 50. Jg., 26.7.1925, Nr. 173, S. 3.

[*Zwei Mütter*] *Die Schicksalsbrücke*, S. 91–109.

[*Zwei Mütter*] *Im letzten Wagen* 1926, S. 91–109.

[*Zwei Mütter*] *Im letzten Wagen* 1954, S. 267–282.

[*Zwei Mütter*] *Gesammelte Werke in sechs Bänden*, Bd. 6, S. 163 bis 174.

[*Zwei Mütter*] *Die Summe*, S. 211–219.

[*Zwei Mütter*] *Ausgewählte Werke in vier Bänden*, Bd. 4, S. 213 bis 225.

Der Beamte. Novelle

Die neue Rundschau, Berlin, Leipzig, 36. Jg., Mai 1925, Nr. 5, S. 492–504.

Die Novelle geht auf ein unrealisiertes Romanprojekt zurück, von dem 1918 lediglich ein *Fragment* erschien; der Held geht dort nicht zugrunde, sondern schließt sich der revolutionären Bewegung an. Die Buchfassungen des *Beamten* weisen dagegen nur wenige Varianten zum Erstdruck in der *Neuen Rundschau* auf. Motive der Erzählung *Der Beamte* und des Romans *Der Bürger* verarbeitete Frank in der Filmnovelle *Die Entgleisten* (Berlin: Hobbing, 1929).

Vorfassung:

[*Fragment aus einem Revolutionsroman*] *Das junge Deutschland*, Berlin, 1. Jg., 1918, Nr. 10, S. 303–305.

Nachdrucke:

Die Schicksalsbrücke, S. 55–89.

Im letzten Wagen 1926, S. 55–89.

Der Fränkische Bund, Nürnberg, 1926, Nr. 5/6, S. 216–223.

Gesammelte Werke in Einzelausgaben, Bd. 5 [*Der Mensch ist gut*], S. 327–347.

Im letzten Wagen 1954, S. 239–266.

[*Der Beamte. Eine Erzählung*] *Geist und Zeit*, Darmstadt, April 1956, S. 89–101.

Gesammelte Werke in sechs Bänden, Bd. 6, S. 175–195.

Ausgewählte Werke in vier Bänden, Bd. 4, S. 227–249.

Die Schicksalsbrücke. Eine Erzählung

Hessischer Volksfreund, Darmstadt, 19. Jg., 28.7.1925, Nr. 173; 29.7.1925, Nr. 174; 30.7.1925, Nr. 175; 31.7.1925, Nr. 176; 1.8.1925, Nr. 177; 2.8.1925, Nr. 178; 3.8.1925, Nr. 179, jew. Beilage.

Nachdrucke:

Die Schicksalsbrücke, S. 7–53.

Im letzten Wagen 1926, S. 7–53.

[*Pflicht*, Auszug, erster Abschnitt] *Prager Presse*, 7. Jg., 6.2.1927, Nr. 36, S. 3.

Gesammelte Werke in Einzelausgaben, Bd. 5, S. 351–379.

Gesammelte Werke in sechs Bänden, Bd. 6, S. 135–162.

Ausgewählte Werke in vier Bänden, Bd. 4, S. 183–212.

Die Flucht. Novelle

Die literarische Welt, Berlin, 1. Jg., 25.12.1925, Nr. 12/13, Weihnachtsbeilage, S. 2.

Nachdrucke:

[*Die Flucht. Erzählung*] *Kasseler Volksblatt*, 22.10.1926, Unterhaltungsbeilage »Die Rast«, 1. Jg., Nr. 35, S. 137 f.

Bukarester Tageblatt [*Siebenbürgisch-Deutsches Tageblatt*], 23.1.1927, Nr. 16072, Sonntagsblatt, S. 9 f.

Prager Presse, 9. Jg., 16.6.1929, Nr. 163, Beilage »Dichtung und Welt«, Nr. 24, S. 1 f.

Der Sonntag, Berlin, 1.9.1957, S. 9.

Bearbeitung:
Sieben Kurzgeschichten, S. 40–48.

Ein liederlicher Hund
Berliner Tageblatt, 56. Jg., 25.12.1927, Nr. 609, 4. Beiblatt.
Frank hat diese Erzählung im Auftrag des *Berliner Tageblatts* in An-
lehnung an Georg Christoph Lichtenberg (1742–1799) zu einer
Zeichnung von William Hogarth (1697–1764) geschrieben. Sie erschien unter dem Obertitel *Sieben Geschichten um einen Liederlichen* mit weiteren Beiträgen von Alfred Döblin (*Erhebe dich, du
schwacher Geist. Und stell dich auf die Beine*), Arnold Ulitz (*Der
Hund*), Walter von Molo (*Ein Stück Menschheit*), Lion Feuchtwanger (*Der sich findende Sohn*), Alfred Wolfenstein (*Das Geld*)
und Arnolt Bronnen (*Angeblich normaler Tod eines Vaters. Szene
laut Beschreibung*) und einer zeichnerischen Variation von Olaf Gulbransson. Die redaktionelle Vorbemerkung lautet: »Wir haben sieben Schriftsteller und einen Zeichner zu einem interessanten Ex-
periment gebeten. In G.C. Lichtenbergs Buch ›Witzige und launige
Sittengemälde nach Hogarth‹ finden sich auch ›Szenen aus dem Leben eines Liederlichen‹. Die erste Szene enthält, auf kurze Sätze gebracht, das folgende Motiv: Thomas Rakewell, ›ein liederlicher
Hund‹, hat seinen ebenso reichen wie geizigen Vater verloren. Er
läßt sich gerade zu einem Traueranzug Maß nehmen und das Zimmer, in dem die Leiche des Vaters aufgebahrt ist, schwarz ausschla-
gen. Ihm gegenüber stehen zwei weibliche Personen. Die ältere
tobt, die jüngere zerfließt in Tränen. Er bietet ihnen vergebens Geld
an. Dieses Motiv wurde von uns den sieben Schriftstellern und dem
Zeichner zur vollkommen freien Bearbeitung gegeben.«

Atmen
Das Tage-Buch, Berlin, 9. Jg., 1928, Nr. 21, S. 891–898.
Eine veränderte Fassung dieser autobiographischen Erzählung, die
das Sterben seiner ersten Frau Lisa geb. Ertel (Erdelyi) schildert,
hat Frank in seinen autobiographischen Roman *Links wo das Herz*

ist (München: Nymphenburger Verlagshandlung, 1952; illustrierte Ausgabe 1967, S. 155–169; Berlin: Aufbau Taschenbuch, 2003, S. 114–124) aufgenommen. Der Schriftsteller Michael Vierkant ist hier und in weiteren autobiographischen Texten weitgehend mit dem Autor identisch. Frank hatte die Wienerin Lisa Ertel am 4. Februar 1915 in Berlin geheiratet; sie starb am 16. März 1923. Frank hat seiner ersten Frau auch einen kleinen Essay *Lisa Ertel* gewidmet, der am 20. November 1927 unter der Überschrift *Zum Gedächtnis dreier Frauen* mit ähnlichen Beiträgen von Max Pechstein (*Miß Florence*) und Yvette Guilbert (*»Tante Rose«*) auf einer Feuilletonseite des *Berliner Tageblatts* (Nr. 549, 1. Beiblatt) erschien, welche als *Requiem für die Unbekannten* gedacht war; in Franks Beitrag heißt es am Schluß: »In *unseren* Schriften gegen den Krieg waren *ihr* Mut, *ihr* Herz, *ihre* schwer erlittene Denkarbeit mitenthalten, und ihr Name stand *nicht* darunter. Für sich hatte sie keinen Ehrgeiz; sie hatte Ehrgeiz *für die Sache und für ihre Freunde*. Mit mir und gegen mich konnte sie um den Bau nur eines einziges Satzes oft tagelang unerbittlich kämpfen. Wenn dann die letzten Korrekturen in die Druckerei geschickt wurden, wußte sie, daß ich nicht ein Atom weniger gegeben hatte, als ich geben konnte. Ich müßte ein Buch über sie schreiben, damit viele diese leuchtende Frau sehen, die von Kindheit an bis zum Tode immer in der jeweils brennendsten Kampflinie gestanden hat. Sie starb als *Unbekannte* im einundvierzigsten Lebensjahre an ihrem überlasteten Herzen.«
Vorabdrucke:
[*Fragment*, erster Abschnitt] *Die literarische Welt*, Berlin, 2. Jg., 16.4.1926, Nr. 16, S. 1 f.
[*Fragment*, erster Abschnitt] *Prager Presse*, 6. Jg., 21.4.1926, Nr. 110, S. 4.
Nachdrucke:
Morgenzeitung und Handelsblatt, Mährisch-Ostrau, 16. Jg., 3.6.1928, Nr. 154, Sonntags-Beilage, S. 17 f.
Prager Tagblatt, 53. Jg., 24.6.1928, Beilage »Der Sonntag« [Thema *Körperliches, Allzukörperliches*], S. I.

Der Streber und andere Erzählungen, S. 59–85.

Bearbeitungen:

Gesammelte Werke in Einzelausgaben, Bd. 5, S. 383–396.

[Fassung aus *Links wo das Herz ist*, 1952] *Wochenpost*, Berlin, 54. Jg., 1954, Nr. 40, S. 21.

Gedächtniskirche

Berliner Tageblatt, 62. Jg., 1.1.1929, Nr. 1, 4. Beiblatt.

Das Feuilleton, angeblich verfaßt »von Wachtmeister Lehmann II, Verkehrsposten Ecke Kantstraße Kaiser-Wilhelm-Gedächtnis-kirche«, erschien unter der Überschrift *Dichterstafette auf dem Autobus*, mit weiteren Beiträgen von Alfred Döblin (*Alexander-platz*), Arnolt Bronnen (*Unter den Linden*), Walter Mehring (*Friedrichstraße*), Walter von Molo (*Potsdamer Platz*), Alfred Pol-gar (*Kurfürstendamm*), Oskar Loerke (*Lützowufer*), Alice Berend (*Tauentzienstraße*) und Arnold Zweig (*Halensee*). Die redaktio-nelle Vorbemerkung lautet: »Wir haben eine Anzahl Schriftsteller gebeten, sich eine Strecke jener Omnibuslinie herauszusuchen, die ungefähr von den Linden nach dem Halensee führt, und die Ein-drücke während dieser kurzen Fahrt zu schildern.« Die begleiten-den Karikaturen, von denen hier nur das Frank-Porträt wieder-gegeben ist, zeichnete Theobald Lange.

Bridge

Deutsche Zeitung Bohemia, Prag, 106. Jg., 4.6.1933, S. 15.

Die Vorstandssitzung

Pariser Tageszeitung, 9./10.4.1939, Nr. 966, Sonntagsbeilage, S. 3.

Im Frühjahr 1939 begann Frank im Pariser Exil mit der Nieder-schrift eines Romans *Das Mädchen ohne Hände*, der erst 1948 im Bermann-Fischer/Querido-Verlag Amsterdam unter dem Titel *Mathilde* erschien. Englische Übersetzungen kamen ebenfalls 1948 in London (Peter Davies) und New York (Simon & Schuster) her-

aus. Obwohl die Erzählung *Die Vorstandssitzung* sich nur gering-
fügig von der späteren Fassung im ersten Kapitel von *Mathilde*
(vgl. *Ausgewählte Werke in vier Bänden*, Bd. 3, S. 15–21) unterscheidet, ist sie aus literarhistorischen Gründen hier aufgenommen, weil die beinahe zehnjährige Entstehungsgeschichte des
Romans symptomatisch für Franks problematische Exilsituation
ist. Als der Text in der *Pariser Tageszeitung* erschien, war sich
Frank über den Fortgang des Romans noch unklar. Weitere Romanauszüge erschienen u.a. 1943 in Los Angeles (Kapitel 1 und 2,
Pacific Press), am 31.3.1944 im New Yorker *Aufbau* (*Über die
Mauer*), im Oktober 1955 in der Werbezeitung des Aufbau-Ver-
lages *Der Bienenstock* (*Die Buben der Tulpe*) und am 29.9.1957 in
der Schweriner Tageszeitung *Der Demokrat* (*Die munteren Buben
der Tulpe*).

New Yorker Liebesgeschichte
Süddeutsche Zeitung, München, 6. Jg., Weihnachten 1950, Nr.
50/51.
Geschrieben 1946 in New York.
Nachdrucke:
[*Liebe am Hudson*, Auszug] *National-Zeitung*, Berlin, 10. Jg.,
29.9.1957, Nr. 228, S. 6.
Im letzten Wagen 1955, S. 51–67.
Gesammelte Werke in sechs Bänden, Bd. 6, S. 483–497.
Ausgewählte Werke in vier Bänden, Bd. 4, S. 573–588.

Emil Müller
Main-Echo, Aschaffenburg, 21.4.1951, Nr. 64, S. 9f.
Geschrieben 1946 in New York.
Nachdrucke:
[*Der Schreiner*] *Neue Deutsche Literatur*, Berlin, 5. Jg., 1957, Nr. 9,
S. 8–14.
[*Der Schreiner*] *Gesammelte Werke in sechs Bänden*, Bd. 6, S. 518
bis 528.

[*Der Schreiner*] *Die Summe*, S. 375–384.

[*Der Schreiner*] *Ausgewählte Werke in vier Bänden*, Bd. 4, S. 615 bis 626.

Im Schneesturm

Süddeutsche Zeitung, München, 8. Jg., 23.12.1952, Nr. 296, S. 3.

Das Grundmotiv dieser Weihnachtsgeschichte hat Frank seinem Roman *Mathilde* (*Ausgewählte Werke in vier Bänden*, Bd. 3, S. 44–47) entnommen; dort handelt es sich jedoch um ein Frühlingserlebnis.

Das Porträt

Sinn und Form, Berlin, 6. Jg., 1954, Nr. 5/6, S. 859–864.

Geschrieben 1946 in New York. Das Vorbild des Malers G. Wollstein ist Gert Heinrich Wollheim (1894–1974), der 1929 auch ein Ölporträt Franks schuf.

Nachdrucke:

[*Das Portrait*] *Die andere Zeitung*, 1.3.1956, Nr. 9, S. 15.

[*Das Porträt. Eine Berliner Erzählung um 1946*] Berlin-Friedenau: Friedenauer Presse, 1968.

Gesammelte Werke in sechs Bänden, Bd. 6, S. 510–518.

Selbstzeugnisse und Aussagen, S. 52–57.

Ausgewählte Werke in vier Bänden, Bd. 4, S. 605–614.

Berliner Liebesgeschichte

Das Magazin, Berlin, 2. Jg., Februar 1955, Nr. 2, S. 26–30.

Geschrieben 1946 in New York.

Nachdrucke:

[*Berliner Liebesgeschichte 1946*] *Gesammelte Werke in sechs Bänden*, Bd. 6, S. 529–538.

[*Berliner Liebesgeschichte 1946*] *Die Summe*, S. 395–403.

[*Eine Berliner Liebesgeschichte*] Tokyo: Sansyusya, 1990.

[*Berliner Liebesgeschichte 1946*] *Ausgewählte Werke in vier Bänden*, Bd. 4, S. 627–636.

Der Heiratsvermittler

Geist und Zeit, Darmstadt, 1957, Nr. 4, S. 51–55.

Geschrieben 1946 in New York.

Nachdrucke:

Gesammelte Werke in sechs Bänden, Bd. 6, S. 497–503.

Ausgewählte Werke in vier Bänden, Bd. 4, S. 589–596.

Der Blockwart

Gesammelte Werke in sechs Bänden, Bd. 6, S. 503–509.

Geschrieben 1946 in New York.

Nachdrucke:

[*Der Blockwart. Erzählung*] *Panorama*, München, 3. Jg., März 1959, Nr. 3, S. 12.

Ausgewählte Werke in vier Bänden, Bd. 4, S. 597–604.

Liebe im Nebel

Das Magazin, Berlin, 8. Jg., April 1961, Nr. 4, S. 12 f.

Nachdruck:

Sieben Kurzgeschichten, S. 49–56.

Besuch im Kloster

Hier schreibt München. Hrsg. von Karl Ude. München: Langen-Müller, 1961, S. 105–107.

Nachdruck:

[*Ein unerklärliches (?) Erlebnis*] *Sieben Kurzgeschichten*, S. 57–64.

Der Herausgeber

DIETER SUDHOFF (Jg. 1955), Literaturwissenschaftler, Privat-
dozent an der Universität Paderborn, 1990 Promotion mit einer
Monographie über den Prager Schriftsteller Hermann Ungar,
2001 Habilitation mit einer Arbeit über *Die literarische Moderne
und Westfalen*, Forschungen zur Literatur des 19. und 20. Jahrhunderts, Karl-May-Experte, u. a. Mitautor der monumentalen
Karl-May-Chronik in 5 Bänden (2005/06), sowie Herausgeber
der Bände *Weihnachten mit Karl May* und *Weihnachten mit
Tucholsky* im Aufbau-Verlag (2006).